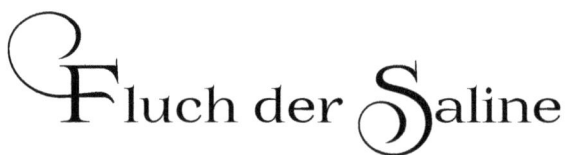

Fluch der Saline

Roman
von Anna Castronovo

Bibliografische Information der Deutschen
Nationalbibliothek: Die Deutsche Nationalbibliothek
verzeichnet diese Publikation in der Deutschen National-
bibliografie. Detaillierte bibliografische Daten sind im
Internet über dnb.dnb.de abrufbar.

© 2020 Anna Castronovo
www.anna-castronovo.de
Lektorat: Susanne Pavlovic, www.textehexe.com
Korrektorat: Ina Vogel
Covergestaltung: Giusy Amè, www.magicalcover.de
Bildquelle: Depositphoto/Pixabay
Herstellung und Verlag:
BoD – Books on Demand
Norderstedt

ISBN: 978-3-751-93823-5

Ein Vogel im Käfig
singt nicht aus Liebe,
sondern aus Zorn.

Aceddu intra a gaggia
non canta pi amuri
ma pi raggia.

(Sizilianisches Sprichwort)

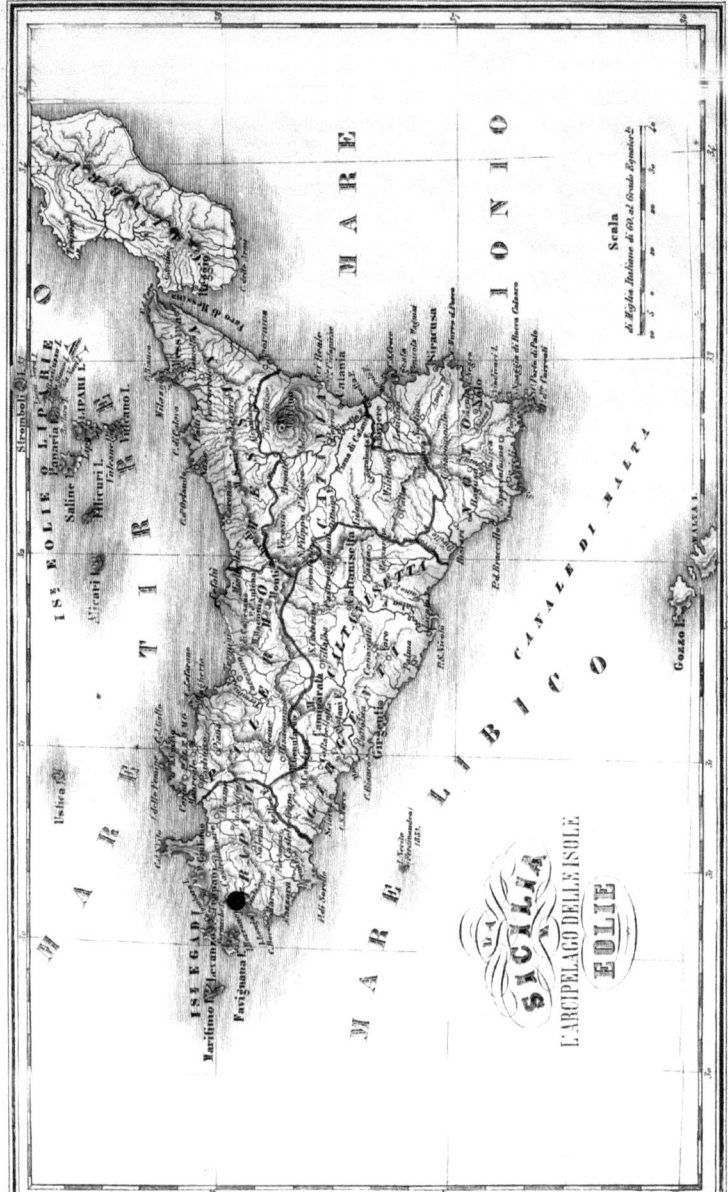

LA
SICILIA
E
L'ARCIPELAGO DELLE ISOLE
EOLIE

Scala
Di Miglia Italiano di 60, al Grado Equatoriale

Prolog

Der Scirocco rüttelte an den Fensterläden der alten Saline. Schon seit vier Tagen zerfledderte der heiße Wüstenwind, der aus Afrika herüberwehte, die Palmwedel. Die ständig wiederkehrenden Böen zerrten an Totòs Kleidung, an seinen Haaren und an seinen Nerven. Es war, als würden sie immer tiefer in seinen Kopf eindringen. Sie zermürbten ihn, machten ihn reizbar und nervös wie einen hungrigen Straßenköter. Er dachte an die Worte der Seherin: *Der Scirocco macht alle verrückt. Er bringt Unheil über die Menschen.*

Totò hatte nicht viel Zeit. Bei dem Gedanken daran, was passieren würde, wenn Vater ihn fand, krampfte sich sein Magen zusammen. Der Vollmond hing aufgedunsen und blutig über dem Hauptgebäude der Saline. Sein rötliches Zwielicht floss über die Mauern, die er gemeinsam mit Vater aus Schlick und Muscheln aufgeschichtet hatte, bevor das mit Mama passiert war.

Mama. Der Wind kräuselte die Wasseroberfläche in den Salinebecken. Totò verlor sich einen Moment lang in dem Glitzern, das dort hin und her sprang. Dann besann er sich darauf, was er zu tun hatte und huschte von Schatten zu Schatten am Hauptgebäude entlang, hinüber zur Windmühle. Nachts war er noch nie hier gewesen. In der Dunkelheit hatte die Saline etwas Unwirkliches, Bedrohliches. Die Gebäude wirkten mächtiger als tagsüber. Finster waren sie, und sie schienen immer enger zusammenzurücken. Hatte die Seherin recht gehabt? Lag ein Fluch auf der Saline?

Tante Rosarias Gespenster und Werwölfe fielen ihm ein, die bei Vollmond umherschlichen. Wiedergänger, deren Seelen keinen Frieden fanden. Sie wollten die Menschen mit sich in ihr düsteres Schattenreich ziehen. Wenn der Vollmond und der Scirocco zusammenkamen, war das sicher keine günstige Fügung.

Eine Windböe fegte durchs Schilf, das sich raschelnd bog. Totò fuhr zusammen. Er spürte, wie ihn Augen aus einer dunklen Ecke heraus anstarrten. Wer war das? Gehetzt blickte er sich um, doch er sah niemanden. Er duckte sich hinter einen sandfarbenen Tuffstein und lauschte. Der Wind ließ um ihn herum alles klappern, das Meer toste, doch da war noch etwas. Er schloss die Augen, um besser hören zu können.

Ein Klackern, dann ein leises Quietschen. Er presste sich an den rauen Stein. Die Geräusche klangen in der Dunkelheit viel lauter als tagsüber. Ein Wimmern zog durch die Saline, und seine Nackenhaare stellten sich auf. Ein unmenschlicher, hoher Laut, der in einem Seufzen abebbte.

Nun ruhte nicht nur ein Augenpaar auf ihm. In jeder Ecke schien ein dunkles Wesen zu lauern. Totòs Herz pochte so laut, dass er fürchtete, das dumpfe Klopfen sei über das Getöse der Brecher hinweg zu hören.

Du darfst nie in verlassenen Gegenden herumschleichen, wenn der Mond voll ist und die Geister aus ihren Ecken und Winkeln kriechen, hörte er in Gedanken Tante Rosarias heiseres Flüstern. Er hätte am liebsten losgeschrien, doch er presste sich weiter an den rauen Stein und wartete. Verharrte regungslos. Ein Geräusch, und er würde sich verraten.

Er wartete, bis die nächste Böe durch die Saline heulte, dann holte er tief Luft und rannte los. Er starrte auf den Boden vor sich, sah seine Füße über die unebenen Pflastersteine fliegen. Er blickte weder nach links noch nach rechts. Was er nicht sah, würde auch ihn nicht sehen.

Genau hinter ihm zerriss ein Knall die Nachtluft. Nun sprang ihm die Panik endgültig auf die Schultern und verbiss sich in seinem Genick.

Er rannte um sein Leben.

Der Geruch des Meeres

Vier Tage vorher,
im Juni 1968

Das Meer roch jeden Morgen anders. Obwohl es noch früh war, baute sich die Hitze des Tages bereits auf und verstärkte die Gerüche des nahen Strandes. Der salzige Duft nach Algen kitzelte Totò in der Nase. Er hing noch zwischen Schlafen und Wachen fest, wollte die zähe Wärme nicht verlassen. Rufe waren in seinen Traum gehallt. Er lauschte, hörte aber nur das Grollen der Brandung. Der Scirocco kam. Wenn der heiße Wüstenwind von Afrika herüberwehte, rückte das Meer näher an die Häuser.

Totò blinzelte in die aufsteigende Sonne. Sie mussten sich mit dem Schlammschaufeln beeilen, sonst würden sie es dieses Jahr wieder nicht schaffen. Der Sommer kam unaufhaltsam näher, und im größten Becken der Saline verdunstete bereits das Wasser. Bald musste Vater die Schleusen öffnen, um auch die kleineren Becken zu fluten, doch die waren noch voller Schlick.

Totò rümpfte die Nase. Das war die schlimmste Arbeit. Der fischige Gestank des Schlammes, der mit winzigen Krebsen durchsetzt war, brachte ihn zum Würgen. Manchmal übergab er sich in den fauligen Morast.

Stimmen hallten von der Gasse herauf. Er hörte das Lachen von Rosario. Amedeo rief etwas von weiter weg, und da war auch Pietro, sein bester Freund, dessen Stimme im letzten halben Jahr so tief geworden war. Die Jungen trafen sich auf der Piazza, um gemeinsam zur Schule zu gehen. Hatten sie ihn geweckt? Totò rieb sich die Augen und überlegte kurz, ob er aus dem Fenster schauen und sie grüßen sollte, doch dann drehte er sich mit dem Gesicht zur Wand.

Er war vierzehn Jahre alt und würde eigentlich die achte Klasse besuchen. Und ausgerechnet jetzt, wo zum ersten Mal Jungen und Mädchen im selben Klassenzimmer unterrichtet wurden, durfte er nicht in die Schule gehen. Mädchen im gleichen Raum! Das war aufregend. Sonst bekam er sie kaum zu Gesicht, höchstens an Sonntagen in der Kirche, unter den gestrengen Augen der Eltern. Die unverheirateten Mädchen mussten daheim bleiben, sie wurden vor den gierigen Blicken der jungen Männer versteckt. Pietro hatte ihm erzählt, dass in der Schule alle Mädchen auf der rechten Seite des Mittelgangs saßen, und die Jungs auf der linken. Er konnte sie den ganzen Vormittag heimlich beobachten, der Glückliche. Auch Tiziana saß dort, und die hätte Totò gerne die ganze Zeit im Augenwinkel gehabt, wenn er könnte. Ein Lächeln zuckte um seine Mundwinkel, erstarb aber gleich wieder, denn er konnte ja nicht.

Wenn nur diese verfluchte Saline nicht wäre, die seine ganze Familie vereinnahmte, gefangen hielt, verschluckte und entweder umbrachte oder verrückt machte. Ja, verrückt machte, so wie Großmutter.

»Totooo«, hörte er ihre Stimme durchs Treppenhaus hallen, schrill und dünn. »Totooo!« Ihre Rufe waren es gewesen, die in seine Träume eingedrungen waren wie die Schreie einer verzweifelten Katze. Großmutter hatte ihn aufgeweckt.

Totò zog sich das verschlissene Leintuch, das ihm in der Hitze des Sommers als Decke diente, über den Kopf. Es roch nach Schweiß.

Bitte nicht. Nicht schon wieder.

Seit das mit Mama passiert war, hatte Großmutter ständig hysterische Zustände. *Cia i nerbi*, sagten die Leute im Dorf, *das sind die Nerven*.

»Totooo! *M´abbiiiooo!* Ich springe!«

Totò fuhr aus dem Bett hoch und rannte die Treppe hinunter in den ersten Stock, immer zwei Stufen auf einmal. Fast wäre er gestürzt, fing sich aber gerade noch mit der rechten Hand am Geländer ab. Dann sprang er mit einem großen Satz von der letzten Treppenstufe ins Wohnzimmer.

»*Nonna*, nicht! Halt!«

Er rannte zum Balkon. Ein Bein hatte sie schon über das Geländer gehoben, umkrallte das Metall mit beiden Händen. Ihre Fingerknöchel traten weiß hervor. »Ich springe!«, kreischte sie hinunter zur Straße und die Lockenwickler auf ihrem Kopf wackelten bedrohlich.

Die Welt war ausgeschaltet. Totò hörte nur seinen keuchenden Atem, er wusste, was er zu tun hatte. Mit einem letzten weiten Satz hechtete er nach vorne, packte Großmutter an ihrer geblümten Kittelschürze und zog sie zurück, sodass sie wieder mit beiden Füßen auf dem

Balkon landete. Sie schwankte, doch Totò stützte sie, bis sie sicher stand.

»Warum tust du das?«

Er sah über das Geländer. Das durfte nicht wahr sein. Unter dem Balkon hatten sich bereits die Nachbarn versammelt. *Nonna* hatte so lange geschrien, dass alle genug Zeit gehabt hatten, herzukommen und zu gaffen.

»Schau, alle stehen unten.«

»Die Nerven«, hörte Totò die Leute tuscheln. »Die Alte wird immer verrückter.« Wie Hyänen standen sie zusammen, begierig, das Unglück mit anzusehen.

»Wenn Vater das erfährt ... Bitte, *Nonna*!«, sagte Totò leise, aber eindringlich. »Komm wieder rein. Tu´s für mich.«

Brav ging sie zurück ins Wohnzimmer.

»Haut ab, hier gibt´s nichts mehr zu sehen.« Totò wedelte mit den Armen, um die Schaulustigen zu vertreiben. Dann ging er hinein und schloss die Balkontür nachdrücklich hinter sich, damit nichts mehr durch die Ritzen der Fensterläden und durch die Risse der altersschwachen Mauern drang. Jede Entgleisung traf im Dorf auf einen fruchtbaren Boden, der die Gerüchte nährte, die dann mit immer größerer Macht durch die Gassen schwappten. Wie damals bei der Überschwemmung das Wasser, das ihre Familie ins Unglück gestürzt hatte. Die Gerüchte gaben dem Getuschel der Leute Nahrung, schrieben die Wahrheit um, wurden irgendwann selbst zur Wirklichkeit. Was das Dorf flüsterte, und was die hinter Spitzenvorhängen verborgenen Augen sahen, das war auch geschehen.

Großmutter ließ sich auf einen Stuhl sinken, zog ihre Schürze zurecht und faltete die Hände, als wäre nichts geschehen.

»Deine Lockenwickler.«

Sie griff sich an den Kopf. »Oh.«

»Was ist bloß los mit dir?«

Totò strich sich die schweißverklebten Haare aus der Stirn. Seine *Nonna* schminkte und frisierte sich sogar, wenn sie nur kurz auf den Markt ging. Nie würde sie aus Bequemlichkeit ein Kopftuch überziehen, und schon gar nicht mit Lockenwicklern herumlaufen. Er schüttelte den Kopf. So machte sie seine ganze Familie zum Gespött des Dorfes. Vater würde toben.

»Warum tust du das?« Totò ballte die Fäuste. »Was, wenn ich nicht rechtzeitig gekommen wäre?«

Großmutter sah an seinem Gesicht vorbei zum Fenster und schürzte die Lippen, als würde sie das alles gar nichts angehen. Am liebsten hätte er sie geschüttelt, damit sie ihm endlich erklärte, was in ihr vorging.

»Du wirst immer verrückter. Ich halte das nicht mehr aus. Seit Mama ...« Totò brach ab. Im Hause Mancuso war es verboten, über sie zu sprechen.

Jetzt sah Großmutter ihn endlich aus ihren dunklen Knopfaugen an, und Totò glaubte, ein leises Bedauern darin aufflackern zu sehen.

»Ich mach dir deine Milch warm. Ich habe heute Morgen schon gemolken, sie ist ganz frisch.« *Nonna* erhob sich umständlich und tätschelte ihm den Kopf. »Alles gut, mein Schatz.« Dann ging sie in die winzige Küche, um den Topf auf das Feuer zu stellen.

Nichts war gut. So konnte das nicht weitergehen. Was, wenn Großmutter eines Tages tatsächlich sprang?

Die Tasse klapperte auf dem Unterteller, als sie ihm seine warme Ziegenmilch und ein paar trockene Kekse vorsetzte. Dann ließ sie sich wieder auf ihren Stuhl sinken und schwieg vor sich hin.

Totò stippte das Gebäck ein, wartete, bis es sich vollgesogen hatte und lutschte dann den weichen Teil ab. Er mochte den herben Geschmack der Ziegenmilch nicht, aber Kuhmilch konnten sie sich nicht mehr leisten. Mit dem süßen Keks zusammen ging es.

Er schluckte angestrengt. Hätte Vater bloß damals diese Saline nicht gekauft. Damals, vor drei Jahren, als der Fluss *Verderame* über die Ufer getreten war und die Salzbecken mit Schlamm und Geröll überflutet hatte. Das war der Anfang vom Ende gewesen.

Die Saline

1965

An Totòs elftem Geburtstag legte Vater beim Mittagessen die Gabel aus der Hand. Mama hatte eine Torte gebacken, mit Erdbeeren und Vanillecreme, und Totò freute sich schon den ganzen Vormittag darauf, dass er zum Nachtisch ein Stück davon essen durfte. Er konnte es kaum erwarten, bis alle ihre Fusilli mit *Sugo* aufgegessen hatten. Zur Feier des Tages hatte Mama heute echten Parmesan statt der gerösteten Semmelbrösel über die Nudeln gestreut.

Vater stützte die Ellbogen auf die Tischplatte und sah Mama und ihn mit hochgezogenen Augenbrauen an. »Ihr kennt doch die Phönizier.«

Totò hörte auf zu kauen. »Phönizier?«

»Die wussten schon vor dreitausend Jahren, dass hier der beste Platz zum Salzmachen ist.«

»Und?«

Das wusste jedes Kind in der Gegend von Trapani. Die flachen Gewässer waren so salzhaltig, dass sich nach dem Schwimmen eine feine Kruste auf der Haut bildete. Die Sonne brannte zuverlässig vom Himmel, versengte Sizilien jeden Sommer zu einem gelb-braunen Ödland, und der heiße Wind pustete über die Becken hinweg wie der Atem der Hölle. Natürlich wusste Totò auch über die

16

Phönizier Bescheid. Ganz im Gegensatz zu seinem Vater, der nie eine Schule besucht hatte.

»Kommt mit, ich hab eine Überraschung für euch. Ein Geschenk zu Totòs Geburtstag.« Vater stand auf und rieb sich die Hände.

»Was denn für eine Überraschung?« Mama sah ihn mit ihren sanften Augen an, die genauso gütig über ihre Familie wachten, wie die der Madonnen-Statue aus der Dorfkirche.

»Sag ich nicht, sonst ist´s ja keine mehr.«

»Jetzt? In der größten Hitze? Aber ich muss noch Geschirr spülen.«

Vater winkte ab. »Heute darfst du alles stehen lassen.« Dann bekam seine Stimme einen härteren Ton. »Los, kommt schon.«

Totò stand auf. Jetzt war es besser, das zu tun, was Vater sagte.

Auch Mama erhob sich, zupfte jedoch an ihrem Rock herum, auf dem ein Tomatenfleck eingetrocknet war.

»So kann ich nicht aus dem Haus.«

»Wollt ihr meine Überraschung nicht sehen, oder was?« Vater zog die Augenbrauen zusammen.

»Ich muss mich umziehen.«

»Weiber«, knurrte Vater und setzte sich wieder hin. Er stocherte in den Resten seiner Fusilli herum. »Verkocht. Du weißt genau, dass ich meine Pasta *al dente* mag.«

Totò presste die Handflächen aufeinander. Sie waren feucht. Jetzt hatte sie Vater endgültig die Laune verdorben.

»Nur eine Sekunde«, murmelte Mama und eilte nach oben, um sich einen sauberen Rock und ein Kopftuch anzuziehen. Das schöne, dass sie sich letzten Mittwoch auf dem Markt gekauft hatte, und das Vater so gut gefiel. Aber das half jetzt auch nichts mehr.

Die Sonne lähmte das Leben, und an Totòs Wirbelsäule rannen Schweißtropfen herab. Sie gingen durch die staubigen Gassen, die in der Hitze verlassen dalagen. Vater vorneweg, klein und feist, das Kinn hochgereckt, die Brust geschwellt. Er blickte ständig hin und her, um zu überprüfen, ob nicht doch irgendein Nachbar sie beobachtete, und zwirbelte seinen weißen Schnurrbart.

Mama sah Totò fragend an, doch er zuckte die Schultern. Er hatte keine Ahnung, wohin Vater sie führte. Sie gingen die Gasse erst ein Stück nach links, dann bog er ab, in Richtung Meer. Jetzt standen sie vor der Saline, in der er bis zur Überschwemmung gearbeitet hatte.

Totò ließ seinen Blick über die verwüsteten Salinenanlagen gleiten, die sich die ganze Bucht von Marsala bis Trapani hinzogen, bis zu den kahlen Felsbergen, auf denen die grauen Steinhäuser von Erice aus den Wolken ragten. Von dort oben sah man am Horizont sogar Afrika. Hunderte von Becken, die bis zu dem Unglück wie ein bunter Flickenteppich geleuchtet hatten. Jedes hatte, je nach Salzgehalt, eine andere Farbe gehabt, und Blau-, Grün-, Braun-, Orange- und Rosatöne hatten ein geometrisches Muster gebildet. Damals hatten hier noch strahlend weiße Salzberge in der Sonne geglitzert. Der ganze Stolz von Trapani. Jetzt lagen die Salzgärten kahl und hungrig da.

»Die Menschen brauchen immer Salz.« Vater breitete beide Arme aus wie ein Prophet. Dann sprach er mit fester Stimme über die Becken, oder das, was von ihnen noch übrig war, hinweg: »Immer. Das ist eine sichere Sache. Salz ist weißes Gold. Damit werden wir reich.« Seine Augen glitzerten.

»Hast du wieder Arbeit?« Ein Leuchten huschte über Mamas Gesicht.

»Besser. Ich hab die Saline gekauft.«

Mama wurde erst starr, dann wich jegliche Kraft aus ihrem Körper. Sie hielt sich an Totòs Arm fest. »Um Gottes willen«, flüsterte sie und bekreuzigte sich.

Totòs Hals fühlte sich an wie ein Reibeisen, er brachte keinen Ton heraus.

Vater sah erwartungsvoll zwischen Mama und ihm hin und her. »Versteht ihr nicht? Wir sind Salinenbesitzer. Wir sind jetzt wer.«

Totò blickte auf die Geröllhaufen. Die Wassermassen hatten Schlamm und Steine mit unglaublicher Wucht über die Salinenanlagen gespien, die Kanäle damit angefüllt, Werkzeuge und Maschinen unter sich begraben und das Bewässerungssystem zerschmettert. Aus diesem Bild der Zerstörung ragte die Windmühle mit den hölzernen Flügeln und ihrem roten Spitzdach heraus wie ein Mahnmal.

»Du hast das hier gekauft?«

Vater zog die Augenbrauen zusammen. »Freust du dich nicht über dein Geschenk? Als ich so alt war wie du, hätte ich nur davon träumen können, dass mein Vater mir ...«

»Von welchem Geld?«, unterbrach ihn Mama.

»*Nonna* hat mir ihre Ersparnisse gegeben, als frühes Erbe. Spendabel von ihr, oder?« Vater betonte angriffslustig das letzte Wort.

»Du hast mit deiner Mutter darüber gesprochen? Wahrscheinlich weiß es schon das ganze Dorf. Nur ich nicht.«

»Sie hat mir wenigstens geholfen. Sie glaubt an mich.« Vater schob trotzig das Kinn vor.

»Hast du auch unseren Notgroschen genommen?«

Totò spürte, wie Mama zitterte. Er hatte Angst, dass sie jeden Moment ohnmächtig werden würde und klemmte sich ihren Arm fest an den Oberkörper.

Röte stieg Vaters Hals hinauf, aber sicher nicht vor Scham, sondern aus Wut. »Dafür ist Geld ja da. Um im richtigen Moment das Richtige zu tun.« Er zögerte kurz. »Und Don Luigi hat mir den Rest geliehen.«

Mama schlug sich die rechte Hand vor den Mund. »Du hast Schulden bei Don Luigi gemacht?«

Vaters Doppelkinn zitterte. »Natürlich bei Don Luigi, wo sonst? Wenn sich einer mit Salz auskennt, dann er. Der Don sagt, das ist eine sichere Sache. Und Totò«, jetzt klopfte er seinem Sohn kräftig auf den Rücken, »wird Salinenbesitzer. Dann hat er für den Rest seines Lebens ausgesorgt. Ist das nichts?«

Totò starrte auf die Geröllhaufen. Salinenbesitzer? Er wollte doch nicht sein Leben lang unter der erbarmungslosen Sonne Salz schaufeln, bis sein Rücken genauso krumm war wie der von Vater. Er wollte in die Stadt gehen, studieren, etwas aus seinem Leben machen. Vielleicht würde er Lehrer werden.

»Kann man den Kauf rückgängig machen?« Mamas Stimme klang verzweifelt.

»Du hast wohl den Verstand verloren! Das ist das Geschäft meines Lebens. Don Luigi wird die Salinen wieder aufbauen, so wie er es schon einmal getan hat. Er wird auch mir helfen.« Vater breitete erneut die Arme aus. »Und dann werde ich, Giuseppe Mancuso, zusammen mit dem mächtigsten Mann im Dorf aus dem Schlick auferstehen und über ganz Trapani strahlen.«

»Ach, ich dachte, es ist Totòs Saline?«, sagte Mama.

»Ich wusste, dass du dagegen bist.« Vater machte einen Schritt auf Mama zu und seine Augen flackerten.

Für einen kurzen Moment dachte Totò, er würde auf Mama losgehen und zog sie ein Stück zurück.

»Lass sie.«

»Dir schenk ich nie wieder was. Euch kann man´s nie recht machen.« Vater spuckte ihnen die Worte vor die Füße. Dann drehte er sich um und stapfte davon, ließ seine Frau und seinen Sohn allein vor den Trümmern ihrer Existenz stehen.

»Oh Gott, Totò, jetzt ist es aus mit uns.« Mama bekreuzigte sich und sah übers Meer, wo die Inseln Favignana, Levanzo und der schroffe Gebirgszug von Marettimo im Mittagsdunst lagen. »Was ist nur in ihn gefahren?«

Totò musste sich ein wenig nach oben recken, damit er den Arm um sie legen konnte. »Es wird alles gut. Wir schaffen das schon.« Er versuchte, überzeugend zu klingen, aber die Angst drückte ihm die Kehle zu und seine Stimme krächzte.

»Als hätten wir es nicht schon schwer genug.« Mama begann leise zu schluchzen.

Durch die Überschwemmung hatte Vater seine Arbeit in der Saline verloren und stand nun jeden Morgen um drei Uhr mit den anderen Arbeitslosen auf der Piazza, in der Hoffnung, dass ihn einer der Lieferwägen als Erntehelfer mitnehmen würde. Für wenige Lire am Tag kroch er auf dem ausgedörrten Boden herum und pflückte Kirschtomaten, obwohl er schon viel zu alt für diese Plackerei war. An den Tagen, an denen ihm keiner Arbeit gab, hatten sie auch kein Geld.

»Jetzt sind auch noch unsere letzten Ersparnisse weg.«

Mamas Verzweiflung traf Totò tief in der Seele. Wenn Mama weinte, war es schlimmer, als selbst zu weinen. Er hielt sie noch ein bisschen fester.

»Wir schaffen das schon.«

Mama verbarg das Gesicht in den Händen. »Wie konnte er das nur tun? Ausgerechnet Don Luigi!«

Schlangenaugen

Juni 1968

Totò rieb sich über das Gesicht, um die Erinnerungen an den Tag zu vertreiben, an dem das Elend begonnen hatte. Er legte den halb abgebissenen Keks weg. Die Milch schmeckte säuerlich und klebte in seinem Hals. Mama war das erste Opfer der Saline gewesen. Und Vater hatte sie auf dem Gewissen.

Totò hörte, wie ein Schlüssel forsch in das Schloss der Eingangstür gesteckt wurde und zog den Kopf zwischen die Schultern.

Tante Rosaria polterte mit ihren Einkaufstüten die enge Treppe herauf. »*Dio mio*«, schnaufte sie, noch bevor sie einen Fuß ins Wohnzimmer gesetzt hatte. »Du verrückte alte Schrulle.« Ihre Stimme klang so heiser, als wären ihre Stimmbänder mit Honig verklebt.

Sie wusste also Bescheid. Die Leute hatten ihr auf dem Gemüsemarkt brühwarm erzählt, dass die alte Concetta mal wieder auf der Balkonbrüstung gesessen und das ganze Dorf zusammengeschrien hatte.

Tante Rosaria tauchte im Türstock auf. Ihr Gesicht war rot. Sie keuchte: »Du bringst Schande über uns. Schande!« Mit ihrem Unterbiss sah sie aus wie ein wütender Mops. Sie stutzte. »Deine Lockenwickler.«

23

Nonna saß auf ihrem Stuhl, summte ein Lied und sah aus dem Fenster.

Tante Rosaria knallte die Einkaufstüten in die Ecke, sodass ein paar Tomaten herausrollten. Eine platzte auf und hinterließ eine feuchte Spur auf den Fliesen.

»Santo Cielo. Du willst mich und meine Familie ruinieren.«

»Deine Familie?« *Nonna* fuhr herum. Wie immer, wenn ein Streit aufzog, erwachte sie aus ihrer Apathie. »Dass ich nicht lache.«

Tante Rosaria stampfte auf Totò zu und drückte ihn an ihren verschwitzen Busen, obwohl er dafür schon zu alt war. »Mein armer Sohn, was musst du nur alles ertragen? Herr im Himmel. Was tut dir diese Geisteskranke an?«

Er versuchte vergeblich, sich zu befreien. »Ist schon in Ordnung, Mutter«, murmelte er in ihre braune Strickjacke hinein.

Es bereitete ihm Übelkeit, wenn sie ihn *Sohn* nannte, und er mit *Mutter* antworten musste. Es war ein Verrat an seiner geliebten, echten Mama. Aber Vater bestand darauf.

Tante Rosaria streichelte seinen wirren Haarschopf glatt. Kein Wunder, dass sie so schwitzte. Die Jacke war viel zu warm für diese Temperaturen, aber es schickte sich nicht, dass eine Signora das Haus kurzärmelig verließ.

Endlich ließ sie von ihm ab. Sie sah aus dem Fenster und seufzte. »Der Scirocco weht.« Dann fuhr sie herum. *»Madonna mia*, hätte ich nur geahnt, in was für eine Familie ich einheirate. Lieber wäre ich eine alte Jungfer geblieben.«

»Du bist eine alte Jungfer«, knurrte *Nonna*.

»*Madre Maria*, warum nur? Warum gerade ich? *O Gesù*.«

Als Totò in den großen Spiegel über der Anrichte sah, wurde ihm die Absurdität der Situation bewusst. Großmutter mit Lockenwicklern auf dem Kopf und einem viel zu pinken Lippenstift. Seine schwitzende Tanten-Mutter, langärmelig in Braun und Schwarz gekleidet, die älter aussah als ihre eigene Schwiegermutter, obwohl sie erst Ende dreißig war. Und er selbst, ein magerer Junge in Unterhosen, wie er mit abstehenden Ohren und hängenden Schultern zwischen den beiden Furien stand, die jetzt gleich aufeinander losgehen würden.

Großmutters kleine, glänzenden Augen folgten jeder von Tante Rosarias Bewegungen. Sie drückte die Hände fest auf die Tischplatte, lauerte, wartete auf den richtigen Moment, um anzugreifen. Schlangenaugen.

»Ich zieh` mich an. Ich muss in die Saline«, murmelte Totò.

Keine der beiden Frauen blickte auf, als er fluchtartig den Raum verließ. Er lief die Treppe hinauf in sein Zimmer, steckte seine knochigen Knie in eine kurze Hose, zog sich ein T-Shirt über den Kopf und glättete sich die Haare mit etwas Spucke. Auf der Anrichte im Flur saß der Harlekin, den Tante Rosaria mitgebracht hatte, als sie zu ihnen gezogen war. Totò hasste das Ding. Wenn er nachts im Dunkeln aufs Klo musste, spürte er, wie der kirschrote Mund ihn boshaft angrinste und seine toten Augen ihm folgten. Jetzt, bei Tageslicht, wagte er es, ihm die Zunge herauszustrecken. Totò rannte die Treppe wieder hinunter und hielt vor der Wohnzimmertür inne. Sollte er Bescheid sagen, dass er das Haus verließ?

»*Dio Signore*«, hörte er Rosaria gedämpft durch die Türe jammern. »Putzen, kochen, waschen. Dafür bin ich euch gut genug. Bald muss ich dir auch noch den Hintern abwischen.«

»Ach, nicht mal das würdest du zustande bringen.«

»Aber du!«

Tante Rosaria versuchte, zu einem Gegenschlag auszuholen, doch ihr fiel nichts ein.

»Du bist so anders als deine Schwester.«

Tante Rosaria heulte auf.

Totò legte seine Wange an das kühle Türblatt. Immer wenn jemand von Mama sprach, bekam er einen trockenen Mund.

»Du liebst Peppe doch gar nicht«, keifte Großmutter weiter. »Du hast ihn nur geheiratet, weil du dir die Saline unter den Nagel reißen wolltest. Gib es doch endlich zu.«

»Natürlich liebe ich ihn.«

»Und was er von so einer wie dir will, ist mir auch ein Rätsel. Ich hätte den Haushalt auch allein führen können. Wir brauchen dich nicht.«

»Mich nicht brauchen?« Tante Rosaria kreischte fast. »*Madonna mia*, dann mach doch alles allein. Dann bedien du doch deinen Sohn und deinen Enkel, den lieben langen Tag.«

»Wollte ich ja. Aber Peppe ist auf dich reingefallen. Er hat nicht auf mich gehört. Jetzt bist du eben die Dame des Hauses.« Großmutters Stimme klang höhnisch. »Dame!« Sie lachte auf. »Dann komm wenigstens deinen Pflichten nach. Das Leben als Salinenbesitzerin hättest du dir wohl anders vorgestellt, was?«

Tante Rosaria war verstummt.

Totò seufzte. Es ging immer nur um diese verfluchte Saline. Er konnte Tante Rosaria nicht leiden. Sie jammerte immerzu, und aus jeder ihrer Poren tröpfelte schlechte Laune. Aber wenn Großmutter einmal anfing, auf ihr herumzuhacken, hörte sie nicht mehr damit auf. Er beschloss, die Tür nicht zu öffnen. Was würde das schon nutzen? Tante Rosaria und Großmutter stritten sowieso, ob er sich nun einmischte oder nicht. Manchmal hatte er das Gefühl, an der Boshaftigkeit der beiden zänkischen Weiber zu ersticken. Er musste hier raus.

Totò lief die Treppe hinunter ins Erdgeschoss und öffnete die Tür zum Ziegenstall. Ein Schwall warmer Luft kam ihm entgegen, und der tierische Geruch verklebte seine Nasenlöcher. Es würde Stunden dauern, bis er den wieder los war. Er zog sich die Hose herunter und pinkelte ins Stroh. Dann verließ er das Haus. Er war spät dran, Vater arbeitete schon seit dem Morgengrauen. Bestimmt war er verärgert, dass Totò noch nicht zur Arbeit erschienen war.

Als er um die nächste Ecke flitzte, sah er seinen Vater schon am Ende der Gasse auftauchen. An seinem abgehackten Gang sah er, dass er zornig war. Die letzten drei Jahre hatten seinem Rücken so zugesetzt, dass er nur trippelnde Schritte machen konnte, wenn er sich beeilte. Das sah komisch aus, doch heute war Totò nicht zum Lachen zumute.

Er versuchte abzubremsen, um einen Haken zu schlagen und in einer der verwinkelten Seitengassen zu verschwinden, doch Vater hatte ihn bereits gesehen. An seinen zusammengezogenen Augenbrauen und seinen angespannten Kiefermuskeln erkannte Totò sofort, dass er im Bilde war. Anders als Tante Rosaria jammerte und schrie er jedoch nicht, sondern war ganz ruhig. Zu ruhig. Totò fröstelte trotz der Hitze, als ihn die harten Augen seines Vaters erfassten.

»Ich wollte gerade zur Saline kommen.«

Eine Windböe wirbelte Staub auf und Vater hielt seinen Strohhut fest. Dann legte er Totò seinen Arm um die Schultern. Er stank nach Schweiß und Salinenschlick.

»Der Scirocco weht, der macht alle verrückt«, brummte er. Sein Arm fühlte sich an wie ein Schraubstock. Totò wollte sich wegducken, doch Vater zog ihn mit sich, zurück nach Hause.

Das Gekeife der beiden Frauen hallte schon von weitem durch die Gasse. Vaters Arm zog sich noch ein wenig fester um Totòs Schultern und seine Kiefermuskeln traten immer deutlicher hervor. Erst als sie das Haus erreichten, entließ er Totò aus der Klemme.

Sie stiegen die Treppe hinauf und Vater stieß die Wohnzimmertür mit solcher Wucht auf, dass sie gegen den Garderobenständer knallte.

»Ruhe!«

Rosaria und Großmutter fuhren zusammen und starrten ihn an.

»Endlich«, sagte *Nonna* und ihre langen Unterarme schnellten zur Decke, als wäre sie ein Schachtelteufelchen. »Endlich kommt der Herr des Hauses und sorgt für Ordnung.«

»Was ist hier los?« Vater baute sich am Kopfende des Tisches auf und ließ die Faust auf die Holzplatte krachen, dass die Gläser tanzten. »Man hört euer Geschrei bis zur Saline runter. Ich dulde in meinem Haus keine ...«

Weiter kam er nicht.

»Weißt du, was die sich mir gegenüber herausnimmt?«, unterbrach ihn Großmutter und zeigte mit spitzem Zeigefinger auf Tante Rosaria. »Weißt du, wie sie mich behandelt? Keinen Respekt hat die. Dankbar sollte sie sein, dass wir sie in unsere Familie aufgenommen haben, stattdessen ...«

»Dankbar?« Rosaria stemmte die Hände in die Hüften. »Und wofür bitteschön? Dafür, dass ich die Dienstmagd für euch alle sein darf? Oder dafür, dass du mir erlaubst, deinen Wahnsinn zu ertragen?« Sie zögerte kurz, überwältigt von ihrer eigenen Erkenntnis. »Und überhaupt: Wer ist eigentlich mir dankbar? *Dio mio*, Peppe! Sie hat schon wieder versucht, vom Balkon zu springen. Und das, als Totò mit ihr allein war.«

»Ist schon in Ordnung«, murmelte Totò, doch niemand achtete auf ihn.

»*Dio Signore*, das geht so nicht weiter. Du musst etwas unternehmen.«

»Und was bitteschön?«, knurrte Vater.

»Also ...« Tante Rosaria senkte die Stimme. »Die Nonnen betreiben in Trapani doch dieses Altenheim.«

Einige Sekunden lang war es mucksmäuschenstill im Raum.

Dann keifte Großmutter: »*Serpe velenosa*! Wie können zwei Schwestern nur so unterschiedlich sein. Peppe, merkst du das nicht? Sie will mich loswerden. Mit allen Mitteln.«

29

»Ruhe!«, schrie Vater wieder. Sein Schnurrbart zitterte. »Könnt ihr immer nur streiten, ihr blöden Weiber?« Dann wandte er sich Totò zu. »Also, was war genau los?«

Totò trat von einem Bein aufs andere. Großmutter fixierte ihn, und ihre Augen funkelten noch etwas dunkler als sonst. Sie tat ihm leid. Aber Vater wusste Bescheid. Es blieb ihm gar nichts anderes übrig, als die Wahrheit zu sagen.

»Ich bin von ihren Rufen aufgewacht, sie saß auf dem Balkongeländer, und ich hab sie wieder reingeholt. Das war alles.«

Rosaria nickte triumphierend, doch seine *Nonna* reckte die Arme empört zur Zimmerdecke.

»Was sagst du denn da! Das stimmt doch gar nicht.«

»Aber *Nonna*, du hast ...«

»Was? Was habe ich denn gemacht?« Großmutters Stimme bekam nun einen weinerlichen Tonfall.

»Und jetzt leugnest du es auch noch.« Vater ließ wieder die Faust auf die Tischplatte donnern. »Alle Nachbarn haben gesehen, wie du dich vom Balkon stürzen wolltest. Was sollen die denn von uns denken?«

»Ich? Vom Balkon?« Großmutter tippte sich an die Stirn. »Seid ihr verrückt?«

»*Du* bist verrückt!«, keifte Rosaria.

»Ruhe jetzt, verdammt nochmal!« Vater stieß einen Stuhl so heftig zu Boden, dass er krachend aufschlug. »Ihr seid schlimmer als ein Nest voll Vipern!«

Endlich war es ruhig im Wohnzimmer. Totò stand mit eingezogenem Kopf da und wünschte sich weit weg. Konnte es wirklich sein, dass *Nonna* sich nicht mehr daran erinnerte, was sie getan hatte?

Vater ließ sich auf seinen Stuhl sinken. Er wirkte erschöpft. »So geht das nicht weiter.«

»Da sind wir uns ja ausnahmsweise einmal alle einig«, murmelte Tante Rosaria.

Vater sah sie scharf an. »Du kannst nichts als jammern und streiten. Du hängst mir zum Hals raus.« Dann wandte er sich an Großmutter. »Und du machst die Familie zum Gespött des Dorfes. Was soll das?« Er wartete ab, doch sie sah nur unbeteiligt aus dem Fenster. »Was ist nur aus dir geworden? Du warst die eleganteste Frau im Dorf. Du hast der Familie immer Ansehen gebracht. Und jetzt ...« Er zeigte auf *Nonnas* Lockenwickler. »Jetzt bist du nur noch eine verrückte alte Schachtel, die sich das Gesicht vollschmiert wie ein Clown.«

Großmutter rülpste. »Oh«, machte sie und hob die Hand zum Mund.

Vater starrte sie entsetzt an und schüttelte den Kopf. »Es wird immer schlimmer mit dir.«

»Sag ich doch«, murrte Tante Rosaria.

»Halt den Mund!« Vater zwirbelte seinen Schnurrbart. »Ich weiß, was wir machen. Wir gehen zur Abbeterin. Die wird schon rausfinden, was mit *Nonna* nicht stimmt. Wenn jemand den Wahnsinn von ihr nehmen kann, dann sie.«

Niedergang

1965

»Ausgerechnet Don Luigi«, murmelte Mama noch einmal.

Natürlich wusste Totò, wer Don Luigi war. Jeder im Dorf wusste das. Sein schwerer Atem hing über den Häusern und nahm den Bewohnern die Luft zum Atmen. Er war der Herrscher über die Salinen, und die Salinen bedeuteten Macht.

»Komm jetzt, lass uns nach Hause gehen, wir können es ja doch nicht ändern.« Totò fasste Mama am Unterarm und führte sie weg von der Saline.

»Ich weiß nicht mehr, womit ich unser Essen bezahlen soll«, schluchzte Mama.

Totò streichelte beruhigend ihren Arm. »Lass uns morgen mit *Nonna* auf den Markt gehen. Sie hat gerade ihre Rente bekommen, da kauft sie sicher für uns ein.«

Mama lachte bitter auf. »Das ist ja wohl das Mindeste. Kein Wort hat sie mir gesagt.«

Den Rest des Tages verbrachte Mama im Bett, und auch am nächsten Morgen wollte sie nicht aufstehen. Totò musste allein zu *Nonnas* Wohnung gehen, um sie abzuholen und zum Wochenmarkt zu begleiten.

Zwischen bunten Pyramiden aus Zitronen, Orangen und Melonen wanderte eine Gruppe Urlauber herum.

Ein langhaariger Mann richtete die Linse seiner Kamera auf die Gesichter der Dorfbewohner.

»Eine Unverschämtheit ist das.« Nonna plusterte sich in ihrem eleganten Kleid auf wie ein Pfau. »Das werde ich Don Luigi melden.«

Am Fischstand standen drei fremde Frauen. Eine war so groß, dass sie sogar Vater um einen guten Kopf überragen würde. Ihre langen Beine steckten in abgeschnittenen Jeans. Eine Frau in Jeans hatte Totò noch nie gesehen, und schon gar nicht in kurzen. Er konnte ihre Oberschenkel sehen. Diese ganze nackte Haut. Der Anblick regte ihn auf und er lief rot an, aber er konnte auch nicht wegsehen. Die zweite hatte sehr helle Haut, wie ein Engel. Und sie war kantig. Die Frauen im Dorf waren weich und rund, aber die Touristinnen hatten oft dünne Arme und spitze Ellbogen, die aus ihren bunten T-Shirts ragten. Die dritte beugte ihr blondes Haar über Miesmuscheln und Tintenfische. Sie zeigte auf den Kopf eines Schwertfisches, auf dem sich Fliegen niedergelassen hatten, und der Mann schwenkte seine Kamera auf die mächtige Säge des Tiers. Die Frau trug einen Pferdeschwanz und das Sonnenlicht brachte ihr Haar zum Strahlen. Totò hätte es gerne angefasst. Bei dem Gedanken daran breitete sich ein merkwürdiges Ziehen in seinem Bauch aus.

»Schamlos sind die«, zischte Großmutter. »Mach die Augen zu.«

»Ach, *Nonna*.«

Wie die wohl rochen? Sizilianerinnen waren klein und dunkel, aber die Frauen von anderswo sahen alle verschieden aus. Es gab braune Haare, helle Haare, Sommersprossen. Bestimmt verströmten sie auch einen anderen Duft, nach Parfum und fernen Ländern.

Nonna bekreuzigte sich und sah zum Himmel auf. »*Santa Maria Santissima.*« Dann hielt sie inne. »Da ist Don Luigis Mutter. Komm mit, der werde ich das gleich zeigen.«

»Was willst du denn von der?«

Nonna zwinkerte Totò zu. »Hinter jedem mächtigen Mann steht eine noch mächtigere Frau, die weiß, was er am liebsten isst und welche Unterhosen er trägt.«

Schon schob sie sich flink durch das Gedränge wie eines der kleinen Holzboote, mit denen in den Salinen Salz transportiert wurde.

»Warte.« Totò hatte Mühe, ihr zu folgen. Er stieß gegen Schultern und weiche Hüften. Als er Großmutter erreichte, belagerte sie Don Luigis Mutter bereits.

»Immer diese Urlauber. Kann man denen nicht verbieten, dass die überall im Dorf herumlaufen und in unsere Häuser schauen? Und dann noch ihre Fotoapparate. Mein Sohn sagt auch, dass die Ausländer an allem schuld sind. Die Japaner ruinieren uns mit ihrem billigen Salz, sie bieten es weit unter unserem Preis an. Unmöglich ist das.«

»Na, aber die Japaner kommen ja nicht zu Besuch.« Don Luigis Mutter unterdrückte ein Grinsen.

»Kann Ihr Sohn daran nichts ändern? Er hat unsere Salinen doch schonmal gerettet ...«

»Komm, *Nonna*.« Totò nahm sie am Arm. »An den Japanern kann nicht einmal Don Luigi etwas ändern, und an den Touristen auch nicht.« Er zwinkerte der Signora zu und wollte Großmutter zum nächsten Stand führen.

»Ach, da ist er ja!«, rief *Nonna* und winkte aufgeregt.

»Komm jetzt«, zischte Totò.

Der Don machte ihm Angst. Seine kalten Augen beobachteten alles, was im Dorf vor sich ging. Doch es war zu spät.

Nonna machte sich los. »Er hat uns gesehen, wir müssen ihn begrüßen.« Sie winkte wieder.

Don Luigi kam auf sie zu. Vor ihm teilte sich die Menschenmenge wie das Meer vor dem Bug eines Ozeandampfers.

»Schau an, der kleine Mancuso.« Der Don hielt Totò seine Hand hin, damit er seinen Siegelring küssen konnte. Er roch nach Rasierwasser und trug Anzug mit Krawatte, obwohl es fast vierzig Grad hatte. Er musterte Totò von oben bis unten.

»Damit du in der Saline arbeiten kannst, musst du aber noch ein wenig Fleisch ansetzen.«

Totò fühlte sich nackt.

Zum Glück wandte Don Luigi sich jetzt Großmutter zu. »Was kann ich für Sie tun, Signora?« Er verzog seine fleischigen Lippen zu einem Lächeln. »Wie elegant Sie heute wieder sind.«

Nonna zeigte auf die Gruppe Touristen. »Können Sie nicht etwas gegen diese Ausländer unternehmen? Schauen sie sich das doch mal an. Halbnackt und schamlos.« Sie bekreuzigte sich.

»Wir brauchen die Urlauber, Signora. Sie kaufen unsere Korallen und unseren Thunfisch, sie essen und trinken in der Bar, und sie bezahlen dafür, dass wir sie zu den Inseln übersetzen. Das Dorf kämpft ums Überleben, das wissen Sie ja am besten. Uns kommt jede Lira recht.«

»Geld, Geld, immer nur Geld. Und wo bleibt unsere Würde?« Großmutter winkte ab. »Zum Glück wird es für uns jetzt endlich aufwärts gehen, mit unserer eigenen Saline.«

»Na hoffentlich«, rutschte es Totò heraus.

Nonna rammte ihm ihren spitzen Ellenbogen zwischen die Rippen und der Don fixierte ihn eisig.

»Keine Sorge. Die Saline ist eine sichere Sache. Damit habt ihr ausgesorgt.«

Totò nickte knapp. Dann zog er *Nonna* weiter.

»He, Totò!« Er drehte sich um. Pietro stand hinter Bottichen voller grüner, grauer und schwarzer Oliven, die er für seinen Vater verkaufte. Die mit *Peperoncino* mochte Totò am liebsten. Sein Freund sah verwegen aus, mit seinem weißen Leinenhemd und der Schiebermütze, unter der seine dunklen Haare hervorschauten.

»Heute Nachmittag am Strand?«

Totò nickte. »Ich komme.«

Pietro tippte sich an die *Coppola* und Totò hob die Hand zum Gruß.

Nonna schiffte weiter zielsicher zwischen den Ständen hindurch, prüfte Obst und betastete Gemüse, und die Tüten, die Totò für sie trug, wurden immer schwerer. Der Duft nach Gewürzen mischte sich mit den kehligen Rufen der Marktschreier.

»Und jetzt kaufe ich noch *Arancini*«, sagte Nonna feierlich. »Wer gut isst, streitet nicht.«

Totò roch die frittierten Reisbällchen, und das Wasser lief ihm im Mund zusammen. »Sag das besser nicht zu Mama.«

Großmutter sah ihn entrüstet an. »Was soll das denn heißen?«

»Warum hast du ihr nichts von der Saline gesagt?«

»Es sollte doch eine Überraschung sein.«

»Na, die ist euch aber gelungen.«

»Außerdem haben sich Frauen nicht in die Geschäfte ihrer Männer einzumischen. Komm, bring ihr die *Arancini*, solange sie noch heiß sind.« Dann rief sie ihm noch hinterher: »Und geh nicht mit vollem Magen ins Wasser.«

Totò lachte. »Schon gut, *Nonna*.«

Er trug die Tüten nach Hause und stellte sie auf dem Tisch ab. Gemüse, Obst, Käse und Brot quollen heraus.

»Schau Mama, was sie alles für uns gekauft hat.«

»Hat wohl ein schlechtes Gewissen«, murrte Mama.

Totò küsste sie auf die Stirn. »Sie hat ihm das Geld nicht aus böser Absicht gegeben. Sie will uns nur helfen. Setz dich, ich habe *Arancini* dabei.«

Mama nahm eines der Reisbällchen zwischen die Finger und betrachtete es. Dann seufzte sie. Als sie in die knusprige Kruste biss, schloss sie die Augen und lächelte zum ersten Mal seit langem wieder.

Totò aß drei Reisbällchen, eines mit Hackfleischsauce und Erbsen gefüllt, eines mit Schinken und eines mit Spinat. Er liebte es, wenn der Mozzarella, der im Herzen der *Arancina* geschmolzen war, beim Abbeißen lange Fäden zog. Als er fertig war, rieb er sich den Bauch.

»Ich gehe mit Pietro zum Strand.«

Mama wischte sich mit einer Serviette das Fett von den Lippen. »Aber geh nicht mit vollem Magen ins Wasser.«

»Ja, Mama.« Totò grinste.

Als er vor Pietros Haus stand, legte er die Hände wie einen Trichter an den Mund und rief »Pieee!«

Oben erschien der Kopf seines Freundes im Fenster.

»Ich komme.«

Sie liefen ein Stück aus dem Dorf hinaus, in entgegengesetzter Richtung zur Saline. Hier fiel das Ufer steiler ab, und eine Anlegestelle führte weit hinaus in das endlose Dunkelblau des Meeres. Dort draußen war das Wasser tief. Drei Boote klackerten im Rhythmus der Wellen gegen das Holz. Sie gingen den Steg bis ganz zum Ende entlang.

Jetzt sah Totò nur noch tiefblaues Meer um sich, als wäre er an Bord eines Schiffes. Ein Frachter lief aus dem Hafen von Trapani aus.

»Auf so einem Schiff würde ich auch gerne mal mitfahren«, murmelte Totò.

Pietro sah ihn überrascht an. »Wirklich? Und wohin?«

»Ich weiß nicht, vielleicht durch den Suez-Kanal, durchs Rote Meer und dann weiter nach Indien. Oder nach Norwegen und Japan, wo früher unser ganzes Salz hingebracht wurde.«

»Du spinnst doch.«

»Warum? Ich würde gerne fremde Länder sehen. Willst du etwa für immer hier im Dorf bleiben?«

Pietro sah dem Frachter nach. »Hier kenne ich mich wenigstens aus. Mir reicht es schon, wenn ich rüber nach Favignana zur *Mattanza* muss. Das ist genug Abenteuer.«

Totò schüttelte sich. »Ich könnte das nicht.« Ihm graute es allein bei der Vorstellung, wie die *Tonarotti* Tausende der silbrig glänzenden Thunfische in die Buchten trieben, um sie dort mit Harpunen zu erlegen, während sich das Meer im Todeskampf der Tiere blutrot färbte.

»Sind doch nur Fische.« Pietro zuckte die Schultern.

»Da arbeite ich doch lieber in der Saline.«

»Davon hast du auch mehr. Wenn ihr es wirklich schafft, das alte Ding wieder aufzubauen, brauchst du dir nie wieder Sorgen zu machen.«

»Und wenn nicht?« Die Wellen plätscherten an den Steg. »Wir haben nichts mehr, Pie. Mein Vater hat alle unsere Ersparnisse ausgegeben, auch die von *Nonna*. Die Saline ist völlig verwüstet. Wie soll das gehen?«

»Ach, das schafft ihr schon irgendwie. Und dann stellst du mich als Arbeiter ein.« Pietro lachte. »Und jetzt genieß den Nachmittag. Komm.«

Pietro sprang ins Wasser und spritze Totò nass, sodass er aufschrie, lachte und ebenfalls ins Meer hechtete. Die beiden Freunde alberten herum, dann kletterten sie wieder auf den Steg und legten sich flach und reglos hin wie Eidechsen. Totò spürte die Wärme des aufgeheizten Holzes auf seiner Haut und den Sommerwind, der warm über ihn hinweg strich. Er beobachtete Pietro verstohlen von der Seite. Er hatte schon Haare unter den Achseln, und auch der Flaum auf seiner Oberlippe wurde immer schwärzer. Vater hätte sich bestimmt so einen Sohn wie Pietro gewünscht, der verwegen genug war, Thunfische abzuschlachten, und der eine Saline zu schätzen wusste.

»Hast du ein Messer?«

Pietro blinzelte ihn an und angelte nach seiner Hose. »Klar.« Er zog ein Klappmesser aus der Tasche und reichte es ihm.

Totò begann, etwas in das zerfurchte Holz zu ritzen: T-I-Z-I-A-N-A.

»Die gefällt dir, was?« Pietro grinste und Totò zuckte die Schultern. Dann legte er sich wieder hin und fuhr mit dem Zeigefinger die Buchstaben nach.

Erst als es dunkel wurde, gingen die beiden Freunde zurück ins Dorf.

»Schau mal an, der Herr Sohn ist auch schon da.« Vater blickte übellaunig von seinem Teller auf, als Totò das Wohnzimmer betrat. »Wir sind fast fertig mit dem Abendessen.«

»Entschuldige. Ich habe die Zeit vergessen.« Totò trat von einem Fuß auf den anderen. Das Lachen, die Unbeschwertheit, der unbekümmerte Sommernachmittag – alles war mit einem Schlag erstickt.

»Lange schaue ich mir das nicht mehr an. Der Herr Sohn geht baden, während ich mich in der Saline abrackere.«

Mama sah ihn beschwichtigend an. »Aber er war doch nur mit seinem Freund ...«

»Ruhe! Lasst mich wenigstens in Frieden essen!«

Totò setzte sich schweigend an den Tisch. Der Sand in seinen Hautfalten juckte, aber er wagte es nicht, noch einmal aufzustehen, um sich zu waschen.

Als er später im Bett lag, klang Mamas Stimme dumpf durch die dünne Wand hindurch. »Wir haben kein Geld, um Arbeiter zu bezahlen. Wer soll denn die Kanäle und die Becken freischaufeln? Wer soll das Bewässerungssystem instandsetzen? Wer soll das Salz ernten?«

»Ich natürlich«, sagte Vater. »Und Totò. Dann gewöhnt er sich von klein auf an die Arbeit. Das härtet ab.«

»Totò muss zur Schule gehen.«

»Ach was, Schule. Ich war auch nicht in der Schule, und hat es mir geschadet?«

Mama schwieg einen Moment lang. Dann sagte sie: »Er ist viel zu jung, um zu arbeiten.«

»Ach was, er ist fast zwölf. Die Söhne der anderen Arbeiter helfen alle bei der Salzernte.«

Totòs Hals wurde eng. Er hatte schon oft gesehen, wie den Jungen, die in den Salinen arbeiteten, Tränen über die Wangen liefen, weil sie die Sonne blendete und das Salz in ihren Augen brannte. Die Hälfte der Kinder klaubte die Lehmklumpen zwischen den weiß glitzernden Kristallen heraus, die am Beckenrand zu hohen Haufen aufgeschüttet wurden. Die anderen holten mit den Eseln Tonkrüge voller Wasser und verteilten es an die Arbeiter. Nein. Das war sicher nicht die Zukunft, von der er träumte.

»Gib dem Jungen doch die Chance auf ein besseres Leben.«

»Was gibt es Besseres, als Salinenbesitzer zu sein?«

»Er ist so gut in der Schule. Er könnte studieren und …«

»Schwachsinn! Mein Sohn braucht keine Klugscheißer, die ihm Flausen in den Kopf setzen. Er liest eh schon zu viel. Wie ein Mädchen. *Fimmina*.«

Totò erschrak. Hatte Vater etwa die Kiste mit den Büchern gefunden, die er unter seinem Bett versteckt hielt? Sein Lehrer hatte sie ihm geliehen und er las während der Siesta heimlich darin.

»Das tut ihm nicht gut. Er ist schon verweichlicht genug.«

Die Worte taten weh, irgendwo ganz tief in Totòs Brust.

»Aber Peppe ...«

»Mein Sohn wird Salinenbesitzer, und damit *basta*.«

Totò ballte die Fäuste. Vater war derart besessen von seinem Plan, die zerstörte Saline wieder aufzubauen, dass er Mama einfach nicht zuhörte. Sie schluchzte leise durch die Wand. Totò legte seine Hand an die kühle Mauer, er hätte sie so gern getröstet.

»Ich weiß, was ich tue.« Vaters Stimme klang hart. »Don Luigi hat mir Arbeiter geliehen, ich zahle ihm das Geld dafür später.«

»Du hast noch mehr Schulden bei ihm gemacht? Um Himmels willen, Peppe!« Mamas Stimme wurde schrill. »Du weißt doch, was es bedeutet, eine offene Rechnung mit Don Luigi zu haben.«

Der böse Blick

Die Signora, die ihnen die Tür öffnete, sah völlig unscheinbar aus. Klein, krumm, mit faltigem Gesicht und einem grauen Dutt. Sie trug eine violette Küchenschürze mit winzigen, weißen Blümchen darauf. Totò kratzte sich an der Nase. Aus der Wohnung strömte der Geruch nach Broccoli und Sardinen. Er hatte sich eine Abbeterin ganz anders vorgestellt, eher wie eine Hexe oder eine Zauberin. Immerhin besaß sie übernatürliche Kräfte, konnte Krankheiten und Unheil in den Menschen aufspüren und allein durch die Kraft ihrer Gebete heilen. Aber diese ältere Dame sah genauso harmlos aus wie all die Hausfrauen, *Mammas* und *Nonnas* aus seinem Dorf.

»Kommt rein, kommt rein.« Die Alte ging rückwärts und wedelte einladend mit der Hand. »Hier hinein.« Sie wies ihnen den Weg durch einen engen Gang in die Küche. Dort schob sie die hölzernen Stühle herum, die über den Fliesenboden quietschten, bis alle in einer Reihe vor dem Tisch standen. »Setzt euch. Setzt euch nur.«

Die Signora schloss Tür und Fensterläden. »Damit keine unerwünschten Seelen zu Besuch kommen«, lispelte sie. Sie hatte nur noch einen Zahn, der beim Sprechen über ihre Unterlippe ragte. Dann zündete sie eine Kerze an, die ihr Gesicht von unten beleuchtete, und

43

setzte sich ihnen gegenüber. Totò schauderte. In dem flackernden Licht sahen ihre Konturen aus wie die eines Totenschädels. Nun fand er sie doch nicht mehr so harmlos.

Sie ließ ihre Augen langsam und eindringlich über die kleine Gruppe schweifen: Vater, Tante Rosaria, Großmutter und Totò saßen auf den unbequemen Stühlen artig nebeneinander. Sogar Vater wirkte eingeschüchtert.

»Signora, wir kommen zu Ihnen, weil ...«, begann er.

»Du!« Die Seherin schnitt ihm mit einer resoluten Geste das Wort ab und stieß die Spitze ihres Zeigefingers in Großmutters Richtung.

»Du trägst Verderben in dir. Ich sehe es. Der böse Blick lastet auf dir.«

»Verderben? Böser Blick?« *Nonna* presste sich erschrocken die Hand auf die Brust.

»Wusst` ich´s doch.« Tante Rosaria schaute sie mit gerümpfter Nase an und rutschte ein Stück von ihr ab.

»Scht!« Die Seherin legte den Zeigefinger an die Lippen. Dann stand sie auf und machte sich in der düsteren Küche zu schaffen. Sie füllte einen Suppenteller mit Wasser und stellte ihn vor sich auf die orangefarben geblümte Plastik-Tischdecke. Dann holte sie ein Schüsselchen mit Öl und eine große Küchenschere, deren Klingen mit Rostflecken überzogen waren. Der Wind rüttelte an den Fensterläden.

»Der Scirocco weht«, murmelte die Alte. »Er will zu uns herein. Aber wir lassen ihn nicht. Er bringt Unheil. Ja, Unheil. Und er macht die Menschen verrückt.«

Dann winkte sie Großmutter zu sich. »Komm näher. Hierher.«

Nonna rückte folgsam ihren Stuhl zum Teller. »Können Sie mir helfen?« Ihre Stimme klang dünn. »Bitte.«

Die Alte nickte. »Hab keine Angst, meine Tochter.« Sie malte mit ihrem Zeigefinger drei Kreuze auf die Schere, genau an der Stelle, wo sich die beiden Klingen trafen. Dann zog sie drei Kreuze durch das Wasser. »Im Namen des Vaters, des Sohnes und des Heiligen Geistes.« Ihre Hand sah aus, als wäre sie aus Leder, und über ihren Handrücken zogen sich dicke Adern. »Nimm den Teller«, sagte sie zu Großmutter.

Nonna legte ihre zitternden Hände um das Porzellan. Dann stippte die Alte ihren Zeigefinger in das Öl und ließ mehrere Tropfen davon ins Wasser fallen, die ineinanderliefen, wieder auseinander drifteten und sich schließlich zu neuen Tropfen zusammenschlossen.

Die Stille in der dämmerigen Küche schwoll an, während die Seherin in den Teller starrte. Nur der Sturm heulte draußen, langanhaltend und zornig. Auch Großmutter saß vornübergebeugt und beobachtete die Öltropfen.

Der böse Blick. Totò schauderte. Der Lehrer hatte ihnen zwar erklärt, dass die Menschen dazu neigten, Unheil irgendwelchen übernatürlichen Mächten zuzuschreiben. Aber jeder im Dorf wusste, dass es Leute gab, die missgünstig genug waren, um bei anderen durch ihren Blick Krankheit und Wahnsinn auslösen zu können. Die Augen waren die direkte Verbindung zur Seele eines Menschen.

»Da!« Die Alte zeigte auf den größten Tropfen Öl im Teller. »Da! Das bist du. Und hier«, nun zeigte sie auf einen weiteren Tropfen, der fast ebenso groß war, »das ist eine andere Person.«

»Aber wer?« Großmutters Stimme klang verängstigt. »Und warum?«

»Neid«, antwortete die Alte. »Fast immer ist es Neid.« Sie senkte die Stimme noch weiter, sodass Totò sie kaum noch verstehen konnte. »Neid ist eine vernichtende Kraft. Er kann Freundschaften zerstören und sogar Kriege auslösen.« Ihre Stimme zischelte an dem einsamen Schneidezahn vorbei. »Neid verzehrt und macht krank. Wer jemandem etwas neidet, will nicht so glücklich sein wie der andere. Nein, er will, dass der andere genauso unglücklich ist wie er selbst.«

Die Alte langte in ihre Schürzentasche, holte eine Packung Streichhölzer hervor und zog eines aus der Schachtel. »Aber jetzt werde ich den Neid verbrennen.« Sie zündete es an und warf es in den Teller. Die Flamme zischte und erlosch. Die Alte rieb sich zufrieden die Hände.

»Wer soll schon auf mich neidisch sein?« Großmutters Stimme bebte.

»Alle sind neidisch auf dich«, rief Vater dazwischen. Er blickte die Alte an und erklärte: »Keine Frau im Dorf ist so elegant wie meine Mutter. Und auf meine Saline sind sie auch neidisch. Ist das vielleicht nichts?«

»Scht!« Die Alte sah Vater streng an. Er verstummte, zog aber die Augenbrauen zusammen. Wie oft würde er sich noch von der Alten über den Mund fahren lassen?

»Ich sehe noch etwas anderes. Die Person hat ursprünglich gar nicht dich verhext.« Sie zeigte in den Teller. »Schau. Hier ist noch jemand.«

Totò versuchte, etwas in dem Muster aus Ölschlieren und Tropfen zu erkennen.

»Der böse Blick ist von einer anderen Person auf dich übergegangen. Ist in deiner Familie jemand gestorben, der selbst krank war?«

»Mama«, flüsterte Totò. »Mama war krank. Und nach ihrem Tod ist Großmutter verrückt geworden.«

»Ich bin nicht verrückt.« *Nonnas* Stimme klang empört.

Tante Rosaria lachte auf, und Großmutter schürzte beleidigt die Lippen.

Die Seherin nickte. »Warst du dabei, als sie gestorben ist? Hast du ihr in die Augen gesehen?«

»Nein«, flüsterte Großmutter. »Aber ich habe ihr die Augenlider geschlossen.«

»Da hast du´s.« Die Seherin schnalzte mit der Zunge. »Dabei ist der böse Blick von ihr auf dich übergegangen.«

»Das heißt, dieser Jemand hat Mama verhext, und nicht Großmutter?« Totò schluckte, und die feinen Härchen in seinem Nacken stellten sich auf. »Aber wer? Und warum?«

»Das weiß ich nicht. Aber vielleicht könnt ihr es selbst herausfinden. Wer die Macht hat, den bösen Blick zu übertragen, hat meist auch ein Merkmal«, sagte die Alte. »Ein Gebrechen, eine Missbildung. Oder kennt ihr jemanden, der schielt? Der zusammengewachsene Augenbrauen hat? Oder eine ungewöhnliche Augenfarbe?«

»Tante Lily«, rutschte es Totò heraus. »Die Leute im Dorf nennen sie Grünauge.«

»Blödsinn!«, fuhr ihn Vater an. »Die will uns doch nichts Böses.«

Die Seherin blickte wieder in den Suppenteller. »Da ist noch etwas. Etwas Großes. Massiges.«

Totò starrte gebannt in die Öltropfen.

»Vielleicht ein Gebäude?«

»Könnte sein.« Die Alte wiegte den Kopf hin und her. »Schaut, wie die Tropfen zueinander stehen. Ein Pentagramm. Das ist ein Fluch.«

»Die Saline«, raunte Totò. »Die Saline ist verflucht.«

»So ein Schwachsinn«, knurrte Vater und verschränkte die Arme vor der Brust.

Großmutter sah ihn an und hob die Arme zur Küchendecke. »Seit du die Saline gekauft hast, folgt ein Unglück dem nächsten. Die Saline ist es. Sie hat Unheil über uns gebracht. Sie ist verflucht.«

Vater winkte ab.

»Scht!«, machte die Alte wieder. Dann ließ sie ihre rechte Hand über dem Teller kreisen. »Diese kleinen Tropfen hier sind üble Gerüchte, böse Nachreden und niederträchtige Gedanken.«

Sie griff nach der Schere und zerschnitt mit fahrigen Bewegungen die Tropfen in mehrere kleine, und diese wieder und wieder in immer winzigere Tröpfchen, bis sie kaum noch zu erkennen waren. Dabei murmelte sie Wörter vor sich hin, die Totò nicht verstand. Die Schere schnappte immer schneller auf und zu, die Schneiden kratzten hektisch aufeinander, und am Haaransatz der Alten bildeten sich Schweißperlen.

»Sie zerschneiden ja auch mich!« Großmutter zuckte zusammen, als die Alte den größten Tropfen resolut durchtrennte.

Die Abbeterin hielt inne. »Hab keine Angst, ich zerstöre nur das Böse, das auf dir liegt. Das Böse.« Sie wischte sich über die Stirn, dann schnitt und schnitt sie immer schneller, bis sie »Ah!« rief und die Schere aus dem

Wasser zog. »Geschafft!« Erschöpft ließ sie sich auf ihren Stuhl sinken und bekreuzigte sich.

In der dunklen Küche herrschte Stille. Sogar der Scirocco war verstummt.

»Mehr sehe ich nicht.« Die Abbeterin zuckte die Schultern.

»Blödsinn!«, knurrte Vater.

Die Alte sah ihn an, als hätte sie gerade in eine Zitrone gebissen. »Du!« Ihr spitzer Zeigefinger schwenkte jetzt auf ihn. »Dir habe ich etwas zu sagen.« Sie machte eine kurze Pause, um ihren Worten mehr Gewicht zu verleihen. »Wenn man dem Esel den Kopf wäscht, vergeudet man Wasser, Seife und Zeit.«

Vater lief rot an und seine Kiefermuskeln traten hervor.

Dann blieb der Blick der Alten auf Tante Rosaria liegen. Sie kniff die Augen zu dünnen Schlitzen zusammen. »Und dir habe ich auch etwas zu sagen.«

»Mir?« Tante Rosaria lehnte sich zurück. »Ich habe doch gar nichts mit dieser ganzen Sache zu tun.«

Die Alte lachte trocken auf. »Hör gut zu: Spuck nicht in den Himmel, denn die Spucke fällt zurück auf dein Gesicht.«

Rosaria sah die Seherin mit vorgeschobenem Unterkiefer an und knetete ihre Hände. Dann zeichnete sich ein leises Erkennen auf ihrem Gesicht ab. Als sie den Sinn des Sprichwortes begriffen hatte, schnaufte sie empört.

Totò grinste in sich hinein. Dann spürte er die Augen der Alten auf sich ruhen und das Lächeln auf seinen Lippen erstarb.

Sie griff über die Tischplatte und nahm seine Hand, drehte die Handfläche nach oben und fuhr mit dem

Zeigefinger die feinen Linien nach. Es kitzelte, doch er wagte nicht, den Arm zurückzuziehen.

Die Seherin schüttelte den Kopf und seufzte. »Ach, mein Sohn«, murmelte sie. »Ein Vogel im Käfig singt nicht aus Liebe, sondern aus Zorn.« Dann verstummte sie wieder und ihre Finger wanderten über seine Schwielen.

»Was sehen Sie?«

»Hab keine Angst.«

Sie erhob sich, trat hinter ihn und legte ihre Hände auf seinen Kopf. Dann begann sie, in einem unheimlichen Singsang zu beten. Von ihren Händen ging eine angenehme Wärme aus, die langsam durch seinen Körper strömte. Er schloss die Augen, fühlte sich geborgen. Er kannte dieses Gefühl. Es war lange her. So hatte er sich als kleines Kind gefühlt, wenn er schlecht geträumt hatte, mit nackten Füßen und dem Alb im Nacken ins Schlafzimmer seiner Eltern gerannt war und sich unter Mamas warmer Bettdecke in Sicherheit gebracht hatte.

»Sie wird dich beschützen«, murmelte die Alte. »Sie ist immer bei dir und wacht über dich.«

Totò spürte, wie ihm Tränen in die Augen stiegen. Er hatte das Gefühl, nicht schlucken zu können, weil alles in ihm nach oben drängte, nach draußen wollte. Doch er würgte die Tränen hinunter und nickte.

Jetzt wandte sich die Signora wieder Großmutter zu. »Wer allein spielt, verliert nicht«, murmelte sie. Dann kam sie um den Tisch herum, zog ein Korallenkettchen aus ihrer Schürzentasche und legte es *Nonna* um den Hals. »Die Medusa konnte Menschen mit ihrem Blick in Stein verwandeln. Als Perseus ihr den Kopf abschlug, fiel er ins Wasser, und aus den Blutspritzern wurden Korallen. Das Amulett wird dich vor dem bösen Blick schützen.« Auch Totò drückte sie ein solches Kettchen in die Hand. »Nehmt euch vor dem Neid der anderen in Acht. Neid ist unversöhnlicher als Hass. Neid ist ein einsames Gefühl, verstohlen, versteckt und zerstörerisch.«

Sie sah Vater an. »Neid entsteht, wenn andere die Chancen genutzt haben, die man selbst hat verstreichen lassen. Merk dir das.«

Sie fixierte ihn noch einen Moment lang, dann entließ sie ihn aus ihrem stechenden Blick.

»Geht jetzt, geht jetzt.« Sie erhob sich und wedelte ihre Gäste mit schnellen Gesten hinaus.

Sobald die Haustür hinter ihnen ins Schloss gefallen war, blaffte Vater los: »Verrückte alte Kuh. Keinen Respekt hat die. Ein Fluch auf meiner Saline. So ein Schwachsinn.« Der heiße Wind fuhr unter die Krempe seines Hutes und riss an ihm. Er hielt ihn mit beiden Händen fest.

»Unverschämtheit«, murrte Rosaria.

»Aber wie konnte sie das alles wissen?«, murmelte Vater. »Das geht doch nicht mit rechten Dingen zu. Sie ist nicht aus dem Dorf, ich hab sie noch nie vorher gesehen.«

Tante Rosaria schüttelte den Kopf. »Ich auch nicht.« Unter ihren Achseln hatten sich Schweißflecken gebildet und sie schnaufte. »Ist doch egal. Hauptsache, sie hat den bösen Blick von ihr genommen, und wir können endlich wieder ein normales Leben führen.« Sie sah Großmutter strafend an.

Nonna streckte ihr blitzschnell die Zunge heraus.

Totò lief still hintendrein. Er wäre gerne noch bei der Alten geblieben. Er hatte sich Mama so nah gefühlt, wie noch nie seit ihrem Tod. Er hatte sich oft gewünscht, dass er wenigstens nachts von ihr träumen könnte, doch sie hatte sich ihm nie gezeigt. Er stellte sich vor, dass sie nun für immer auf einer unsichtbaren Wolke über ihm schweben würde, egal wo er war. Dieses Bild tröstete ihn.

Sie gingen in Richtung Bushaltestelle, und Totò bewunderte die Autos und Busse, lauschte ihrem Gehupe und atmete die Abgase ein, die nach Fortschritt rochen. Die Häuser hier hatten mehr Stockwerke, als er je gesehen hatte, und die Balkone waren mit Stuck verziert. Er bestaunte die leuchtenden Fassaden und die glatten Pflastersteine, die in der Sonne glänzten. Im Dorf duckten sich die Häuser unverputzt und staubig aneinander, die Gassen waren nicht asphaltiert. Leute überquerten geschäftig die breite Straße. Sie waren viel moderner gekleidet als die Dorfbewohner, auch die Frauen.

Totò konnte kaum glauben, dass nur ein paar Kilometer zwischen den beiden Welten lagen. Eines Tages würde er in die Stadt ziehen, da war er sich sicher.

»Schaut mal, da ist mein Lehrer.« Er winkte aufgeregt. »Signor Di Rosa!«

Mit weiten Schritten kam ein vollbärtiger Mann auf sie zu. Sein Hemd hing aus der Hose und seine Locken bedeckten die Ohren.

»Der muss auch mal wieder zum Barbier«, knurrte Vater.

Tante Rosaria kicherte.

»Totò, wie schön dich zu sehen.« Der Lehrer schüttelte ihm die Hand. »Schade, dass du nicht mehr zur Schule kommst.« Er lächelte Vater an. »Er ist wirklich klug. Sie können stolz auf ihn sein. Er könnte ohne weiteres auf die Universität ...«

»Er muss arbeiten.«

Der Lehrer fasste sich an den Bart. »Wirklich schade.« Dann wandte er sich wieder an Totò. »Was macht ihr denn hier in der Stadt?«

»Wir waren bei der Abbeterin, wegen dem bösen Blick.«

Signor Di Rosa zog die Augenbrauen hoch. »Du weißt aber schon, dass das nur ein Aberglaube ist, oder?«

»Klugscheißer«, knurrte Vater.

»Peppe!« *Nonna* fasste ihn am Arm.

Der Lehrer verzog sein Gesicht zu einem säuerlichen Lächeln. »Na gut. Ich muss weiter.« Dann blickte er Totò an. »Es hat mich wirklich gefreut, dich zu sehen. Du kannst dich jederzeit an mich wenden, wenn du etwas brauchst.«

»Der braucht nichts von Ihnen«, rief Vater.

Der Lehrer redete unbeirrt weiter. »Du weißt ja, wo du mich findest. Mach´s gut.«

»Auf Wiedersehen.« Totò schaute Signor Di Rosa nach, der im Gedränge der Passanten verschwand. Ein Schemen aus seinem früheren Leben, der ihn schmerzlich fühlen ließ, was Vater ihm genommen hatte.

»Seid ihr von allen guten Geistern verlassen?« Tante Lilys Stimme klang tief und voll durchs Wohnzimmer. »Bei der Seherin wart ihr? Bei dieser alten Spinnerin? *Porca Miseria!* Als könnte euch dieser abergläubische Schwachsinn helfen.«

Vaters Schwester sah aus wie eine dieser Moderatorinnen, die Totò manchmal im Fernseher in der Bar sah. Sie hieß eigentlich Liliana, aber sie nannte sich Lily. Mit Ypsilon. Sie strich sich den Pony aus der Stirn, unter dem ihre Augen grün hervorleuchteten.

Menschen mit auffälliger Augenfarbe, hatte die Seherin gesagt. Nein. Tante Lily hätte Mama niemals mit dem bösen Blick verhext. Totò spielte mit dem Kettchen in seiner Hosentasche.

Eigentlich wollte er ihr erzählen, was die Alte gesagt hatte. Doch als er sah, wie aufgebracht Tante Lily ihre neue Kurzhaarfrisur schüttelte, behielt er es lieber für sich.

»Wirst schon sehen.« Vater reckte beleidigt das Kinn vor. »Sie hat viel Blödsinn geredet. Aber sie hat *Nonna* auch vom bösen Blick befreit. Stimmts?« Er sah die anderen auffordernd an.

Tante Rosaria nickte wichtigtuerisch.

»Glaubst du das wirklich? So wie du geglaubt hast, dass du mit Don Luigi Geschäfte machen kannst?« Tante Lily winkte ab. »Hinterwäldler!« Mit hoch erhobenem Kopf schritt sie aus dem Wohnzimmer und knallte die Tür hinter sich zu.

Totò zog den Kopf ein. Nur Tante Lily wagte es, so mit Vater zu sprechen. Sie war seine große Schwester, und sie war die Einzige in der Familie, die einen Schulabschluss hatte. Ihren Friseursalon hatte sie ganz allein aufgebaut.

Vater blähte die Nasenflügel. Erst hatte ihn die Seherin zurechtgewiesen und beleidigt, und jetzt auch noch Tante Lily. Er würde sicher gleich in die Luft gehen.

»Komm, wir gehen arbeiten«, knurrte Vater.

Die Sonne stach nicht mehr, sondern stand knapp über dem Meer und gab Himmel und Wasser eine warme Farbe. Die Luft wurde endlich etwas kühler, sodass sie noch eine gute Stunde lang Schlamm schaufeln konnten, bevor die Dämmerung hereinbrach.

Als sie die Gasse zur Saline hinuntergingen, spürte Totò es zum ersten Mal. Die alten Männer saßen genau wie immer auf den Stühlen vor ihren Häusern und ließen die Zeit verstreichen. Die Gesichter unter ihren Schiebermützen waren von tiefen Furchen durchzogen. Die meisten hatten Gehstöcke, die an ihren Knien lehnten, oder auf deren Knäufen sie, leicht vorgelehnt, beide Hände aufstützten. Doch irgendetwas war anders als sonst. In ihren Augen lag etwas Abgründiges, etwas Düsteres. Als Vater und Totò vorbeigingen, wandten sie ihre Blicke ab, aus Angst, das Böse könnte auf sie übergehen, wenn sie ihnen ins Gesicht sahen.

Das Gerücht, dass Familie Mancuso am bösen Blick litt, hatte also nur wenige Stunden gebraucht, um sich im Dorf zu verbreiten. Hastig abgebrochene Sätze, Halbwissen, geraunte Namen, andeutungsvolle Blicke und vielsagendes Schweigen waren von Gasse zu Gasse gewandert, von Balkon zu Balkon, von Stuhl zu Stuhl.

Vater drückte die Brust heraus und grüßte: »*Buona sera.*«

Nur zwei der Männer nickten. Aus dem Augenwinkel sah Totò, dass einer von ihnen hinter ihrem Rücken die rechte Hand zur Faust ballte und dann den Zeigefinger und den kleinen Finger in ihre Richtung streckte. Die Hörnergeste.

»Sie wehren den bösen Blick ab«, flüsterte Totò.

Vater biss die Zähne zusammen und reckte das Kinn noch etwas weiter vor als sonst.

Der Scirocco heulte höhnisch durch die Gassen und die Dämmerung verdüsterte Mauern und Gesichter. Das Dorf sah den Fluch. Und was das Dorf sah, das gab es auch.

Schmutziges Salz

1965

Seit Vater ihr gestanden hatte, dass er noch mehr Schulden bei Don Luigi gemacht hatte, wurde Mamas Sanftheit von einem bitteren Zug um den Mund durchbrochen. Sie war verknittert und zusammengesunken, vor ihrer Zeit grau geworden. Die Haare und die Haut. Totò konnte sich nicht daran erinnern, wann sie zuletzt gelacht hatte. Er floh vor dem Gewicht, das auf ihr lastete, sich dunkel im Haus ausbreitete und auch ihn niederdrücken wollte.

»Ich gehe auf die Piazza«, rief er und schämte sich, denn er hörte sich genauso an wie Vater.

Totò kickte den Fußball zwischen den beiden Steinen durch, die ihnen als Torpfosten dienten. »*Goooaaal!*«, schrie er und reckte die Arme nach oben. Die anderen Jungen trabten zu ihm hin und klopften ihm auf die Schultern.

»Schau mal, wer da kommt«, sagte Pietro.

Totò blickte in die Richtung, in die sein Freund zeigte und sah Vater mit geschwellter Brust und selbstgefälligem Grinsen auf die Piazza stolzieren.

»Wie ein alter Gockel«, murmelte er.

Pietro zuckte die Schultern. »Er ist halt wie er ist.«

Ein paar Männer steckten die Köpfe zusammen, dann rief Mario in Vaters Richtung: »Oho, da kommt unser Geschäftsmann.« Er lachte meckernd. »Der kennt sich aus mit Salz.«

Vater blieb stehen. »Ihr werdet schon noch sehen. Nächstes Jahr gibt es in meiner Saline so viel weißes Gold, dass ihr nur davon träumen könnt.«

»Ja. Damit kennst du dich mindestens genauso gut aus, wie mit Frauen.« Mario wandte sich wieder den anderen Männern zu und höhnte. »Ihr wisst ja, wie er die wilde Lily im Griff hat. Er bringt sie einfach nicht unter die Haube. Aber wen wundert´s? Die lebt wie ein Mann und flucht wie ein Mann. So eine will doch keiner zu Hause haben.«

Die Männer brüllten vor Lachen.

»Wenn die flucht, verstummt sogar der Ätna«, rief einer.

Vater sagte nichts, um seine Schwester zu verteidigen, ging einfach weiter, mit hoch erhobenem Kopf.

Totò packte die Wut. Er rief über die Piazza: »Ihr habt doch nur Angst davor, dass sie euren Frauen Flausen in den Kopf setzt, wenn sie stundenlang bei ihr im Friseursalon sitzen.«

Die Männer drehten sich zu ihm um.

»Hört, hört«, rief Mario. »Jetzt spricht der kleine Mancuso.«

Totò stemmte die Hände in die Hüften. »Aber in Wirklichkeit beneiden eure Frauen Lily um ihre Freiheit. Die wären doch froh, wenn sie nicht von solchen Hohlköpfen abhängig wären.«

Die Männer lachten noch lauter.

Vater ging unbeirrt weiter, doch Totò sah, dass er seine Hände ineinander verkrampfte, um ihr Zittern zu verbergen. In der Bar setzte er sich allein vor den Fernseher, der flackernde, schwarz-weiße Bilder aus der ganzen Welt ins Dorf holte. Durch die offene Tür sah Totò, dass Gianni Morandi gerade seinen neuesten Hit schmetterte und sich im Fernsehstudio ganz nah zu einer jungen Frau setzte, die die gleiche Frisur hatte wie Tante Lily.

»Willst du nicht zu ihm gehen?« Pietro stieß ihn an. »Du kannst ihn doch nicht so allein sitzen lassen.«

Totò wusste, was es für Vater bedeutete, verspottet zu werden. Die Ehre seiner Familie und der Respekt des Dorfes waren wichtiger für ihn als sein eigenes Leben. Die Piazza war das steinerne Herz des Dorfes. Hier fanden sich die Männer zusammen, um auf dem groben Pflaster alle wichtigen Neuigkeiten auszutauschen, Politikfragen zu erörtern und Geschäfte zu besiegeln. Wer von der Piazza verstoßen wurde, wurde auch aus der Dorfgemeinschaft ausgeschlossen. Trotzdem schüttelte Totò den Kopf.

»Lieber nicht, sonst lässt er seine Laune an mir aus. Ich geh zu Tante Lily.«

Totò schob die Tür auf, und die Glöckchen, die Tante Lily an der Decke aufgehängt hatte, klingelten heiter. Eigentlich war der Zutritt zum Friseursalon für Männer strengstens verboten, doch Totò ging bei den Frauen noch als Junge durch, obwohl seine Stimme schon dunkler wurde und manchmal krächzte.

»Totò, wie schön, dass du da bist! Komm rein.« Tante Lily ging um das Plastikwaschbecken auf Rollen herum und küsste ihn auf die Stirn. Dabei streckte sie die Arme auf die Seite, denn in der linken Hand hielt sie ein Farbschälchen und in der rechten einen Pinsel. »Dich schickt der Himmel, heute geht es drunter und drüber. Hast du Zeit? Kannst du kehren?«

»Ciao, Totò«, kam es vierfach herüber. Auf dem orangefarbenen Sofa drängten sich drei Damen, Marios Frau war auch dabei. Und Tiziana. Totò spürte, wie sein Gesicht ganz heiß wurde. Ihre Augenbrauen waren zusammengewachsen und sie hatte einen dunklen Flaum über der Oberlippe, aber ihre Augen funkelten so rätselhaft, dass Totò jedes Mal in einen Abgrund stürzte und im Fallen trudelte, wenn sie ihn ansah. Dichte Locken fielen auf ihre Schultern, und sie hatte schon Rundungen, die sie zu verstecken versuchte, indem sie die Arme vor der Brust verschränkte.

»Ciao zusammen«, murmelte er, griff eilig nach dem Besen und begann, die Haare zu kleinen Häufchen zusammenzuschieben.

Tante Lilys Salon war der inoffizielle Dorfmittelpunkt der Frauen, und alles, was im Dorf vor sich ging, jede Anekdote und jedes Gerücht, kam früher oder später aufgebauscht wie ein toupierter Haarschopf in Tante Lilys Friseursalon an.

Marios Frau knuffte Giovanna. »Habt ihr gesehen, wie fett Angela geworden ist?«

»Vielleicht ist sie schwanger.«

»Und von wem? Von ihrem Mann wohl kaum, der ist ja nur hinter der Nachbarin her«, gackerte Francesca von einem der unbequemen Holzstühle herüber, auf dem Lily ihr gerade die Haare mit Farbe einpinselte.

Die Frauen stießen sich gegenseitig an, und auch Totò grinste in sich hinein. Aus dem Augenwinkel beobachtete er, wie Tiziana lachte. Sie legte dabei den Kopf ein wenig in den Nacken. Der Salon war eine Insel in diesem engen, düsteren Dorf. Nirgendwo sonst waren die Frauen so unbekümmert.

»Sag mal Lily, wie geht es eigentlich Eugenio?«

Totò horchte auf.

»Woher soll ich das wissen?« Tante Lily wurde rot.

Marios Frau senkte die Stimme. »Dem gefällst du. Das merkt man doch.« Sie zeigte auf den Tresen, auf dem neben dem Bonbonglas eine Vase mit frischen Blumen stand. »Die sind doch von ihm, oder?«

»Ach was! Die hat er mir nur gebracht, weil ich ihn nach Hause gefahren habe.«

»Du bist allein mit ihm im Auto gesessen?« Giovanna schlug sich die Hand vor den Mund.

»Ja und? Der Bus ist ausgefallen. Irgendwie musste er nach Schulschluss zurück nach Trapani.«

Totò kehrte unauffällig weiter. Schule? Trapani? Sie sprachen über seinen Lehrer. Ein merkwürdiges Kribbeln breitete sich in seinem Bauch aus.

»Und du bist gefahren?«

»Warum nicht?« Tante Lily zuckte die Schultern. »Ihr werdet schon sehen, in ein paar Jahren werden ganz viele Frauen den Führerschein haben und Auto fahren. Ihr müsstet mal sehen, in Palermo ...«

»Lenk nicht vom Thema ab.« Marios Frau kicherte. »Das war also reine Nächstenliebe, was?« Sie zwinkerte. »Aber mal im Ernst. Der wäre doch was für dich. Ein Mann aus der Stadt, der hat moderne Ansichten. Und du gehst ja schon auf die dreißig zu, es wird höchste Zeit. Lily Di Rosa, klingt doch gut.«

»Jetzt hört schon auf.« Tante Lily winkte ab. »Ich will doch nicht mein Leben damit verbringen, irgendeinem Kerl hinterher zu putzen. Ich kann allein für mich sorgen. Ich brauche keinen Mann.«

»Brauchen vielleicht nicht, aber wollen schon.« Marios Frau kicherte.

»Totò, machst du den Damen bitte einen Espresso?«

»Ja, klar.« Totò schob die Haare auf eine Kehrschaufel, warf sie in den Mülleimer und stellte den Besen wieder in die Ecke. Dann ging er durch den rosafarbenen Perlenvorhang ins Hinterzimmer.

»Für mich auch einen«, rief ihm Tante Lily hinterher.

Totò setzte die *Bialetti* auf und servierte den Frauen kochend heißen Kaffee mit viel Zucker. Tiziana reichte er das Bonbonglas. Seine Hand zitterte leicht, als sie darin herumkramte und sich ein grünes herausangelte. Grün war auch seine Lieblingssorte.

»Wie wäre es mal mit etwas Neuem, Giovanna? So ein Pixie-Schnitt würde dir fantastisch stehen.« Lily zeigte auf die ausgeschnittenen Fotos aus Modezeitschriften, die an den Wänden hingen. »Was meinst du, wie dein Mann da schauen würde.«

Giovanna kicherte. »Um Gottes Willen, nein. Dasselbe wie immer.«

Als alle Frisuren geföhnt und gelegt waren, sagte Tante Lily: »Na kommt, Mädels, ich spendiere euch ein Gläschen *Marsala*.«

Von dem holzigen, süßen Likörwein bekamen die Frauen rote Wangen und lachten noch lauter.

»Und er hier, er ist sowieso der Schönste von allen«, kicherte Giovanna und zeigte auf das Bild eines jungen Mannes mit Vollbart und Schlafzimmerblick, der über den Salon wachte. Das war Jesus. Und Tante Lily hatte ihn mit einer blinkenden Lichterkette geschmückt.

An diesem Abend war Vater noch übellauniger als sonst. Er saß mit steifen Gliedern und mürrischem Gesicht am Esstisch, die Karaffe mit Wein vor sich.

»Ich hab´s dir doch gesagt. Du hättest nicht auf Don Luigi hören dürfen. Nach allem, was damals passiert ist.« Mama knetete ihre Hände.

Vaters Schweigen breitete sich düster und bedrohlich im Wohnzimmer aus.

»Du hättest dich niemals auf diesen Kauf einlassen dürfen. Hast du wirklich gedacht, Don Luigi will dir einen Gefallen tun? Ausgerechnet dir?«

Vater fuhr auf. »Allen anderen hat er ja auch geholfen.«

»Du bist aber nicht alle anderen.«

Totò begann zu schwitzen. Vaters Laune gefiel ihm nicht. Aber Mama hörte nicht auf, ihn zu provozieren.

»Und außerdem: Das nennst du helfen? «

»Natürlich.« Vater schlug seine Handflächen auf die Tischplatte. »Er hat den Familien nach der Überschwemmung aus ihren Schulden geholfen, und ihnen gleichzeitig Arbeit beschafft. Ist das nichts?«

Mama lachte bitter auf. »Ja sicher. Indem er alle zerstörten Salinen für einen Spottpreis aufgekauft hat. Jetzt gehören ihm fast alle Anlagen zwischen Marsala und Trapani. Und die Männer hat er gleich noch als Arbeiter bei sich angestellt. Sehr großzügig, wirklich!«

»Und was ist mit den Booten? Und den Förderbändern? Er hat die Exportmenge in zehn Jahren verdoppelt!« Vater lief rot an. »Und er kennt sich besser mit Salz aus als jeder andere.«

Totò konnte sich nicht mehr zurückhalten. »Genau wie du, oder?«

Vaters Schnurrbart zitterte. »Geh auf dein Zimmer!«

Totò erhob sich. »Er hat von dir sicher mehr Geld für die Saline verlangt, als er selbst gezahlt hat.«

»Raus mit dir, sonst ...« Vater ließ die Faust auf den Tisch krachen.

Totò stieg die Treppe hinauf.

Er ging jedoch nicht in sein Zimmer, sondern setzte sich auf die oberste Stufe, um weiter zuzuhören.

»Totò hat recht«, sagte Mama.

Warum hörte sie nicht damit auf? Totò zog die Knie eng an den Oberkörper und legte die Arme darum. Wenn sie jetzt in ihr Zimmer ginge, würde Vater sich wieder beruhigen.

Aber sie erhob erneut die Stimme.

»Du hast dich von Don Luigi über den Tisch ziehen lassen.«

»Woher hätte ich denn wissen sollen, dass dieser Halsabschneider mich betrügt?«, schrie Vater.

Mama schwieg einen Moment. Dann sagte sie mit einer Bitterkeit in der Stimme, die Totò noch nie bei ihr gehört hatte: »Das weißt du ganz genau. Und hättest du nur einmal mit mir darüber geredet ....«

Vater brüllte los.

Es polterte, Mama kreischte auf.

Ihr Schrei zerriss die Luft.

Die Wut, die in Totò aufloderte, brannte so sehr, dass sie ihm die Eingeweide versengte. Er wollte hinunter rennen, Mama helfen, sie beschützen. Doch er hatte nicht den Mut dazu. Nicht, wenn Vater so war. Sein Körper hockte wie eine bleierne Hülle auf der Stufe und hielt ihn fest.

Erst als er unten die Tür zuklappen hörte, schrak er hoch und rannte in sein Zimmer. Er kauerte sich in seinem Bett zusammen. Warum war er so ein verdammter Feigling?

Am nächsten Morgen hatte Mama ein blaues Auge. Sie wirkte wie ein mageres, zerzaustes Vogelbaby, das hilflos und orientierungslos in seinem Nest saß und auf bessere Zeiten wartete. Doch die kamen nicht.

Mama schlief jetzt im anderen Zimmer. Wenn Vater zuhause war, blieb sie dort im Bett liegen und übte stillen Protest. Im Winter zog schließlich Großmutter zu ihnen. Sie baute ein Klappbett in Mamas Zimmer auf, krempelte die Ärmel ihrer Kittelschürze hoch und übernahm den Haushalt.

1966

»Hörst du das?«

Von der Straße drang Geschrei hoch. Totò trat auf den Balkon hinaus und sah einen fliegenden Händler, auf dessen Eselskarren ein großer Bottich stand.

»Kommen Sie, Signora, und sehen Sie sich das Zauber-pulver an. Eine Weltsensation!«

Die Frauen drängten aus den Haustüren, hoben ihre Schürzen an, damit sie schneller laufen konnten, und scharten sich neugierig um den Karren.

»Komm schon, Mama, lass den Abwasch stehen«, rief Totò. Ein wenig Ablenkung würde ihr guttun. Sie trock-nete sich die Hände ab, und er zog sie mit sich nach unten.

Der Mann nahm weißes Pulver und rührte etwas davon in den Holztrog. »Schauen Sie, Signora, schauen sie nur!« Berge von duftendem Schaum türmten sich auf, liefen über den Rand des Bottichs, und ab und an lösten sich unter den Oh- und Ah-Rufen der Zuschauer Blasen, die schillernd in die Luft stiegen. Die ersten Frauen zogen Fünf-Lire-Scheine aus ihren Schürzentaschen.

»Wollen wir auch welches kaufen?« Totò zog Mama am Ärmel.

»Ach, Totò. Das können wir uns nicht leisten. Uns reicht auch Schmierseife.« Schon wieder fiel dieser Schatten auf ihr Gesicht. Hätte er das nur nicht gesagt. Sie strich ihm über die Haare. »Ich weiß ja nicht einmal, wo ich etwas zu Essen herbekommen soll. *Nonnas* Rente ist für diesen Monat aufgebraucht.«

Totò überlegte. Wenn er ihr doch irgendwie helfen könnte. Da hatte er eine Idee. »Tausch doch bei den Nachbarn ein paar Fische ein. Vater hat gestern welche im Salinebecken gefangen.«

Mama nickte. »Das werde ich wohl müssen. Aber Peppe darf davon nichts erfahren. Ein Mancuso bettelt nicht um Essen.«

»Ich begleite dich«, sagte Totò. »Außerdem betteln wir nicht, wir tauschen.«

Sie gingen hinüber zu Giovanna, der sie von all ihren Nachbarinnen noch am meisten vertrauten.

»Kommt rein. Wollt ihr einen Espresso?«

Sie machte sich in der Küche zu schaffen. »Hast du gesehen, Mariella? Ich habe jetzt einen Gasherd.«

Sie drehte stolz den Schalter, das Gas fauchte, das Zündholz loderte auf. Mama ließ ihren Blick müde über die Kücheneinrichtung wandern.

»Nach der nächsten Salzernte lassen wir unser Haus an die Wasserleitung anschließen, dann bekommen wir eine Waschmaschine und sogar ein Wasserklosett. Stell dir vor.« Giovanna klatschte in die Hände.

»*Che bello*. Du Glückliche. Ich werde wohl weiterhin mit Holzbottich und Waschbrett zugange sein.«

Als sie am Tisch saßen und den bitteren Kaffee schlürften, sagte Mama: »Ich wollte dich um einen Gefallen bitten. Kannst du mir ein bisschen Gemüse leihen? Ich geb dir dafür ein paar Goldbrassen und Seebarsche.«

Giovanna sah sie bestürzt an. »Steht es so schlimm um euch?«

Mama nickte. »Aber kein Wort zu deinem Mann. Sonst schlägt Peppe mich windelweich.«

»Natürlich.« Giovanna strich ihr im Vorbeigehen kurz über die Schulter, dann verschwand sie in der Speisekammer. »Kannst du Tomaten brauchen? Und Auberginen? Ich habe auch noch ein paar Zucchini übrig.« Sie erschien wieder im Türrahmen und drückte Mama eine Tüte in die Hand. »Und deine Fische behältst du mal lieber.«

»Ich gebe dir alles zurück, versprochen.«

»Schon gut.« Giovanna winkte ab.

Als Mama die Tüte zu Hause auspackte, traten ihr Tränen in die Augen.

»Schau, sie hat uns auch Fleisch eingepackt.«

An diesem Abend schwieg Vater. Er hielt den Blick auf seinen Teller gesenkt und stocherte in seinem *Spezzatino* herum. Mama hatte die Scheibe Rindfleisch in kleine Stücke geschnitten und unter die Pasta gemischt, damit sie mehr davon hatten. Vater kaute lange auf einem Stück Fleisch herum und Totò sah nervös zu Mama. Sie hatte rote Flecken auf den Wangen. Hatte Vater etwas von dem Tausch erfahren?

»Das Fleisch war heute im Sonderangebot. Ich hab nur ganz wenig gekauft, aber es schmeckt gut, oder? Ich dachte, endlich mal wieder Fleisch ...« Mamas Augen waren unruhig.

»Was?« Vater hob seinen Blick vom Tisch und schluckte. Er hatte gar nicht zugehört.

»Alles in Ordnung, Peppe?«, fragte *Nonna*.

Vater schüttelte den Kopf. »Nein. Don Luigi hat seine Leute zurückgepfiffen. Er gibt mir keinen Kredit mehr.«

Plötzlich stand alles still. Mama verharrte wie eingefroren, Totò hörte auf zu kauen, und Nonna stand der Mund offen. Es war, als hätte die Welt aufgehört, sich zu drehen.

»Ich wusste es.«

Mama ließ das Besteck sinken. Sie erhob sich und ging nach oben in ihr Zimmer.

Großmutter schüttelte den Kopf.

»Das kann nicht so weitergehen, Peppe.« Sie stand ebenfalls auf und ging Mama nach.

»Bist du jetzt auch noch gegen mich?«, rief ihr Vater hinterher.

Dann verbarg er das Gesicht in den Händen.

Totò erhob sich. Jetzt bloß nicht mit Vater allein bleiben. »Ich gehe mit Pietro auf die Piazza.«

»Setz dich wieder. Du gehst nirgendwo hin.«

So müde hatte Vater noch nie ausgesehen. Totò ließ sich zurück auf seinen Stuhl sinken.

»Du musst morgen bei Kräften sein. Du kommst mit in die Saline zum Arbeiten. Die großen Kanäle für die Boote sind fertig, aber wir müssen noch die kleinen freischaufeln und die Schleusen überprüfen.«

»Aber morgen ist Schule.« Totòs Stimme überschlug sich.

»Du brauchst keine Schule. Du bist Salinenbesitzer.«

»Aber ...«

»Kein Aber!« Vaters Augen begannen zu flackern.

Totò verstummte. Er schluckte. Wollte ihn anschreien und schütteln. *Ich will das nicht*, wollte er brüllen, ich will nicht in dieser stinkenden Saline arbeiten, ich will studieren und weit fortgehen, in irgendeine Stadt, wo die Menschen anders sind als hier. Doch er brachte keinen Ton heraus. Stattdessen senkte er den Blick. Es würde nichts nutzen, sich zu wehren. Er würde alles nur schlimmer machen, wenn er sich Vater widersetzte, für sich selbst, und auch für Mama. Es war so weit. Er musste mit in die Saline. Seine Kindheit war vorbei.

»Um fünf Uhr geht´s los.« Vater leerte sein Weinglas mit einem Zug und erhob sich. »Und jetzt ab ins Bett.«

Der Morgendunst hing hell über den trockenen Grasbüscheln, die sich um das System aus Wasserläufen erstreckten, welche die verschiedenen Becken miteinander verbanden. Totò stand auf dem Grund eines Kanals und die Mücken sirrten um seinen Kopf. Seit etwa einer Stunde schaufelten sie Steine und Geröll heraus. Totò betrachtete seine rechte Handfläche. Sie war rot und am Zeigefinger bildete sich eine dicke, weißliche Blase. Sein Rücken schmerzte.

»Schau nicht so, du gewöhnst dich schon noch daran«, sagte Vater. Er sah prüfend zum Himmel. »Der Wind dreht. Ich muss die Flügel der Windmühle neu ausrichten. Mach du hier weiter.«

Die mächtigen Flügel waren bereits aufgespannt und trieben die archimedische Schraube an, die das Meerwasser in die *Vasca fridda* pumpte. Das Becken fasste das gesamte Wasser, das nötig war, um die Saline einen Sommer lang in Gang zu halten. Vater stieg aus dem Kanal und stapfte in seinen Gummistiefeln durch das hohe Gras in Richtung Windmühle. Eine schwarze, lange Schlange wand sich davon.

»Wir können das unmöglich zu zweit schaffen«, rief ihm Totò hinterher.

Vater blieb stehen und drehte sich um.

»Selbst wenn wir die Kanäle rechtzeitig freischaufeln, brauchen wir zur Salzernte trotzdem Arbeiter.«

Vater wischte sich über die Stirn. Die breite Krempe seines Strohhutes warf einen Schatten auf sein Gesicht. »Natürlich schaffen wir das.«

»Wir brauchen zwanzig Mann. Wie stellst du dir das vor?« Totòs Stimme krächzte. Jetzt bloß nicht heulen.

»Wir müssen nur diesen Sommer durchhalten. Sobald die Saline Salz produziert, stelle ich wieder Arbeiter an. Wir schaffen das, mein Sohn.«

Es war das erste Mal, dass Vater ihn so nannte.

In dieser Woche schaufelten sie die letzten Kanäle frei, reparierten die hölzernen Schleusen und besserten die Mauern zwischen den Becken mit einem Gemisch aus Schlick und Muscheln aus. Von Tag zu Tag schmerzten Totòs Muskeln mehr. Die Blase an seiner Hand platzte auf, und der Stiel der Schaufel rieb über sein nacktes Fleisch.

»Ein bisschen noch«, trieb ihn Vater unerbittlich an. »Nur noch dieser Kanal.«

Doch nach jedem Kanal kam noch einer.

Abends verarztete Mama Totòs Wunden, aber mit Vater sprach sie kein Wort mehr.

Erst am Sonntag gönnte Vater ihm eine Ruhepause. Großmutter hatte wilden Spargel gekocht, den sie selbst gesammelt hatte. Totò mochte ihn nicht, er schmeckte bitter. Tante Lily war zum Essen gekommen, aber Mama wollte sich trotzdem nicht zu ihnen setzen.

»Ich bringe Mama ihren Teller.« Totò war froh, dass er einen Grund hatte, vom Tisch aufzustehen.

»Ich will nichts.« Mamas Stimme hatte all ihre Kraft verloren, und auch ihr Körper wurde immer schwächer. Sie schaute ihn an, ohne ihn zu sehen. Es war, als würde sie langsam durchsichtig werden.

»Bitte iss etwas.« Totò stellte den Teller auf ihrem Nachttisch ab und strich ihr über den Arm. »Tu´s für mich.« Dann ging er wieder hinunter ins Wohnzimmer.

»Peppe, du musst Totò wieder in die Schule schicken.«
Tante Lily hatte die Arme vor der Brust verschränkt.

»Gar nichts muss ich.«

»Wenn du willst, dass er die Saline eines Tages führt, muss er sich mit Zahlen auskennen. Mit Wirtschaft, und mit Politik.«

»Blödsinn. Um eine Saline zu führen, muss man sich mit Salz auskennen, sonst nichts.«

»Ach ja? So wie du?«

Vater zog die Augenbrauen zusammen. »Ich brauche ihn in der Saline. Totò muss mitarbeiten, und damit *basta*.«

»Sturer Esel«, knurrte Tante Lily. »Dann werde ich ihn eben unterrichten.«

»Schwachsinn! Nichts wirst du.«

Lily sah Totò an. »Hol deine Bücher.«

Er zog den Kopf ein. Vater und Tante Lily starrten sich an wie zwei Schafböcke, die gleich mit den Hörnern aufeinander losgehen würden.

»Los, hol deine Bücher!« Tante Lily betonte jedes Wort.

»Weiber! Nicht mal in Ruhe essen kann man in diesem Haus. Ich geh zur Piazza.« Vater stapfte aus dem Zimmer und knallte die Tür hinter sich zu.

»Na also.« Tante Lily lächelte triumphierend.

Totò atmete auf. Wenn Vater das Haus verließ, war es, als würden die Mauern aufatmen und auseinanderrücken. Die bedrückende Schwere hob sich und machte ihnen Platz. Er holte seine Schulsachen.

Als sie am Tisch saßen, kamen zaghafte Schritte die Treppe herunter.

»Ist er weg?«

»Ja, Mama, du kannst kommen.«

Sie setzte sich zu ihnen und ließ ihre Stricknadeln behände klappern. Wenn Totò kluge Fragen stellte, lächelte sie, und nickte zu Tante Lilys Erklärungen.

Seit diesem Tag übte Tante Lily mit ihm jeden Sonntag das Rechnen. Sie lasen zusammen die Tageszeitung, und Lily erklärte ihm Politik und Geschichte. Am spannendsten fand Totò die Artikel über den großen Mafiakrieg, der in Palermo tobte. Sonntags war Totò glücklich. Zumindest, bis dieser eine, grauenvolle Sonntag kam, der alles veränderte.

Abends ging Vater in Mamas Zimmer. Als Totò die Tür zuklappen hörte, setzte er sich im Bett auf und nahm sein Kopfkissen auf den Schoß, als könnte er sich damit vor dem schützen, was gleich passieren würde.

»Mariella, ich muss mit dir reden.«

Mama schwieg. Natürlich. Sie sprach seit Monaten kein Wort mit Vater.

Er räusperte sich. »Sprich mit mir. Es ist wichtig.«

»Was ist?« Ihre Stimme klang kalt.

»Also ...«

»Sag schon!«

Vater schwieg wieder, und Totò krallte die Hände in sein Kopfkissen.

»Peppe, was ist los?«

Endlich sprach Vater. »Wir müssen noch ein Jahr durchhalten.«

»Noch ein Jahr? Was meinst du damit?« Mama erhob die Stimme. »Ich dachte, die Ernte steht kurz bevor?« Jetzt begann sie zu schreien, als würde sich die ganze

Wut, die sich in den letzten Monaten, nein Jahren, in ihr angesammelt hatte, auf einmal entladen. »Ich dachte, jetzt verkaufst du endlich dein verfluchtes weißes Gold? Ich dachte, wir können endlich wieder ein würdiges Leben führen?«

Vater hustete. »Ein Jahr noch, Mariella.«

»Und warum?«

»Der Schlamm, den der Fluss in die Saline geschwemmt hat, sitzt in jeder Ritze. Wir haben alle Becken ausgeschaufelt und gereinigt, aber unser Salz ist trotzdem mit Dreck versetzt. Es ist unverkäuflich.«

Das Angebot

Juni 1968

Es war höchste Zeit. In der *Vasca fridda* plätscherte schon frisches Meerwasser. Immer wieder tauchten die silbernen Leiber der Seebarsche und Goldbrassen an der Oberfläche auf. Sie hatten es fast geschafft. Die Kanäle waren frei, die Schleusen offen. Jetzt musste Vater darauf achten, dass der Wasserspiegel konstant blieb, damit der Salzgehalt von Becken zu Becken immer weiter anstieg. Nur in der letzten *Vasca*, in der das Salz schließlich kristallisieren sollte, stand noch Regenwasser und Schlamm vom Winter. Sie mussten sich beeilen.

Totòs Gummistiefel schmatzten, als er Schritt für Schritt vordrang und eine Schaufel des übelriechenden Schlicks nach der anderen in den Schubkarren hievte, der am Rand des Beckens stand. Schweiß sammelte sich in den Stiefeln, und der harte Gummi rieb an seinen Knöcheln. Die dünne Haut über dem Gelenk begann zu brennen. Am liebsten würde er die Stiefel ausziehen, doch dann würde das Salz seine Haut zerfressen.

Totò war im letzten Jahr zäh und kräftig geworden, aber der Schlamm war schwer, und jede Bewegung mit der Schaufel nach oben ließ seine Arme zittern. Es war eine sinnlose Arbeit, die sie da verrichteten. Das Becken maß dreißig mal fünfzig Meter, und jedes Loch, das sie in den zähflüssigen Brei schaufelten, schloss sich sofort wieder mit neuem Schlick. Er stieß die Schaufel in die zähe Masse.

»Das ist doch die reinste Sisyphos-Arbeit.«

Vater hielt inne. »Sissi was?«

»Egal.« Totò winkte ab.

»Dieses Jahr müssen wir es schaffen, Totò.« Vater sah ihn müde an. »Sonst sind wir geliefert. Verstehst du? Dann verlieren wir alles.«

Totò nickte. Am liebsten hätte er Vater angeschrien, dass sie doch ohnehin schon alles verloren hätten. Aber er presste die Zähne aufeinander und schaufelte stumm weiter. Der Scirocco wehte, doch der warme Wind brachte keine Abkühlung.

Ein langer Schatten hob sich gegen den orange glühenden Himmel ab. Ein Schatten in Anzug und Krawatte.

»Don Luigi.« Vater stütze sich auf seiner Schaufel ab. Der Schweiß hatte Flecken mit braunen Rändern auf sein Unterhemd gezeichnet.

»Ciao, Peppe«, antwortete der Don. »Wollte nur mal sehen, wie es euch geht.«

»Sehen Sie ja.«

Don Luigi ließ seinen Blick über die Saline schweifen. »Wohl nicht so gut.« Dann ging er auf der Beckenmauer in die Knie. Trotzdem überragte er Vater noch um einen halben Meter. »Hör mal. Ich will dir ein Angebot machen.«

Totò konnte den Don nicht richtig erkennen. Er blinzelte in den Sonnenuntergang und sah nur seine schwarzen Umrisse. Aber der Duft seines Rasierwassers drang stechend durch den fischigen Gestank des Schlamms.

»Ich will die Saline zurückkaufen.«

Totò horchte auf. Sein Kopf war mit einem Mal glasklar. Das war es! Das war die Lösung all seiner Probleme. Nie wieder unter der erbarmungslosen Sonne Schlamm schaufeln, bis er fast ohnmächtig wurde. Gespannt starrte er Vater an. Warum sagte er nichts? Totò trat von einem Fuß auf den anderen.

Vater hielt sich an seiner Schaufel fest. Sein Schweigen verdichtete sich, wurde von Sekunde zu Sekunde eisiger, bis er schließlich knurrte: »Sie gehen jetzt besser.«

Totò starrte ihn an. Nein. Dieses Angebot durfte er nicht ablehnen. Es war die einzige Gelegenheit, die sie hatten. »Vater«, flüsterte er. »Das kannst du nicht ...«

»Halt den Mund! Misch dich nicht ein, wenn erwachsene Männer über Geschäfte reden.«

»Aber das ist unsere einzige Chance!« Am liebsten hätte er Vater an seinem schmuddeligen Unterhemd gepackt und geschüttelt, damit er zu sich kam, doch Don Luigis gleichmütige Stimme hielt ihn davon ab.

»Denk wenigstens mal darüber nach, Peppe.« Ein herablassendes Lächeln spielte um seine Mundwinkel. »Du hältst dich genauso stur an deiner Schaufel fest wie an deiner Hoffnung. Du solltest auf deinen Jungen hören. Er scheint klüger zu sein als du.«

Vater presste die Zähne fest aufeinander. Sein Schweigen wurde bedrohlich.

»Na gut.« Don Luigi erhob sich zu seiner vollen Größe und sah auf Vater herab. »Du weißt ja, dass deine Schulden bei mir ständig steigen. Und auch die Zinsen und die

Zinseszinsen. Ich will dir nur helfen.« Er zeigte auf das Becken. »Eigentlich müsste hier schon Wasser drin sein. Sonst gibt´s dieses Jahr wieder kein Salz. Aber das weißt du ja selbst.«

»Verschwinden Sie«, knurrte Vater.

Tränen stiegen Totò in die Augen. »Vater, bitte.«

»Heul nicht wie ein Weib. Ich weiß, was ich tue.«

Don Luigi wollte schon gehen, doch dann wandte er sich noch einmal um. »Ich kann dir zwar nicht so viel zahlen, wie du mir gezahlt hast, aber ...«

Vater umfasste seine Schaufel noch fester und hob sie leicht an. Totò erstarrte. Drohte er Don Luigi? Niemand im Dorf wagte es, sich mit dem Don anzulegen, denn seine Rache war so gefährlich wie der Stich eines Skorpions.

»Hauen Sie ab, hab ich gesagt.«

Don Luigi hob beschwichtigend die Hände. »Wenn du es dir anders überlegst, weißt du ja, wo du mich findest.« Er wandte sich ab und schlenderte betont langsam in den Sonnenuntergang.

Der Scirocco holte Atem und fuhr dann mit einer ungestümen Böe in Don Luigis Anzug. Der Stoff bauschte sich auf, und seine Krawatte wehte zu Seite. Totò sah ihm nach. Der heiße Wind trug seine einzige Hoffnung fort.

Kurz bevor Don Luigi um die Ecke des Hauptgebäudes verschwand, blieb er noch einmal stehen und blickte sich um.

»Ach übrigens«, rief er. »Am Monatsende sind wieder Zinsen fällig. Vielleicht denkst du dann nochmal über mein Angebot nach.«

Als er außer Hörweite war, knurrte Vater: »Der hat schon genug angerichtet mit seinen verdammten Angeboten.« Er rammte seine Schaufel in den Boden. In verzweifelten Bewegungen stemmte er den Schlamm aus dem Becken. »Blutsauger.« Zu jeder Schaufel presste Vater einen neuen Vorwurf hervor. »Erst soll ich die Saline kaufen, da verdient er gut dran ... Dann muss ich bei ihm Schulden machen ... Dann presst er Zinsen aus mir heraus wie den Saft aus einer Zitrone ... Und jetzt, wo wir die Saline endlich wieder in Schuss haben, will er sie zu einem Spottpreis zurückkaufen. Der Ausbeuter.«

Totò blickte in die Richtung, in der Don Luigis Silhouette verschwunden war. Dann rutschte es ihm heraus: »Wir haben die Saline nicht in Schuss.«

Das hätte er nicht sagen sollen. Vater fuhr herum wie ein angeschossenes Tier. »Du auch noch? Du bist auch noch gegen mich? Mein eigener Sohn? Was glaubst du denn, für wen ich das alles tue?« Sein Gesicht war rot angelaufen, und sein Schnurrbart zitterte. »Du hast ja keine Ahnung«, schrie er. »Was weißt du denn schon vom Leben? Von all den Opfern, die ich für dich gebracht habe?«

»Ich habe auch Opfer gebracht. Ich kann nicht mehr in die Schule gehen. Es geht um meine Zukunft, um mein ganzes Leben!«

Vater kam näher, trug die Schaufel vor sich her wie ein Schwert. »Undankbarer Bastard!«

Totò wollte zurückweichen. Seine Gummistiefel waren tief in den Schlick eingesunken. Ein Schuh blieb stecken, er verlor das Gleichgewicht und kippte nach hinten. Als er auf den stinkenden Boden fiel, sah er Vaters verzerrtes

Gesicht über sich schweben. Er krümmte sich zusammen und hob schützend die Arme über den Kopf, erwartete einen Schlag mit der Schaufel, oder einen Tritt.

Nichts geschah.

Totò blinzelte unter seinem Arm hindurch und sah, dass Vater sich die Hände vors Gesicht hielt und seine Schultern zuckten.

»Wir haben es doch fast geschafft«, presste er hervor. »Dieses Jahr wird das Salz sauber sein. Ich weiß es.«

Er hatte seinen Vater noch nie weinen sehen. Seine Tränen rissen eine tiefe Leere in ihm auf, die sich mit seinem eigenen Schmerz füllte, so wie die Löcher, die sie in den Schlick schaufelten. Er setzte sich auf, kam auf die Knie und versuchte, den stinkenden Schlamm abzureiben, doch der Stoff seines T-Shirts hatte ihn aufgesaugt. Er hatte einen ekelhaften Geschmack im Mund.

Er hatte so viele Tränen geweint, und Vater war es egal gewesen. Sollte er ruhig selbst spüren, wie das war. Totò stand auf und ging ein paar Schritte weg, um weiterzuarbeiten. »Heul nicht wie ein Weib«, murmelte er, aber so leise, dass Vater es nicht hören konnte.

Aus dem Augenwinkel sah er, dass Vaters Arme kraftlos herabhingen. Er hatte die Schaufel fallenlassen und wischte sich mit dem Unterarm übers Gesicht.

Totò wandte sich ab und schippte weiter Schlick.

Als es so dunkel war, dass sie nicht mehr arbeiten konnten, schlurften sie die Gasse hinauf nach Hause, vorbei an der neuen Telefonzelle. Totò hielt sich stets ein paar Schritte hinter Vater, so wie es sich gehörte. Die Erschöpfung reichte ihm bis tief ins Knochenmark. Am liebsten hätte er sich hier mitten auf das Kopfsteinpflaster gelegt und wäre eingeschlafen. Für immer.

Die Saline verkaufen. Dieser Gedanke war ihm vorher noch nie gekommen. Auch, weil er sich nicht vorstellen konnte, dass irgendjemand eine zerstörte Saline haben wollte, die nur verschmutztes Salz erzeugte. Und dazu noch Unheil über die Menschen brachte. Ob Don Luigi von dem Fluch wusste? Und wenn schon. Ein Geschäftsmann wie er glaubte sicherlich nicht an so etwas.

»Vater«, rief er. »Denk doch nochmal darüber nach. Don Luigi hat ganz andere Möglichkeiten als wir. Er kann Geld investieren und die Saline wieder in Schuss bringen. Ihm nutzt sie wirklich etwas.«

»Ja sicher, damit er auf meine Kosten noch reicher wird«, knurrte Vater.

»Aber wir wären auf einen Schlag unsere Schulden los.« Totò lief ihm weiter nach.

»Und ich verliere endgültig mein Gesicht im Dorf.«

»Bestimmt gibt er dir deinen Arbeitsplatz zurück.«

»Genau, am Ende muss ich dann noch für ihn schuften, um unsere Schulden abzuzahlen. Und er steht im Dorf als großer Gönner da, weil er mir geholfen hat.« Vater blieb stehen und funkelte ihn an. »Niemals! Wir schaffen das, und damit *basta*. Ich werde es allen zeigen. Ich, Giovanni Mancuso, bin Salinenbesitzer, und ich werde meine Saline instandsetzen.«

Totò ballte die Fäuste. »Aber Vater, die Saline wirft nichts ab. Versteh doch. Don Luigis Angebot ist unsere einzige Chance!«

»Halt den Mund jetzt. Noch ein Wort, und du bekommst meinen Gürtel zu spüren.«

Vater drehte sich um und ging weiter.

Totò schüttelte den Kopf. Vater war vergiftet von seinem Stolz. Niemals würde er sein Scheitern eingestehen. Lieber würde er arbeiten, bis er tot umfiel.

Am Trinkbrunnen herrschte wie jeden Abend Gedränge, eine Traube von Frauen drängte sich um den Wasserhahn.

»Weiber!«, brummte Vater. »Immer nur zetern, lamentieren und schubsen.«

Das Wasser lief nur eine Stunde am Morgen und eine Stunde am Abend. Wer hinten in der Schlange stand, bekam kein Trinkwasser mehr und musste zu Don Luigi gehen, der einen Wasseranschluss im Haus hatte und den Liter für fünf Lire verkaufte.

Als sich Vater und Totò näherten, verstummten die Frauen und wichen zurück. Da war auch Pietro, der für seine Mutter zwei Krüge trug.

»Ciao Pie«, rief Totò und hob den Arm.

Sein Freund wollte gerade zurückgrüßen, da stieß ihm seine Mutter den Ellbogen in die Seite und zischte: »Die haben den bösen Blick. Von denen hältst du dich fern.«

Totò senkte die Augen auf die Straße und ging schnell weiter. Er ballte die Fäuste in den Hosentaschen. Die Saline machte alles kaputt. Alles. Sie war verflucht. Er musste dafür sorgen, dass Vater das Angebot von Don Luigi annahm. Um jeden Preis. Es war die einzige Möglichkeit, dieses elende Leben hinter sich zu lassen und wieder ein vierzehnjähriger Junge zu sein.

Er blieb stehen.

Großmutter saß wieder auf dem Balkongeländer.

»*M´abbiiiooo!* Ich springe!«

Das durfte nicht wahr sein. Nicht auch noch Groß-mutter. Heute nicht. Totò schloss die Augen und rieb sich mit beiden Händen übers Gesicht, als könnte er den Alb-traum damit wegwischen. Doch als er die Lider wieder öffnete, saß *Nonna* noch immer auf dem schmalen Eisen-gitter.

Vater stand breitbeinig da. Auch er brauchte einen Augenblick, um in seiner tiefen Erschöpfung noch ein wenig Kraft aufzubringen.

»Dieser scheiß Scirocco«, knurrte er. Er atmete tief durch, dann richtete er seinen krummen Rücken auf, legte den Kopf in den Nacken und schrie nach oben: »Entweder du springst endlich, oder du gehst wieder rein und bist still!«

Die Schaulustigen, die sich unter dem Balkon versam-melt hatten, begannen zu lachen.

»So kennen wir dich, Peppe. Zeig ihr, wer das Sagen hat. Du hast deine Weiber im Griff. Jetzt muss er nur noch der Rosaria ein Kind machen. Oder ist etwa auch der Fluch schuld daran, dass es nicht klappt?«

»Ach, leckt mich doch«, knurrte Vater.

Großmutter war so überrascht, dass sie vom Geländer kletterte, ins Wohnzimmer ging und die Balkontür hinter sich zumachte. Ein paar Männer klatschten Beifall.

»Komm.« Vater zog Totò mit sich ins Haus. Vor der Tür drehte er sich noch einmal um. »Und ihr haut ab!« Er zeigte mit dem Zeigefinger und dem kleinen Finger in ihre Richtung, als wolle er Blitze auf sie schleudern. »Sonst verhexen wir euch.«

Die Nachbarn lachten, doch sie wichen zurück und zer-streuten sich murrend.

Als sie in die dunkle Kühle des Hauses eingetaucht waren und Vater die Tür hinter sich geschlossen hatte, hielt er inne, nahm seinen Hut ab und begann, vor sich hin zu flüstern.

»Es hat nicht geholfen. Sie hat noch immer den bösen Blick. Die Abbeterin hat gelogen.« Er drückte seinen Hut so fest an den Bauch, dass das Stroh der Krempe umknickte. »Alte Hexe. Lügnerin.«

Totò sah ihn besorgt von der Seite an.

»Der Fluch ist zu stark. Wir sind alle verflucht.« Er starrte auf den Boden. »Ich muss es selbst tun. Ich muss uns davon befreien.«

»Was meinst du damit?« So hatte er Vater noch nie erlebt. Sein stoisches Gemurmel machte ihm mehr Angst als sein Geschrei. Wurde er jetzt auch noch verrückt?

Vaters Blick flackerte. »Ich muss selbst dafür sorgen, dass er seinen Fluch zurücknimmt.«

»Wer?«

»Lass mich nur machen.« Vater straffte die Schultern. »Ich weiß jetzt, was ich tun muss.« Dann stieg er die Treppe hinauf.

Totò folgte ihm bis in den ersten Stock und stand unentschlossen vor der Wohnzimmertür. Er lauschte Vaters müden Schritten, die hinauf in sein Schlafzimmer schlurften. Er hörte die Schranktür klappern, danach kamen die Schritte wieder herunter. Totò zuckte zusammen. In seiner rechten Hand schwang Vater ein Jagdgewehr.

Trauer

1967

Es war ebenfalls ein Sonntag gewesen, als Vaters Stimme morgens durchs Haus klang: »*Nonna*, Totò, kommt. Schnell. Ich glaube, sie ist tot.«

Vaters Worte legten sich wie ein dichter Nebel um ihn. Er begriff sie nicht, und er wollte sie auch gar nicht begreifen. Totò ging hinaus auf den Flur, hörte Vaters aufgeregte Stimme im Schlafzimmer, und Großmutter, die leise wimmerte. Er hatte nicht den Mut, zu Mama hineinzugehen, blieb einfach vor der offenen Tür stehen, faltete die Hände und verharrte regungslos.

Großmutter lief zu ihm, küsste ihn, hielt seine Hände fest. Sie weinte. »Deine Mama ist heute Nacht zum Herrgott hinaufgeflogen.«

»Warum?« Mehr brachte Totò nicht heraus.

»Das verstehst du nicht.« Sie bekreuzigte sich. »So viele Sünden. Komm jetzt. Ich habe sie gewaschen. Du kannst dich von ihr verabschieden.«

Totò blieb stehen, unfähig, die Klinke herunterzudrücken. Er hatte noch nie eine Leiche gesehen. Er wollte Mamas totem Körper nicht begegnen. Solange er ihn nicht sah, war sie vielleicht doch nicht tot.

Die Nachbarinnen strömten herein und nahmen das Haus in Besitz. Sie jammerten, drückten Totò an ihre schwarzen Leiber, küssten ihn. So viele Frauen, und er nahm keine von ihnen wirklich wahr. Sie schoben ihn unerbittlich ins Schlafzimmer hinein, reichten ihn weiter wie ein Geschenk. Das letzte Geschenk an Mama.

Eine Wolke von Weihrauch verschloss ihm die Nasenlöcher, er konnte kaum atmen. Ihm wurde schwindelig und er hatte Angst, sich hier auf den Boden, vor Mamas totem Körper zu übergeben.

Ihre Haut war gelblich. Ihr Mund stand weit offen und die Wangen waren eingefallen. Das war nicht Mama.

Da sah er die Zahnlücke. Totò erinnerte sich daran, wie sie die ganze Nacht vor Schmerzen vor sich hin gesummt hatte, bis sie sich am Morgen vom Schmied den vereiterten Backenzahn hatte ziehen lassen. Sie war es doch.

Er stand neben ihrem Bett, und alles war weit weg. Das Flackern der Kerzen, das Murmeln der Frauen, die den Rosenkranz beteten, der käsige Geruch, der den Hautfalten unter ihren schwarzen Kleidern entströmte. Totò gehörte hier nicht hin. Sie schoben ihn weiter. Näher zu Mamas Kopf. Er musste ihre Stirn küssen. Alles in ihm sträubte sich dagegen, doch er hatte keine Kraft sich zu wehren. Als seine Lippen ihre wächserne Haut berührten, verschloss ihm das Entsetzen alle Poren. Er konnte nicht weinen. Es kam nichts aus ihm heraus.

Vierundzwanzig Stunden lang lag Mamas Leichnam auf dem Bett im Schlafzimmer. Das ganze Dorf kam, um sie anzuglotzen.

»So ein Unglück«, tuschelten die Leute. »Das musste ja eines Tages so ausgehen.«

Tante Lily kochte ihm *Pastina*. Mama hatte ihm die winzigen Nudeln in Brühe immer dann gemacht, wenn er krank war. Und jetzt fühlte er sich so elend wie noch nie in seinem Leben. Er wollte nichts essen, doch Tante Lily fütterte ihn wie ein kleines Kind und sang ihm dabei etwas vor. Löffel für Löffel der warmen, salzigen Flüssigkeit rann durch seine Kehle. Wie Tränen, die nach innen flossen.

»Woran ist sie gestorben?«, fragte Totò.

Tante Lily strich ihm über den wirren Haarschopf.

»Sag schon.«

»Das verstehst du nicht.«

»Natürlich verstehe ich es.«

»Ich erkläre es dir, wenn du größer bist.« Sie küsste ihn auf die Stirn.

»Ich bin schon dreizehn.«

Tante Lily sah ihn lange an, dann seufzte sie. »Also gut. Sie hatte ein schwaches Herz.«

»Und was soll ich daran nicht verstehen?« Totò schüttelte den Kopf. »Das glaube ich nicht.«

»Schluss jetzt!« Tante Lily erhob sich und brachte das Geschirr in die Küche.

Totò hatte nicht die Kraft, zu streiten. Doch eines wusste er bestimmt. Tante Lily log ihn an. Vater hatte Mama auf dem Gewissen, und sonst keiner.

Als die Totenwache beendet war, trugen sechs Männer Mamas Sarg auf ihren Schultern durch das ganze Dorf bis zum Friedhof. Vater ging vorne links. Seit Mama gestorben war, hatte er kein Wort mehr mit Totò gesprochen.

Mariella Mancuso. Nur ihr Name blieb. Er stand auf der steinernen Platte in der Mauer des Friedhofs. Sie konnten sich kein Grabhäuschen leisten, deshalb verschwand Mama in einer der Nischen für die Armen. So weit oben, dass Totò nicht an die Vase heranreichte, um ihr frische Blumen zu bringen. Aber sie liebte doch gelbe Margeriten so sehr.

Nach der Beerdigung musste Totò acht Tage lang neben Vater, Großmutter und Tante Lily auf einer Stuhlreihe im Wohnzimmer sitzen und Beileidsbekundungen entgegennehmen.

»Condoglianze. Condoglianze.«

Die Gäste tätschelten Totò den Kopf, seufzten schwer und langanhaltend. Er wollte nicht mehr von diesen feuchten, faltigen Mündern geküsst werden.

Es war die längste Woche seines Lebens. Er konnte nicht mehr sitzen, rutschte ständig hin und her, weil sich die Kante des Stuhls schmerzhaft in die Rückseite seiner Oberschenkel bohrte. Die Nachbarn brachten ihnen Essen, Großmutter betete ununterbrochen den Rosenkranz, obwohl sie schon ganz heiser war, und Vater war wie versteinert. Als wäre auch er gestorben.

»Das ist deine Tante Rosaria«, waren die ersten Worte, die Vater wieder an ihn richtete.

»Wer?«

»Mariellas kleine Schwester.«

Totò sah sie an. Mamas Schwester? Das konnte nicht sein. Tante Rosaria war unfreundlicher, hässlicher, älter und verlebter als Mama. An ihren Schläfen war das Haar streng zurückgebunden und Schweißperlen färbten es dunkelgrau.

»Buongiorno, Totò.« Sie streckte ihm ihre teigige Hand entgegen.

Totò versuchte sie zu drücken, aber sie war schlaff und nachgiebig.

»Freut mich, dich kennenzulernen.«

Er nickte. Er kannte sie nicht, wusste nur, dass sie noch bei ihren Eltern im Nachbardorf lebte. Seine Großeltern kannte er auch nicht. Einmal hatte er Mama nach ihnen gefragt, aber sie hatte nur abgewunken und die Lippen zusammengekniffen.

»Sind Mamas Eltern auch da?«

Tante Rosaria schüttelte den Kopf. »Sie sind leider verhindert, aber sie lassen schön grüßen.«

Totò sah, dass sie log. Er wollte seine Großeltern auch gar nicht kennenlernen. Sie hatten sich ohnehin nie für ihn interessiert, und nun war es ihnen sogar egal, dass ihre eigene Tochter gestorben war. Die konnten ihm gestohlen bleiben, genau wie diese Rosaria.

Nach der Trauerwoche kehrte Vater zwar in die Saline zurück, aber nicht ins Leben. Er saß abends mit gebeugtem Rücken am Tisch und hielt sich an der Karaffe mit Wein fest. Ein schwarzer, nutzloser Klumpen, der nach Alkohol stank.

»Willst du nicht auf die Piazza gehen?«, fragte Großmutter. »Du musst mal wieder unter Menschen.«

Vater winkte müde ab. »Ich gehe doch jeden Tag in die Saline, das genügt.«

»Und du hockst hier herum und säufst.«

»Was geht dich das an?«, bellte er Nonna an. »Außerdem kommt Rosaria am Sonntag zu Besuch.«

»Rosaria? Was will die denn hier?«

»Ihrer Familie beistehen natürlich.«

»Familie?« *Nonna* schnaubte. »Dass ich nicht lache.« Zwischen ihren dichten Augenbrauen gruben sich missbilligende Falten ein.

Als sie kam, brachte Tante Rosaria ein ganzes Tablett voll *Cannoli* mit, gefüllt mit süßer Ricotta-Creme, und bestreut mit Pistazien. Oben drauf leuchtete eine rote Zuckerkirsche. Totò lief das Wasser im Mund zusammen. Aber so leicht ließ er sich nicht einwickeln.

»Nein danke, ich habe keinen Hunger.«

»*Dio santo*, als müsste man Hunger haben, um *Dolci* zu essen.« Tante Rosaria klopfte lachend auf ihren mächtigen Leib.

»Iss!«, knurrte Vater.

Totò nahm mit spitzen Fingern ein *Cannolo*. Als er hineinbiss, knackte das Teigröllchen und zersprang in seinem Mund zu köstlichen, kleinen Stücken. Die Creme war dick und süß.

»Schmeckt es dir? Lecker, was?« Tante Rosaria sah ihn siegessicher an.

Totò zuckte die Schultern.

»Ausgezeichnet«, sagte Vater und machte merkwürdige Schmatzgeräusche.

Tante Rosaria kicherte.

Sie kam jetzt jeden Sonntag, schwänzelte um Vater herum, flüsterte ihm irgendetwas ins Ohr und warf ihm komplizenhafte Blicke zu. Totò fand sie abstoßend. Und anmaßend. Nach dem Essen stand sie einfach auf, deckte ab und machte sich in der Küche zu schaffen. Großmutter bekam einen faltigen Mund und erhob sich ebenfalls.

Vater fuhr *Nonna* an: »Setz dich. Lass sie nur machen.«

»Das ist immer noch meine Küche.«

»Aber vielleicht nicht mehr lange.« Vater grinste, und *Nonna* sah ihn empört an.

Tante Rosaria drängte sich immer weiter in ihr Leben, genau wie der Salinenschlick, der zäh alle Ritzen verklebte, und den sie einfach nicht mehr loswurden.

»Kann ich auf die Piazza?«, fragte Totò.

Vater nickte. »Aber verabschiede dich noch von Tante Rosaria.«

»Ciao«, rief Totò knapp in Richtung Küche, dann verdrückte er sich, so schnell er konnte. Er ging aber gar nicht auf die Piazza, sondern zu Tante Lily.

»Warum kommst du nicht mehr zum Essen zu uns?«

Noch bevor Totò überhaupt richtig zur Tür hereingekommen war, klang bereits seine vorwurfsvolle Stimme durch die Küche.

Tante Lily gab ihm einen Kuss. »Jetzt bist du ja zu mir gekommen. Ich habe *Caponata* gemacht. Magst du probieren?«

Totò setzte sich an den Tisch und nickte. Er war zwar pappsatt, aber Tante Lilys süßsaurem Auberginengemüse konnte er nicht widerstehen. Sie wusste genau, wie sie ihn um den Finger wickeln konnte. Der Geschmack von Tomaten, Sellerie, Auberginen, Essig und Kapern war süß, bitter und salzig zugleich. Die *Caponata* schmeckte nach Tränen und enttäuschten Hoffnungen, genau wie sein Leben.

»Du kannst sie auch nicht leiden, stimmt´s?«, fragte er mit vollem Mund.

Tante Lily zwinkerte ihm zu. »Ehrlich gesagt, nein.«

»Sie soll wieder aus unserem Leben verschwinden. Sie hat sich nie für Mama interessiert. Was will sie jetzt von uns?«

Tante Lily setzte sich ihm gegenüber an ihren Esstisch und nahm eine der Keramik-Katzen in die Hand, die überall in ihrer Wohnung herumsaßen und ihn mit viel zu großen Augen anschauten. »Rosaria ist unverheiratet, und sie ist genauso einsam wie dein Vater.«

Totò starrte sie an. »Du meinst, Vater will sie ...« Er konnte die Worte nicht einmal aussprechen, verschluckte sich an einer Kaper. »Das darf er nicht. Er kann Mama doch nicht einfach ersetzen.« Eine plötzliche Übelkeit drückte seinen Magen zu und er trank einen Schluck Wasser. »Warum?«

»Der Haushalt wird für Großmutter zu viel.«

»Warum ziehst du nicht zu uns?«

Tante Lily lachte. »Glaubst du, das würde gut gehen, dein Vater und ich unter einem Dach?«

Totò schüttelte den Kopf. »Kann ich bei dir wohnen, wenn Rosaria zu uns zieht?«

»Ach Totò. Das geht nicht.«

»Warum?«

»Ich muss doch mein eigenes Leben führen. Schau mal, wenn man erwachsen ist, will man seine eigenen Wege gehen.«

»Kannst du doch. Ich halte dich nicht davon ab.«

»Na gut.« Tante Lily seufzte. »Du wirst es ja doch früher oder später erfahren. Ich wollte es dir schon länger sagen. Ich habe einen Freund, weißt du? Eugenio Di Rosa. Deinen Lehrer.«

Also doch. Etwas krampfte sich in Totòs Brust zusammen. »Kommst du deshalb sonntags nicht mehr zu uns?«

»Ich esse jetzt eben öfter in Trapani.«

Totò starrte auf seinen blankgeputzten Teller. »Ich dachte, du willst nicht dein Leben damit verbringen, irgendeinem Kerl hinterher zu putzen?«

»Manche Dinge ändern sich eben.« Tante Lily griff über die Tischplatte und legte ihre Hand auf seinen Unterarm. »Aber das heißt doch nicht, dass ich dich weniger liebe als bisher.«

Totò zog seinen Arm zurück. »Und unser Unterricht?«

»Den können wir doch zusammen mit Eugenio machen. Der kann das ohnehin viel besser als ich.« Tante Lilys Augen leuchteten, wie sie noch nie geleuchtet hatten.

»Ich muss jetzt gehen.« Totò stand auf.

»Aber du bist doch gerade erst gekommen. Bleib doch noch ein bisschen und leiste mir Gesellschaft.«

»Du kannst dich ja mit Eugenio treffen.«

»Totò!«, rief ihm Tante Lily hinterher, doch er rannte die Treppe hinunter, ohne sich umzudrehen.

Er hatte gedacht, Signor Di Rosa stünde auf seiner Seite. Aber jetzt wollte er ihm Tante Lily wegnehmen. Was sollte er denn ohne sie anfangen? Sie war doch die Einzige, die er noch hatte.

Als er nach Hause kam, war Tante Rosaria weg, aber die Erleichterung darüber verschwand gleich wieder, denn dunkle Wolken hatten sich im Wohnzimmer ausgebreitet. Großmutter und Vater stritten.

Totò ließ sich aufs Sofa fallen und schloss die Augen. Er wollte nichts mehr sehen und nichts mehr hören. Aber *Nonnas* vorwurfsvolle Stimme und das mürrische Knurren von Vater bohrten sich in seinen Kopf. Hörte das denn nie auf?

»Sie ist keine gute Wahl.« *Nonna* klang streng, so als wäre Vater noch ein Kind, das sie schalt.

»Misch dich nicht in meine Angelegenheiten ein.« Vater trank einen großen Schluck Wein und stellte das Glas mit einem Knall auf den Tisch.

»Sie ist ...« Großmutter rang nach Worten. »Sie ist nicht gerade eine Schönheit, und auch nicht besonders klug. Sie kann Mariella nicht das Wasser reichen. «

»Mariella ist tot.« Vaters Worte waren wie Ohrfeigen. »Das Trauerjahr ist vorbei. Ich brauche eine neue Frau.«

Großmutter atmete scharf ein und ihr Kinn begann zu zittern. »Wie kannst du nur. Ich kann mich doch weiterhin um Totò kümmern und dir den Haushalt führen.«

»Ich brauche aber eine Frau, die sich auch noch um andere Sachen kümmert. Sachen, die du nicht kannst.« Vater lachte viel zu laut, und der abgehackte, dreckige Ton schmerzte in Totòs Ohren.

»Hoffentlich hörst du dann wenigstens auf zu saufen.« Großmutter schob den Stuhl zurück, dass er quietschte, bekreuzigte sich und stieg die Treppe hinauf in ihr Zimmer.

»Weiber!« Vater torkelte durchs Wohnzimmer und ließ sich so plump neben Totò aufs Sofa fallen, dass die Federn ächzten. Er rempelte ihn an. »Vielleicht bekommst du bald noch ´nen Bruder. Tante Rosaria wird deine neue Mutter.« Er klang, als würde seine Zunge am Gaumen festkleben.

»Ich will aber keine neue Mutter.« Totò rückte ein Stück zur Seite, weg von Vater. Er wollte nur Mama wieder zurück. Aber die war tot.

Großmutter saß mit grauem Gesicht in der ersten Kirchenbank und hielt Totòs Hand fest in der ihren. Ihre Haut klebte feucht an seiner. Der Geruch nach Weihrauch setzte sich in Totòs Nase fest. Er erinnerte ihn an Mamas Tod und verursachte ihm Übelkeit. Tante Lily und ein Nachbar waren die Trauzeugen, ansonsten war die Kirche leer. Der Pfarrer sah sich hilflos um.

»Kommt niemand mehr?«

Normalerweise drängten sich die Leute bei Trauungen in den Bänken. Hochzeiten waren Großereignisse im Dorf, mit Bergen von Essen. Die Gäste mussten so viel wegputzen, bis ihnen schlecht war, und die Gastgeberfamilien zeigten alles, was sie hatten. Und noch viel mehr. Das wäre ganz nach Vaters Geschmack gewesen.

»Wir wollen kein großes Aufsehen erregen. Sie verstehen ... meine Mariella. Gott hab sie selig.« Vater seufzte theatralisch. »Mir ist nicht nach Feiern zumute.«

Totò ballte die Hände unter der Kirchenbank zu Fäusten. So ein Heuchler. Die Wahrheit war, dass er sich kein Hochzeitsfest leisten konnte.

»Aber Totò braucht nun mal eine neue Mutter, die sich um ihn kümmert.«

Totò wünschte sich, dass der Kragen von Vaters einzigem sauberen Hemd ihm die Kehle abschnüren würde, damit er nicht solche Lügen verbreiten konnte. Als würde er eine neue Mutter wollen!

»Na gut. Dann fangen wir an.«

Der Pfarrer schlug die Bibel auf, läutete das Glöckchen und begann zu predigen. Seine Worte rauschten an Totò vorbei. Er war weit weg, betrachtete die Fresken an der Decke. Da oben irgendwo war Mama. Ob sie das alles mit ansehen musste? Hoffentlich nicht. Er blinzelte eine Träne weg und versuchte, sich an die unbeschwerten Zeiten zu erinnern, bevor Vater die Saline gekauft hatte.

Irgendwann stieß ihn Großmutter mit dem Ellbogen an. »Steh auf, sie sind fertig.«

Totò erhob sich und sah, wie Vater den Schleier von Tante Rosarias Gesicht anhob und sie küsste. Der Anblick ekelte ihn. Tante Rosaria war wie die Trinacria. Der Frauenkopf, aus dem drei Beine und zwei Flügel wuchsen, war das Symbol Siziliens. Es stand für Freiheit und Unabhängigkeit. Aber ursprünglich war die Trinacria keine Geringere gewesen, als die Medusa. Auf den ersten Blick sah sie harmlos aus, doch ihr Haar bestand aus einem ekelhaften Gewirr aus Schlangen, und ihr Blick konnte Menschen in Stein verwandeln. Sie war ein falsches Monstrum. Ein Untier. Genau wie Tante Rosaria.

Der schuss

»Komm!« Vaters Stimme ließ keine Widerrede zu. »Ich weiß jetzt, wer es ist.«

Totò starrte auf das Gewehr und rührte sich nicht von der Stelle. Damit schoss Vater normalerweise auf die Reiher, die ihm die Fische aus dem Salinebecken stahlen.

»Was willst du denn damit?«

»Auf die Jagd. Ein Kaninchen schießen.« Vater griff nach Totòs Oberarm und packte fest zu. »Los! Du musst mir helfen.«

»Bei was?« Totò versuchte, Vater seinen Arm zu entwinden, doch der schloss seine Pranke nur noch fester.

»Du wirst jetzt mitkommen und mir helfen, unser Leben wieder in Ordnung zu bringen.«

»Aber ...«

»Kein Aber. Komm jetzt.«

Vater ließ seinen Arm los, drehte sich um und marschierte los. Das Metall des Gewehrs glitzerte in der Dunkelheit. Seine Schritte trippelten nicht mehr, sondern waren weit.

Totò rieb sich den Arm. Sein Bizeps fühlte sich taub an. Das würde einen blauen Fleck geben. Wo wollte Vater bloß hin? Was immer er vorhatte, es konnte nichts Gutes sein. Totò trabte ihm hinterher und sah sich hektisch um. Zum Glück war niemand zu sehen.

Als er Vater erreicht hatte, flüsterte er: »Und wenn uns jemand sieht? Was soll das? Wohin gehen wir?«

»Wir schießen ein Kaninchen, sag ich doch.« Vater grinste. »Ein fettes Kaninchen.« Dann verzog er den Mund zu einem wilden Lachen und reckte das Gewehr in die Höhe.

»Hör auf, lass uns zurück nach Hause gehen«, versuchte Totò ihn noch einmal zu überzeugen, doch Vater drehte sich nicht zu ihm um, sondern marschierte unbeirrt durch die menschenleeren Gassen, bis sie am Rand des Dorfes ankamen.

Totò rümpfte die Nase. Hier warfen die Leute ihren Müll und ihre Fäkalien ins Gebüsch, und die Hitze des Tages hatte den Unrat gekocht, ihm seine stinkenden Flüssigkeiten entlockt. Ein Hund, dem die Rippen und die Hüftknochen spitz hervorstanden, schnüffelte gierig nach Fischresten.

Endlich begannen die Olivenhaine und Weingärten, Totò konnte wieder freier atmen. Sie bogen scharf links ab. Der Feldweg verbreiterte sich, und die Schlaglöcher waren plötzlich mit Zement aufgefüllt. Am Ende des Weges leuchteten die Lichter einer Villa. Trotz der schwülen, drückenden Luft wurde Totò eiskalt. Er griff nach Vaters Hemdsärmel.

»Lass uns nach Hause gehen.«

»Sei still!« Vater machte sich los. »Hier können wir uns verstecken.« Er zog Totò hinter ein Gebüsch. Eidechsen huschten ins Unterholz. Es raschelte. »Jeden Abend nach dem Essen geht Don Luigi auf die Piazza. Dann erwischen wir ihn.«

»Du willst den Don erschießen?« Totò duckte sich hinter den Busch. Nein! Das durfte er nicht zulassen. Wenn Vater ihn umbrachte, müsste Totò bis an sein Lebensende Schlick schaufeln. »Was soll das?«

Vater hatte sich umständlich auf den Boden gekauert und hielt das Gewehr im Anschlag. »Don Luigi hat unsere Familie verflucht. Ich bin ganz sicher.«

»Wie kommst du denn darauf?«

»Das ist eine lange Geschichte.« Vater ließ die Tür zur Villa nicht aus den Augen.

Totò versuchte, seiner Stimme einen festen Klang zu geben. Er musste Vater ablenken. »Wenn ich dir helfen soll, muss ich über alles Bescheid wissen.«

»Was? Du stellst deinem alten Vater Bedingungen? Du wirst ja doch noch ein richtiger Mann ...« Er schüttelte belustigt den Kopf.

»Also, was ist jetzt? Erzählst du´s mir, oder soll ich wieder nach Hause gehen?« So stellte sich Vater einen Draufgänger wahrscheinlich vor.

»Na gut. Der Don isst sowieso noch.« Vater legte das Gewehr ab und setzte sich bequem hin.

»Schieß los.« Ein Grinsen huschte über Totòs Gesicht, aber Vater bemerkte seinen Witz nicht einmal.

»Weißt du noch, was die Abbeterin gesagt hat? Dass uns jemand mit dem bösen Blick verhext hat, und dass der Grund dafür Neid ist. Ich hab die ganze Nacht überlegt, wer auf uns neidisch sein könnte. Wir haben doch nur Schulden und Probleme.«

Totò hob die Augenbrauen. Was waren das plötzlich für Eingeständnisse? Vielleicht kam Vater doch noch zur Vernunft.

»Und da ist dir Don Luigi eingefallen?«

Vater nickte. »Weißt du, der Don und ich, wir kennen uns schon lange. Wir sind zusammen aufgewachsen, aber er war immer etwas Besseres. Der Sohn von Salinenbesitzern eben. Hat nicht mit jedem gespielt.«

Sie saßen so nah beieinander, dass Totò seinen Atem roch. Er stank nach Wein und fauligen Zähnen.

»Als ich damals hinter deiner Mutter her war, wollte auch er was von ihr. Aber sie hat sich für mich entschieden. Das hat er nie verwunden. Er, der Reiche, der Mächtige.« Vater lachte höhnisch auf. »Er hätte deiner Mutter alles bieten können. Aber sie hat mich genommen. Obwohl ich nur ein einfacher Arbeiter war. Don Luigis Arbeiter noch dazu.«

Totò knetete seine Hände. Wenn das stimmte, warum hatte sich Mama dann für Vater entschieden? Da wäre sogar Don Luigi noch die bessere Wahl gewesen.

»Wirklich? Don Luigi wollte Mama heiraten?«

Vater nickte und wandte endlich seinen Blick von der Tür ab. »Ja. Er wollte deine Mutter haben, aber er hat sie nicht bekommen, sondern ich. Also hat er sie mir weggenommen. So war es.« Vaters Stimme wurde rau und er legte seine Hand auf Totòs Unterarm.

Er sollte ihn nicht anfassen. Totò unterdrückte den Impuls, den Arm wegzuziehen.

»Ach, Mariella ... Ich vermisse sie so.« Vater rieb sich über das Gesicht, als wolle er die Trauer über Mamas Verlust damit wegwischen. Er seufzte. »Weißt du, das

Einzige, was an meinem Leben wirklich beneidenswert ist, ist deine Mutter.«

War, dachte Totò und fühlte einen Klumpen im Magen. *War* deine Mutter. Er ballte heimlich die Fäuste. Vater hatte nicht das Recht, so betroffen zu tun. Warum redete er jetzt von Mama, und das mit dieser gebrochenen Stimme? Nicht, dass er gleich wieder anfing zu heulen.

Er spürte Vaters warme Hand auf seinem Arm und dachte an Mama. Und plötzlich, hier, in diesem Gebüsch, sah Totò die tiefdunkle Einsamkeit seines Vaters, die so unermesslich schien, dass er sie nicht in Worte fassen konnte. Vater hatte niemanden.

Gegen seinen Willen überkam Totò ein warmes Gefühl. Er wollte das nicht. Er wollte kein Mitleid für Vater empfinden. Keine Wärme zwischen ihnen zulassen. Wärme bedeutete, verletzbar zu sein, und er konnte keine Verletzungen mehr ertragen. Totò zog den Arm zurück.

»Und wie hat Don Luigi sie dir weggenommen?«

Vater fasste sich wieder. »Er hat sie mit dem bösen Blick verhext. Deshalb ist sie krank geworden und gestorben. Er hat sie umgebracht.«

Totò wandte das Gesicht ab. Das sah Vater ähnlich. Er hatte Mama auf dem Gewissen, nicht Don Luigi, aber wie immer wies er die ganze Schuld von sich. Am liebsten hätte Totò ihn weggestoßen, aber er musste einen kühlen Kopf bewahren. Er musste verhindern, dass Vater noch mehr Unheil anrichtete.

Der Scirocco heulte auf und fuhr durch die trockenen Äste des Gebüsches, in dem sie saßen. Der Wind zerrte an seinem Haar, als wollte er ihn dazu bewegen, endlich aufzustehen und etwas zu unternehmen. Don Luigi durfte auf keinen Fall sterben. Er musste ihnen die Saline abkaufen.

»Aber was nutzt es dir, wenn du den Don erschießt?«

»Verstehst du das nicht?« Vater starrte ihn mit glitzernden Augen an. »Der Don hat unsere ganze Familie verflucht, und die Saline gleich mit. Mama ist gestorben, *Nonna* ist verrückt geworden, die Saline bringt nur schmutziges Salz hervor ... Wir müssen ihn aus dem Weg schaffen, sonst hört das nie auf. Sonst packt der Fluch auch noch dich und mich und Tante Lily. Das müssen wir verhindern.«

»Tante Lily?«

»Die ist dem Don doch sowieso ein Dorn im Auge.«

Totò erschrak. Nicht auch noch Tante Lily. Er biss auf seiner Unterlippe herum. Was sollte er tun? Er musste Don Luigi irgendwie warnen. Aber wenn er bemerken würde, dass Vater auf ihn schießen wollte, würde er sich grausam an ihm rächen. Und sein Angebot, die Saline zu kaufen, würde dann sicher auch nicht mehr gelten.

Bei jeder Bewegung knackten die trockenen Zweige in dem verdorrten Busch. Der Geruch nach Erde vermischte sich mit dem Duft des Jasmin, der von Don Luigis Garten herüberwehte. Die Mücken stachen ihn in die Füße und Knöchel, und je mehr Totò sich kratzte, desto schlimmer wurde der Juckreiz.

»Pssst!«, machte Vater.

Totò hielt die Luft an und starrte auf die Tür. In der Dunkelheit bewegte sich etwas.

»Da ist er.«

Totò spürte, wie Vater sich neben ihm anspannte. Er griff nach dem Gewehr und schloss seine Hand so fest um den Kolben, dass die Fingerknöchel in der Dunkelheit weiß leuchteten. Dann verharrte er in dem Gebüsch wie eine Katze kurz vor dem Sprung.

Don Luigis Schritte knirschten auf dem Kies, als er langsam näher kam. Er pfiff vor sich hin, und Totò erkannte die Melodie: *Azzurro* von Adriano Celentano. Gleich würde er an dem Strauch vorbeigehen, in dem sie kauerten.

Jetzt wäre der Moment, um aufzuspringen, laut zu rufen und Don Luigi zu warnen. Doch Totò war wie gelähmt. Er kniff nur die Augen zusammen und wartete auf den tödlichen Moment. Nichts passierte.

Totò blinzelte und sah, wie Don Luigi sich vom Gebüsch entfernte und Richtung Piazza ging. Er wollte schon aufatmen, da stach ein Knall in sein Trommelfell. Er zuckte zusammen, presste beide Hände auf die Ohren.

Don Luigi stand mitten auf dem Weg, mit aufgerissenem Mund, aber stumm. Vater legte noch einmal an. Doch als Don Luigis Brüllen die Luft erfüllte, ließ Vater das Gewehr sinken. Der Don wollte weglaufen, knickte ein. Er hielt sich das Knie, schrie immer weiter, schleppte sich fort und zog das verletzte Bein hinter sich her. Dann brach er zusammen.

Im Haus gingen Lichter an, die Tür wurde aufgerissen.

»Luiii! Was ist passiert?« Don Luigis Mutter steckte den Kopf aus der Tür. »Wo bist du?«

Ein Hund schlug an. Ein anderer antwortete.

»Wir müssen weg«, zischte Vater und zog Totò mit sich, nach hinten, in eine Hecke hinein.

Die Dornen kratzten tief in die Haut seiner Arme und hinterließen brennende Risse. Totò drehte sich zur Seite und bahnte sich mit der Schulter einen Weg durch die Hecke. Dahinter lag ein Olivenhain.

»Lauf!«, hörte er Vaters heiseres Flüstern.

Und er lief. Er sprang über die knorrigen Wurzeln, flog über Feldsteine und rannte den Hügel immer weiter hinauf, bis er merkte, dass Vater ihm nicht mehr folgte. Er sah sich um. Da war er, ein gutes Stück weiter unten, schnaufte ihm hinterher. Ein alter Mann.

Totò wartete auf ihn. Der Schuss hatte ein Sirren in seinen Ohren zurückgelassen. Die kleinen Geräusche der Nacht erschienen ihm ohrenbetäubend und das metallische Zirpen der Grillen wurde immer lauter.

»Verdammt, ich hab ihn nur am Bein erwischt.« Vater ließ sich neben Totò auf eine dicke Wurzel fallen. Er roch nach Angst.

»Und jetzt?« Totò versuchte, seine Erleichterung zu verbergen. Vater brachte es noch nicht einmal fertig, richtig zu zielen. Don Luigi lebte.

Vater rieb sich übers Gesicht. »*Maledetto*! Ich hätte direkt aufs Herz schießen sollen. Hat er uns gesehen?«

Totò schüttelte den Kopf. »Er war zu weit weg, und es ist dunkel. Komm, wir gehen nach Hause, bevor jemand merkt, dass wir draußen waren. Schnell.«

Sie eilten durch den mondbeschienenen Olivenhain ohne zu reden. Einmal raschelte es vor ihren Füßen, vielleicht eine Schlange oder eine Ratte. Die knorrigen Bäume reckten ihnen ihre Äste entgegen wie Geister, die sie in ihr Reich ziehen wollten. Wesen aus einer anderen Welt, die ihnen winkten und sie zu sich riefen. Streckte der Fluch seine Krallen nach ihnen aus? Totò spürte sein Herz wild schlagen. Er ballte die Fäuste, starrte fest auf den Boden und stellte sich vor, wie Mama über ihm schwebte und ihn beschützte.

Als sie das Dorf zur Hälfte umrundet hatten, tauchten sie auf der anderen Seite wieder in die Gassen ein, huschten von Schatten zu Schatten und schlüpften schließlich in ihre Haustür. Totò atmete auf. Niemand war ihnen begegnet. Sie hatten es gerade noch rechtzeitig ins Haus geschafft, bevor die Vorhänge an den Fenstern der Nachbarhäuser zu wackeln begannen.

»*Dio mio*, wie seht ihr denn aus?« Tante Rosarias Stricknadeln erstarrten in der Luft. »Und was willst du mit dem Gewehr? Wo wart ihr? Ich sitze hier den ganzen Abend allein ...«

»Halt den Mund«, keuchte Vater. Dann wandte er sich Totò zu. »Los. Zieh eine lange Hose und ein Hemd an. Wir gehen auf die Piazza. Schauen, was los ist.«

Endlich hatte Vater mal etwas Kluges gesagt. Um nicht aufzufallen, mussten sie so tun, als wären sie von dem Lärm auf der Straße aufgewacht, der sich nun erhob.

Totò hörte draußen erst vereinzelte Rufe durch die Gasse schallen »Was ist passiert?« Dann erklang aus verschiedenen Richtungen Geschrei. »Sie haben auf Don Luigi geschossen! Wir brauchen einen Arzt! Ruft die *Carabinieri*.«

Totò schwitzte. Er ging in die Küche, trank ein Glas Wasser in einem Zug leer und füllte sich ein zweites. Dann schwappte er sich kaltes Wasser aus dem Tonkrug ins Gesicht und ging zum Spiegel über der Anrichte, um sein Haar in Ordnung zu bringen. Die Erleichterung darüber, dass Don Luigi noch lebte, wich einem Gefühl, das er aus seiner Kindheit kannte, wenn er etwas ausgefressen hatte. Es steigerte sich zu einer beklemmenden Furcht. Und zu Abscheu. Sein Vater war ein Verbrecher. Er hätte fast einen Menschen abgeknallt wie ein Stück Vieh. Und auch vor sich selbst ekelte er sich. Totò sah in den Spiegel. Ihm schaute kein schlaksiger Junge mehr entgegen, dem die ersten Barthaare sprossen. Er war jetzt der Komplize des Mannes, den er am allermeisten auf der Welt hasste. Er war beteiligt an einem Mordversuch. Und das ausgerechnet an Don Luigi, dem gefährlichsten Mann im Dorf.

»Komm jetzt, steh da nicht ewig rum«, rief Vater.

Sie eilten die Treppe hinauf, Vater versteckte das Gewehr unter seiner Matratze und Totò zog sich lange Kleidung an, um die blutigen Kratzer an seinen Armen und Beinen zu verstecken. Als sie wieder herunterkamen, saß Tante Rosaria immer noch stocksteif auf ihrem Stuhl.

»Was habt ihr vor?«

»Geht dich nichts an. Du bleibst hier. Frauen haben auf der Piazza nichts verloren«, herrschte Vater sie an. »Und kein Wort zu niemandem. Sonst ...« Zur Bekräftigung zielte er mit seinem Zeigefinger auf sie, doch das wäre gar nicht nötig gewesen, denn sie starrte ihn mit angsterfüllten Augen an. Dann knallte er die Wohnzimmertür zu.

In den Gassen liefen die Männer zusammen und auf den Balkonen lehnten die Frauen über den Brüstungen und riefen sich zu: »Habt ihr schon gehört? Jemand wollte den Don umbringen.«

Die Männer liefen auf die Piazza zu, und dort, mitten im Gedränge, raufte sich Don Luigis Mutter die Haare. »Sie haben auf ihn geschossen! Helft mir! Schnell!«

Totò schwankte. Seine Knie fühlten sich an wie aus Gummi. Am liebsten wäre er umgekehrt, hätte sich ins Bett gelegt und sich das Leintuch übers Gesicht gezogen. Er konnte das nicht. Er konnte nicht so tun, als wäre nichts. Er war nicht so stark und kaltblütig, wie Vater ihn gerne hätte. Er war schwach wie ein Weib.

»Und wenn uns Don Luigi doch erkannt hat?«, wisperte er Vater zu.

»Hat er nicht.« Vaters Hand lag in seinem Nacken wie eine eiserne Klemme und schob ihn unerbittlich vor sich her, immer weiter auf die Piazza und Don Luigis kreischende Mutter zu. Er kam mit seinem Gesicht so nah an Totòs Nacken, dass er seinen Atem auf der Haut spürte. »Du darfst keine Schwäche zeigen«, flüsterte er ihm ins Genick.

Totò schauderte.

»Die Leute im Dorf können Schwäche riechen.«

Totò schloss die Augen. Er musste hier weg.

Verrat

Totò erkannte Tante Lilys Bubikopf sofort unter den Männerfrisuren. Als er sie sah, atmete er auf. Sie würde ihm sicher helfen, von Vater wegzukommen.

»Schau, da ist Tante Lily.«

»Dieses Luder. Was hat die hier zu suchen?«, knurrte Vater. »Den Männern gehört die Piazza und den Frauen das Haus.«

Vater ließ seine Augen suchend über die Menschenmenge schweifen. Die Hand in Totòs Nacken lockerte sich ein wenig. Jetzt. Totò befreite sich mit einem Ruck aus dem Klammergriff und rannte los.

»Halt!«, rief Vater, doch es war zu spät. Totò war bereits zwischen den Menschen untergetaucht, die sich immer enger um Don Luigi und seine Mutter zusammenrotteten, um keinen Moment der Tragödie zu verpassen. Hyänen.

Von den schrillen Hilfeschreien der Signora alarmiert, hatten ein paar starke Männer Don Luigi zur Piazza getragen, eilig einen Stuhl aus der Bar herbeigeholt und ihn darauf gesetzt. Bleich, aber aufrecht saß er inmitten seines Gefolges und biss die Zähne zusammen.

»Wann kommt denn endlich der Krankenwagen?«, schrie seine Mutter und fuchtelte mit den Armen.

»Wir werden das Schwein finden!«, rief jemand aus der Menge. Zustimmendes Gemurmel wurde laut.

Don Luigi nickte, mit Schweißperlen auf der Stirn, und seine Hose klebte blutig am Bein.

Totò zog Tante Lily von hinten am Kleid. Sie fuhr herum und wollte einen empörten Schrei von sich geben. Doch als sie ihn erkannte, verzog sich ihr Mund zu einem Lächeln, das so hell strahlte wie der Mond, der fast voll über den Häusern hing. Sie nahm sein Gesicht in beide Hände und küsste ihn auf die Stirn. »Totò, *amore mio*. Hast du schon gehört ...?«

»Komm, schnell, ich muss mit dir reden.«

»Was ist denn?«

»Bitte. Du musst mir helfen.« Totò sah sich gehetzt um. Vater schob sich bestimmt schon schnaufend durch die Menge hindurch, um ihn wieder zu packen. Er zog an Tante Lilys Hand.

»Was ist denn los?« Sie stolperte, dann lief sie ihm endlich hinterher.

Instinktiv war Totò in die Gasse gelaufen, die zu Tante Lilys Haus führte. Doch das wäre der erste Ort, an dem Vater nach ihm suchen würde. Da sah er den schwarzen Fiat *Cinquecento*. »Los, wir nehmen das Auto, damit er mich nicht findet.«

Totò duckte sich auf den Beifahrersitz und schlug die Tür hinter sich zu. Lily drehte den Zündschlüssel um und der Motor stotterte los.

»*Porca Vacca*, was ist denn bloß passiert?« Tante Lily ließ die Kupplung kommen und fuhr ein Stück aus dem Dorf hinaus.

Totò begann zu zittern. Jetzt, wo er sich sicher fühlte und die Anspannung von ihm abfiel, klapperten seine Zähne und seine Knie tanzten. Ihm war eiskalt.

An der Ufermauer hielt Tante Lily an und fasste ihm an die Stirn. »Hast du Fieber? Du bist ganz heiß.«

Da brach es aus ihm heraus. Erst stockend, doch dann immer schneller. Er erzählte Tante Lily alles, was passiert war. Von der Prophezeiung der Abbeterin, von Don Luigis Angebot, die Saline zu kaufen, und von Vaters Versuch, ihn zu erschießen. Nur das mit der auffälligen Augenfarbe ließ er aus. Dann zog er das Schutzamulett aus der Tasche und hängte es an ihren Rückspiegel.

»Für dich«, murmelte er.

Tante Lily unterbrach seinen Bericht kein einziges Mal. Nur ab und zu flüsterte sie »*Porca Miseria*!«, und: »Das darf doch nicht wahr sein.«

Als er an der Stelle angekommen war, wo er Vater auf der Piazza abgehauen war, ließ er sich erschöpft in das Polster des Sitzes sinken. »Was soll ich denn jetzt tun?«

Tante Lily sah durch die Windschutzscheibe hinaus in die Nacht und schwieg.

»Ich will nicht zurück zu Vater. Ich kann doch bei dir bleiben, oder?«

Tante Lily sah ihn nicht an. »Bei mir? Das geht nicht.«

»Warum nicht?«

»Ich kann mich nicht um dich kümmern. Ich arbeite den ganzen Tag.«

»Du musst dich gar nicht um mich kümmern. Ich helfe dir jeden Tag im Salon und werde auch Friseur. Dann muss ich nicht mehr in der Saline arbeiten. Und du kannst mich abends unterrichten.«

Tante Lily schüttelte den Kopf. »Es geht wirklich nicht.«

»Aber warum denn nicht?« Verzweiflung schwang in seiner Stimme mit. Dann hielt er kurz inne. »Es ist wegen Eugenio, stimmts?«

Tante Lily umfasste das Lenkrad noch fester und sah weiter auf die dunkle Straße vor ihnen. »Quatsch, Eugenio hat nichts damit zu tun. Aber dein Vater würde nie zulassen, dass du in einem Friseursalon arbeitest. Das ist keine Arbeit für einen Mann. Ich bringe dich jetzt besser nach Hause.«

»Nein! Das kannst du nicht machen.« Totò griff nach ihrem Arm.

Tante Lily kaute auf ihrer Unterlippe herum. Lily mit den grünen Augen. Hatte sie doch etwas mit dem Fluch zu tun? Wem konnte er noch glauben?

»Vater schlägt mich tot, wenn er erfährt, dass ich dir alles erzählt habe.« Totòs Stimme füllte sich mit Angst. Jetzt war er nicht nur in den Mordversuch am mächtigsten Mann des Dorfes verstrickt, jetzt hatte er auch noch seinen eigenen Vater verraten. Er rüttelte an Lilys Arm. »Du darfst es ihm nicht sagen. Versprich es mir.«

»Schluss jetzt.« Tante Lily zog ihren Arm aus seinem Klammergriff. »Das bringt doch nichts. Wenn du bei mir bleibst, lösen sich deine Probleme nicht, du schaffst dir nur neue. Dein Vater wird sich nicht ändern, und die Saline bleibt auch. Spätestens morgen früh steht er vor der Tür und holt dich. Und dann wird alles nur noch schlimmer.«

Totò starrte sie an. Die Enttäuschung ließ seine Brust eng werden. Er wischte sich über die Augen. Er war wirklich eine *Fimmina*.

111

»Er wird mich umbringen.«

»Nichts wird er. Vertrau mir. Ich werde dieser ganzen Sache jetzt ein Ende machen, bevor das nächste Unglück geschieht.« Lily lächelte ihn an. Es sollte wohl ein beruhigendes Lächeln sein, aber es erreichte ihre Augen nicht.

Totò kurbelte das Fenster herunter. Hinter der Ufermauer hörte er die Brandung rollen. Der Wind hatte sich gelegt, doch das Meer war noch zornig. Totò wusste, dass der Scirocco nur Atem holte. Der Wüstenwind wehte immer fünf Tage lang. Fünf verdammte Tage. Totò sah nur Schwärze. Himmel und Meer waren eins. Dann zuckte blaues Licht durch die Nacht, und sie hörten die Sirenen.

»Sie kommen«, sagte Tante Lily. »Ich bringe dich jetzt nach Hause.«

»Nein! Das darfst du nicht.«

Tante Lily drehte den Zündschlüssel herum.

Jetzt konnte er die Tränen nicht mehr zurückhalten. In warmen Bahnen liefen sie über sein Gesicht, und seine Nase füllte sich mit Rotz. Er zog ihn hoch. Hätte er das gewusst, hätte er sich Tante Lily nicht anvertraut. Totò krallte die Finger durch den Hosenstoff in seine Oberschenkel. Er war so dumm gewesen. Warum hatte er ihr nur alles erzählt? Vater hatte Recht gehabt, als er gesagt hatte: *Du darfst keine Schwäche zeigen.*

»Ab in dein Zimmer!«

Totò zuckte zusammen.

So streng hatte Tante Lily noch nie zu ihm gesprochen. Sie stand hoch aufgerichtet im Wohnzimmer, einen Fuß nach vorne versetzt, und stemmte die Hände in die Hüften.

Vater hatte schon auf ihn gewartet. Auch er stemmte jetzt die Hände in die Hüften, wie ein Spiegelbild seiner Schwester, um ihr die Stirn zu bieten. Seine Augen flackerten. Dann machte er einen Schritt auf Totò zu.

»Wo warst du?«

»Lass ihn!« Lily schnitt ihm das Wort ab und trat ihm entgegen. »Ich muss mit dir reden.«

Dann nickte sie mit dem Kopf zur Treppe und blaffte Totò noch einmal an: »Hoch mit dir!«

Totò gehorchte. Er war erleichtert, dass er das Wohnzimmer verlassen konnte, ohne dass Vater auf ihn losging. Aber er wollte auch unbedingt wissen, was Lily mit Vater zu bereden hatte. Schließlich ging es um ihn, um seine Zukunft, um sein Leben. Er horchte im Flur, versuchte zu verstehen, was unten gesprochen wurde, doch sie hatten die Wohnzimmertür geschlossen. Also setzte er sich auf sein Bett und verbarg das Gesicht in den Händen. Er lauschte den Wellen, die sich mit lautem Getöse an der Ufermauer brachen. Der Scirocco blies Unheil über das Dorf.

Manchmal drangen einzelne Satzfetzen zu ihm hoch. Immer dann, wenn sie anfingen zu schreien.

»Du weißt genau, mit wem du dich da anlegst.« Das war Tante Lily. »Willst du etwa in irgendeinem Säurebecken enden? Oder mit Betonschuhen an den Füßen?« Und etwas später: »Du bringst den Jungen auch noch um, wenn du so weitermachst.« Dann hörte Totò einen Satz, der ihn lähmte: »Lieber im Gefängnis, statt tot!«

Jetzt war alles vorbei. Jetzt hatte Tante Lily es ihm erzählt. Jetzt wusste Vater, dass Totò ihn verraten hatte. Gleich würde er die Treppen nach oben poltern, um ihn windelweich zu prügeln. Er wartete auf Vaters keuchenden Atem. Ein Schweißfilm bildete sich auf seiner Stirn. Er hörte unterdrücktes Fluchen. Dann ein Poltern und Türenknallen. Irgendetwas war passiert. Gleich würde Vater kommen. Schnell weg hier.

Einen Menschen gab es noch, der ihm helfen konnte. Totò sprang auf und rannte die Treppe hinunter.

Totò sammelte Steinchen auf und warf sie gegen Pietros Fenster. »Pieee«, flüsterte er vor dem Haus seines besten Freundes. »Ich bin´s, Totò.« Endlich schwang das Fenster auf, und auf der Scheibe spiegelte sich einen Augenblick lang der Mond.

Pietros dunkler Haarschopf erschien über ihm. »Sei leise! Ich komme runter.«

Totò drückte sich in eine dunkle Ecke und wartete, bis Pietro aus der Tür huschte.

»Meine Eltern dürfen uns nicht zusammen sehen. Stimmt das mit dem bösen Blick?«

»Ach, Blödsinn. Ich hab ganz andere Probleme.«

»Was ist los?« Pietro roch nach Schlaf.

»Du darfst aber niemandem etwas sagen.« Totò griff nach seinem Arm. »Versprich es mir.«

»Versprochen.«

»Komm, weg hier. Das Dorf darf nicht zuhören.«

Die beiden Freunde liefen hinunter zum Meer. Der Mond tauchte die Häuser in ein milchiges Licht, und das Zirpen der Grillen füllte die Nachtluft. Plötzlich hörte

Totò noch ein anderes Geräusch, fuhr herum. Ein Hund lief ihnen mit gesenktem Kopf hinterher. Totò atmete auf und blickte sich um. Da war niemand.

Sie setzten sich nebeneinander auf den Steg. Das gleichmäßige Rollen der Brandung beruhigte Totò. Er erzählte seinem Freund von Vaters Anschlag auf Don Luigi. »Und dann habe ich Tante Lily gesagt, dass er den Don umbringen wollte.«

Pietro atmete scharf ein.

»Ich dachte, sie hilft mir, aber sie hat Vater erzählt, dass ich ihn verraten habe.«

»Lily? Bist du sicher?«

Totò zuckte die Schultern. »Sie hat irgendetwas von Gefängnis geredet, dann bin ich abgehauen. Aber wenn Vater weiß, dass ich alles erzählt habe ...«

»An deiner Stelle hätte ich mehr Angst vor Don Luigi als vor deinem Vater.« Pietro sah ihn ernst an. »Du weißt, was passiert, wenn sich jemand gegen den Don stellt.«

Totò schluckte. »Verdammt, Pietro, was soll ich denn jetzt machen?« Er kratzte mit den Fingernägeln über das raue Holz. »Am liebsten würde ich abhauen. Mich auf einem Frachter als blinder Passagier einschleusen. Vielleicht kann ich mich auch auf Mozia verstecken. Wenn ich nachts über die geheime Straße gehe, sieht mich keiner.«

Auf dem Grund der Lagune verbanden antike Steinblöcke das Festland mit der kleinen Insel. Sie waren vom Ufer aus nicht zu sehen, denn sie waren mit Wasser überspült. Es war aber so niedrig, dass die Phönizier einst vor dem Angriff von Dionysius, dem Tyrannen von Syracus, darauf fliehen konnten. Die Unterwasserstraße war noch immer mit Kutschen befahrbar, dann musste das auch zu Fuß gehen.

»Du willst wirklich nach Mozia? Dahin, wo früher Säuglinge verbrannt wurden?« Pietro verzog das Gesicht. »Ich glaube, das ist der grässlichste Ort auf ganz Sizilien.«

»Dort würde mich sicher keiner suchen.«

»Und dann?«

»Keine Ahnung.«

»Du kannst doch nicht wie ein Einsiedler auf dieser Insel leben. Das ist doch alles Blödsinn. Außerdem findet dich Don Luigi überall.«

»Ich habe solche Angst«, flüsterte Totò. »Ich kann jetzt nicht einfach nach Hause gehen. Ich weiß doch gar nicht, was mich dort erwartet.«

Pietro rieb sich die Stirn. »Pass auf. Ich begleite dich jetzt nach Hause, klopfe an die Haustür und sage deinem Vater, dass ich mich von dir verabschieden will, weil ich morgen nach Favignana muss.«

»Um diese Zeit?«

»Ist doch egal. Ich behaupte einfach, ich hätte vergessen, dir Bescheid zu geben. Hauptsache ich sehe, welche Laune er hat, und ob etwas passiert ist.«

Totò sah seinen Freund von der Seite an. »Stimmt das mit Favignana?«

Pietro nickte. »Aber erst in zwei Tagen.«

»Kannst du mich nicht mitnehmen?«

»Mein Vater will ja nicht mal, dass ich mit dir rede.« Pietro grinste. »Außerdem könntest du keinem Thunfisch was zu Leide tun.«

»Du hast recht.« Totò seufzte.

»Komm, lass uns gehen.«

Totòs Beine wurden mit jedem Schritt schwerer. Als sie vor seinem Haus angekommen waren, öffnete er vorsichtig die Tür, hielt die Luft an und lauschte ins Treppenhaus hinein. Es war still und dunkel.

»Warte oben in deinem Zimmer«, flüsterte Pietro.

»Ich geh da nicht rein.«

»Aber dann merkt dein Vater, dass du weg warst.«

»Das weiß er doch sowieso schon. Ich verstecke mich hier.«

Totò drückte sich in einer dunklen Ecke an die Mauer und spürte, wie sein Herz laut und schnell von innen gegen die Rippen schlug.

Pietro pochte gegen die Tür. Wartete einen Moment. Klopfte noch einmal, lauter, wartete wieder. Er zuckte die Schultern. »Keiner da.«

»Bestimmt ist was passiert. Komm, wir gehen rein.«

Sie schlichen die dunkle Treppe hinauf ins Wohnzimmer. Pietro öffnete vorsichtig die Tür, steckte den Kopf hinein. »Da ist niemand«, flüsterte er.

Sie huschten die Treppe zu den Schlafzimmern hoch und hielten den Atem an. Aus *Nonnas* Zimmer drang leises Schnarchen. »Die schlafen«, wisperte Pietro. »Alles in Ordnung. Wenn dein Vater Bescheid wüsste, würde er nicht einfach im Bett liegen.«

»Und wenn doch?«

»Schieb von innen die Kommode vor die Tür, dann kann er nicht zu dir ins Zimmer.«

Totò nickte, dann begleitete er Pietro wieder nach unten zur Tür.

»Und Don Luigi?«

Pietro knuffte ihn an die Schulter. »Jetzt schlaf erstmal. Du siehst aus wie ein Gespenst.«

Als sich Pietros Umriss am Ende der Gasse in der Dunkelheit auflöste, schloss Totò die Tür mit einem Klick, huschte in sein Zimmer und ruckelte die Kommode von innen Zentimeter für Zentimeter vor die Tür, um keinen Lärm zu machen. Dann rollte er sich unter seinem Leintuch zusammen. Er hätte nicht gedacht, dass die Einsamkeit, die ihn seit Mamas Tod von innen aushöhlte, noch trostloser werden könnte. Doch nun hatte ihn seine geliebte Tante Lily verraten, und Pietro würde auch noch weggehen. Er wusste nicht, was schlimmer war: Die Angst vor Vater und Don Luigi oder diese grenzenlose Leere in ihm. Er starrte an die Decke, bis seine Augäpfel trocken wurden und brannten, doch davon fiel ihm auch keine Lösung ein. Irgendwann beruhigte sich sein Herzschlag und die Erschöpfung bahnte sich ihren Weg durch seinen Körper. Der Schlaf erlöste ihn.

Mitten in der Nacht schreckte er hoch. Einen Moment lang dachte er, er hätte ein Geräusch gehört. Er blickte zur Tür, die Kommode stand dort, beruhigend und unverrückbar, und wachte über ihn. Er lauschte. Nichts. Das Leintuch war zerknüllt, er tastete nach den Ecken und deckte sich wieder zu. Wahrscheinlich hatte er nur geträumt. Bevor er richtig wach wurde, tauchte er wieder ab in einen zähen, tröstlichen Schlaf.

Die Verhaftung

Sie kamen im Morgengrauen. Totò erwachte von kehligen Rufen, die durch die Gasse hallten. Jemand pochte an die Tür. Er sprang aus dem Bett und schaute aus dem Fenster auf die schwarzen Schirmmützen zweier *Carabinieri*. Totò hielt sich am Fenstersims fest, sein Blut rauschte in den Ohren. Er hörte, wie Tante Rosaria jammernd die Tür öffnete.

»*Dio santo*, was ist denn passiert?«

Dann bellten strenge Stimmen durchs Haus.

Nur Vater hörte er nicht.

Er sah ihn erst, als sie ihn in die hellgraue Morgenluft hinausführten. In Handschellen. Der Polizist schob ihn mit der einen Hand vor sich her, in der anderen trug er das Gewehr. Vater drehte sich um und sah hinauf zu seinem Fenster. Ihre Blicke trafen sich.

»Du darfst keine Schwäche zeigen«, murmelte Totò.

Als sich die Küchenvorhänge im Haus gegenüber bewegten, trat er vom Fenster zurück und ließ sich wieder aufs Bett fallen.

In seinem Kopf drehten sich die Gedanken wie das Karussell, das zum Septemberfest auf der Piazza aufgebaut wurde, immer rund und rund und rund. Wer hatte die Polizei informiert? Hatte irgendein Nachbar beobachtet, wie sie mit dem Gewehr durch die Gassen marschiert waren? Totò schüttelte den Kopf. Das Dorf regelte seine Angelegenheiten anders. Hätte ein Nachbar Vater in Verdacht, wäre er direkt zu ihm gekommen und hätte sich sein Schweigen teuer bezahlen lassen. Gefälligkeiten und Verbindlichkeiten waren im Dorf die unsichtbare Währung der Macht.

Hatte Don Luigi selbst Verdacht geschöpft? So schwer war der Rückschluss zu Vaters Drohung am Nachmittag nicht. Aber auch Don Luigi löste seine Probleme sicher nicht mit Hilfe der *Carabinieri*. Totò lachte trocken auf.

Oder war es das gewesen, was Tante Lily endgültig zu Ende bringen wollte? Was verbarg sie vor ihm? Er hatte ihr vertraut, und sie hatte nichts Besseres zu tun gehabt, als ihn unverzüglich seinem Vater auszuliefern. Totò wälzte sich hin und her. Niemals würde Vater ihm seinen Verrat verzeihen. Niemals.

Und wenn Vater nun dachte, er, Totò, sein eigener Sohn, hätte die Polizei gerufen? Je länger er nachdachte, desto beängstigender wurden seine Gedanken. Die Wände schienen zusammenzurücken, bis er kaum noch Luft bekam.

Er zog sich an, schob die Kommode auf die Seite und schlich die Treppe hinunter. Dann huschte er an der geschlossenen Wohnzimmertür vorbei und sprang die Stufen hinab. Er würde etwas tun, was er seit Mamas Tod nicht mehr gemacht hatte.

Als Totò die Kirchentür aufschob, fauchte der Scirocco, als wollte er das ganze Dorf holen. Er hatte Sand aus Afrika mitgebracht, der die Welt in ein unwirkliches, gelbliches Licht tauchte.

Die Tür war so schwer, dass er sich mit seinem ganzen Gewicht dagegenstemmen musste. Als sie hinter ihm mit einem leisen Quietschen zufiel, umfing ihn Ruhe. Er ging auf Zehenspitzen, damit seine Schritte nicht durch das leere Kirchenschiff hallten. Die stille Luft trug jedes Geräusch weiter als sonst. Er kniete sich vor die *Madonna*, die aussah wie Mama, schloss die Augen und faltete die Hände. Dann begann er, zu beten.

»Was soll ich nur tun?«, murmelte er. »Gib mir ein Zeichen. Hilf mir, liebe *Madonnina*.«

Nichts.

Er wusste selbst nicht, was er sich erwartet hatte. Vielleicht eine Stimme, die ihm ins Ohr flüsterte, was er tun sollte? Oder zumindest einen klaren Gedanken, der in seinem Kopf aufblitzen würde?

Doch da war nichts.

Er wartete noch ein wenig mit geschlossenen Lidern, dann hob er den Kopf. Das Gesicht der Statue blickte gleichgültig und stumm auf ihn herab. Sie hatte ihn nicht gehört.

Er war ein Sünder. Seit drei Jahren hatte er nicht mehr gebetet, vor lauter Wut, weil Gott Mama zu sich geholt hatte. Und jetzt half er ihm auch nicht. Keiner wollte ihm helfen. Oder lag es an dem Fluch, der auf seiner Familie lastete? Hatte Gott ihn schon an den Satan abgetreten? Aber Mama würde ihn beschützen. Das hatte die Abbeterin doch gesagt. Er presste die Hände fest zusammen. Kniff die Augen zu.

»Mama, sag mir, was ich tun soll«, murmelte er. »Hilf du mir doch wenigstens.«

Er spürte nichts. Hörte nichts.

Diese verlogene Seherin. Sie hatte ihm etwas vorgegaukelt, ihm falsche Hoffnungen gemacht, ihn belogen und betrogen. Genau wie Tante Lily. Entweder sie belogen ihn oder sie verließen ihn. So wie Mama.

Er konnte nirgendwo mehr hin. Mama war tot, Tante Lily wollte ihn nicht, und das war fast genauso schlimm. Vater saß durch seine Schuld im Gefängnis, und Tante Rosaria wartete sicher schon wutschäumend im Wohnzimmer auf ihn.

Verräter. Verräter. Verräter.

Er stand auf und trat gegen die Kirchenbank. Er würde Tante Lily zur Rede stellen, jetzt gleich. Nur sie konnte ihm sagen, was Vater wusste.

Der Friseursalon war verschlossen. Totò klingelte und klopfte an ihrer Haustür, doch niemand öffnete. Die Nachbarin putzte ihre Eingangstüre und Totò merkte, dass sie ihn aus dem Augenwinkel beobachtete.

»*Buongiorno*, Signora Montalto«

»Ciao, Totò. Immer dieser Scirocco. Verdreckt alles mit Sand.«

»Ist meine Tante nicht daheim?«

Die Nachbarin schüttelte den Kopf. »Sie ist heute Nacht nicht nach Hause gekommen.«

Totò sah sich um. Auch der *Cinquecento* war nirgends zu sehen. Er nickte Signora Montalto zu. »Auf Wiedersehen.«

Als er die Dorfstraße entlangging, blies ihm der Sturm Sandkörner ins Gesicht, die auf seiner Haut prickelten. Vor seinem Haus zögerte er kurz, ließ die Hand über dem Türknauf schweben. Sollte er wirklich hineingehen?

Dann zuckte er die Schultern. Tante Rosaria war ohnehin schon wieder damit beschäftigt, mit Nonna zu streiten. Ihre Stimme hallte bis nach draußen.

»*Dio Santo*, wo ist er bloß? Ich habe ihn seit gestern Abend nicht gesehen. Ich ziehe ihm die Ohren lang, wenn er wieder auftaucht.«

»Warum hast du bloß heute Morgen nicht nach ihm gesehen? Du bist wirklich zu nichts nutze. Zu gar nichts. Mariella hätte ...«

»Und du? Warum hast du nicht nach ihm geschaut?«

»Na, zum Glück hast du keinen eigenen Sohn mehr bekommen, wenn du dich schon um den fremden nicht richtig kümmern kannst.«

Nonna hatte ihren spitzen Zeigefinger zielsicher in Tante Rosarias eitrigste Wunde gestoßen. Sie war eine wertlose Ehefrau. Sie hatte Vater keinen weiteren Sohn geboren.

Tante Rosaria heulte auf. »*Maledetta*. Du bist wirklich verflucht.«

»Beruhigen Sie sich, Signora.«

Totò erstarrte. Eine fremde Männerstimme. Wer war das? Etwa einer von Don Luigis Männern? Waren sie gekommen, um ihn zu holen?

Auf Totòs Stirn bildete sich ein Schweißfilm. Sollte er einfach wieder verschwinden? Er wollte schon davon-laufen, doch dann zögerte er. Er konnte nirgendwo hin.

Da straffte er die Schultern, räusperte sich und hob seine Hand zum Türknauf. Sollten sie doch mit ihm machen, was sie wollten. Hoffentlich ging das mit den Säurebecken schnell. Vielleicht würden sie ihn vorher niederschlagen, so dass er ohnmächtig wäre und nicht

spüren würde, wie sich seine Haut in der ätzenden Flüssigkeit auflöste.

Er holte tief Luft, dann drehte er den Türknauf und
stieg die Treppe hinauf.

Das geheime Treffen

Sie verstummten mitten im Satz, als Totò die Tür zum Wohnzimmer öffnete. Alle drei starrten ihn an: Tante Rosaria, Großmutter und ein Mann, den Totò noch nie gesehen hatte. Sein Schnurrbart war so dünn wie ein aufgemalter Strich und er trug eine dunkelblaue Uniform mit roten Seitenstreifen an der Hose. Totò atmete auf. Ein *Carabiniere.*

»Da ist er ja«, sagte der Mann. Beim Lächeln zogen sich seine Mundwinkel nicht nach oben, sondern nach unten, was ihm einen arroganten Gesichtsausdruck verlieh.

»Guten Tag, Totò.«

»Tag.« Totò verschränkte die Arme vor der Brust.

Was wollte die Polizei von ihm? Hatte Vater etwa ausgesagt, dass Totò bei dem Anschlag dabei gewesen war? Auge um Auge, Zahn um Zahn?

Tante Rosaria wogte auf ihn zu. »*Santo Gesù*, wo warst du? Weißt du, was ich mir für Sorgen um dich gemacht habe ...«

Totò trat einen Schritt zurück, doch sie war schneller und umschlang ihn.

»Mein Sohn.«

»Was *wir* uns für Sorgen gemacht haben.« Großmutter übertönte Tante Rosaria, aber nur kurz.

»Was für ein schrecklicher Tag.« Tante Rosaria presste ihn so fest an ihre Brust, dass Totò kaum atmen konnte. »Deine Tante Lily ...«

Totòs Gesicht war in Tante Rosarias Polyester-Strickjacke vergraben und ein Knopf drückte schmerzhaft an seine Stirn. Und das vor dem *Carabiniere*. Er presste mit aller Kraft seine Unterarme gegen Tante Rosarias nachgiebigen Bauch, um sich zu befreien.

»Totò! Was soll das?« Sie taumelte zurück.

»Lass mich«, keuchte Totò. »Was ist mit Tante Lily?«

Tante Rosaria schnappte nach Luft und wollte zu einem neuen Lamento anheben, da stand der Polizist auf und hob beschwichtigend die Arme.

»Signora, beruhigen Sie sich.«

Tante Rosaria klappte ihren Mund folgsam wieder zu.

Der *Carabiniere* wandte sich Totò zu. »Deine Tante Lily hat heute früh auf der Wache angerufen und ausgesagt, dass dein Vater auf Don Luigi geschossen hat. Sie ist aber nie auf der Wache erschienen, um ihre Aussage zu machen. Und jetzt ist sie verschwunden.«

»Verschwunden?« Totò starrte ihn an. »Was meinen Sie damit?«

Der Polizist zuckte die Schultern. »Wir können sie nirgendwo ausfindig machen.«

»Verräterin«, fauchte Tante Rosaria. »Abgehauen ist sie, feig wie eine Eidechse. *Madre Maria*, sind denn jetzt alle verrückt geworden? Der Fluch ... Und der Scirocco ...«

»Signora!« Der Polizist schnitt ihr streng das Wort ab. Dann wandte er sich Totò zu: »Ich muss dich mit nach Trapani auf die Wache nehmen.«

Er sah ihn erschrocken an.

»Keine Sorge, der Kommissar wird dir nur ein paar Fragen stellen.«

»*Santo cielo*, was wollen Sie denn von Totò?« Tante Rosaria hob die Hände zur Zimmerdecke. »Er war den ganzen Abend zu Hause, das kann ich bezeugen. Nicht wahr, *Nonna*? Du warst auch da.«

Großmutter nickte.

»Signora!« Der Carabiniere seufzte ergeben. Dann nickte er in Richtung Tür. »Komm, Totò.«

Totò ließ sich auf den Rücksitz des Alfa Romeo Giulia sinken, der in einer Nebengasse geparkt war. Im Auto roch es nach kaltem Zigarettenrauch. Er war noch nie in einem so noblen Wagen gesessen. Andächtig ließ er die Hände über das glatte Leder der Sitze gleiten.

Der *Carabiniere* zündete sich eine Zigarette an. »Mannomann, die beiden sind ja schlimmer als ein Stall voll aufgeschreckter Hennen.« Er verdrehte die Augen und machte Tante Rosarias Gejammere nach. Sein förmliches Auftreten war von einem Moment auf den anderen von ihm abgefallen. »Los geht´s, junger Mann.« Er blies drei Rauchringe aus und startete den Motor. Der Alfa stotterte nicht herum wie der Fünfhunderter seiner Tante, sondern brummte kraftvoll und vielversprechend. »Bist du schon mal in so einem Auto gefahren?«

Totò schüttelte den Kopf. »Nur in einem *Cinquecento*.«

»Na, dann mal los.« Der Polizist trat aufs Gaspedal, der Motor heulte auf, und Totò wurde in den Sitz gepresst. Er hielt sich am Handgriff über der Tür fest. Trotzdem wurde er hin und her geschleudert, als der Polizist um die Kurven und durch die engen Gassen raste. Die Hausmauern huschten gefährlich nah vorbei, und der Fahrt-wind trieb Totò Tränen in die Augen. Erst als er die Küstenstraße Richtung Trapani erreichte, fuhr der *Carabiniere* wieder gesittet und ließ seinen Ellbogen lässig aus dem Fenster hängen. Totò sah die Salzgärten vorbeiziehen.

»Schau mal.« Der Polizist zeigte auf die Saline. Auf den Mauern balancierten ein paar Touristinnen herum, und auf dem Meer schaukelte ein Boot, bunt bemalt mit Nixen und Schwertfischen, doch es war leer.

»Die wollen bestimmt zu den Inseln.«

Der *Carabiniere* schüttelte den Kopf. »Zu viel Seegang heute. Der Scirocco.« Er bremste, fuhr jetzt im Schritt-tempo an der Saline vorbei. Dann stieß er einen gel-lenden Pfiff aus und rief: »*Ciao bellezze!*«

Die Frauen drehten sich um.

»Heiße Miezen, oder?« Der *Carabiniere* lachte bellend.

Totò wurde rot. Die Touristinnen verschwanden in der Heckscheibe. Er rieb sich übers Gesicht. Was sollte er bei der Polizei zu Protokoll geben?

Er könnte einfach sagen: Mein Vater wollte Don Luigi umbringen. Er hat auf ihn geschossen. Zwei Sätze nur. Es wäre so leicht. Dann würde Vater ins Gefängnis kommen. Er könnte Don Luigis Angebot annehmen und die Saline wäre endlich weg. Dann könnte er wieder zur Schule gehen. Sein Magen begann zu kribbeln. Ja. Das wäre die Lösung all seiner Probleme. Niemand würde ihn mehr in ein Leben zwingen, das er verabscheute und das auf ihm lastete wie ein zu schwer gepackter Rucksack. Wenn er sich vorstellte, wie er morgens pfeifend zur Schule schlenderte, zusammen mit seinen Freunden, machte sein Herz einen Hüpfer. Dann würde er auch Tiziana wiedersehen. Und Vater würde endlich für all das bezahlen, was er Mama und ihm angetan hatte.

Die Frage war nur: Was würde passieren, wenn Vater eines Tages wieder freikäme?

Der Polizist bog ab und nahm eine kleine Straße, die durch Olivenhaine und Weingärten hindurch wieder zurück in Richtung Dorf führte. Sie näherten sich den unverputzten Häusern nun von einer anderen Seite. Totò schnellte in seinem Sitz hoch.

»Wo fahren wir hin?«

Die Augen des *Carabiniere* erfassten ihn im Rückspiegel. »Auf die Wache.«

»Die ist in Trapani.« Totò umkrallte den Haltegriff. »Wo bringen Sie mich hin?«

»Ganz ruhig.«

Totò sah sich hektisch um. Er wusste genau, wohin diese Straße führte. Verdammt. Das war gar kein *Carabiniere*. Sollte er versuchen, die Tür zu öffnen und aus dem fahrenden Wagen springen?

Der falsche Polizist trommelte mit den Fingern auf dem Lenkrad herum. Er hatte ihn im Visier. »Mach keinen Scheiß, dann passiert dir auch nichts.«

Totò glaubte ihm kein Wort. Sein Magen zog sich gefährlich zusammen. *Deine Tante ist verschwunden*, hatte der falsche *Carabiniere* behauptet. Aber jetzt fielen ihm Vaters Worte wieder ein: *Lily ist Don Luigi ein Dorn im Auge.* Hatte der Don sie verschwinden lassen? Totò schluckte trocken. Jetzt war er dran.

Vor Don Luigis Villa bremste der Mann so abrupt ab, dass Kieselsteine durch die Luft flogen und Totò gegen den Vordersitz fiel. Er hatte kein bisschen Spucke mehr im Mund.

Der falsche Polizist schnippte den Zigarettenstummel weg, öffnete ihm die Tür und legte seine Hand auf Totòs Schulter. »Komm.«

Totò konnte nicht aussteigen. Sein Körper war wie gelähmt. Don Luigi wusste Bescheid. Jetzt war alles aus.

»Stell dich nicht so an«, brummte der falsche Polizist und zog an Totòs Arm.

Was würden sie mit ihm machen? Ihm Nadeln unter die Fingernägel schieben, bis er alles gestand? Oder ihm mit einer rostigen Zange den kleinen Finger abzwicken und ihn an *Nonna* schicken?

»Komm jetzt da raus.« Der Mann packte ihn unter den Achseln und zerrte ihn aus dem Wagen.

Totò hatte das Gefühl, als würde er neben sich selbst herlaufen und sich dabei zusehen, wie er auf Don Luigis Haus zuging. Er roch seinen eigenen Angstschweiß, der sich mit dem schweren Duft nach Jasmin vermischte. Mechanisch setzte er einen Fuß vor den anderen und lauschte dem Knirschen unter seinen Schuhen. Schritt für Schritt für Schritt näherte er sich seinem Ende.

Don Luigi trug eine Krawatte mit blau-gelben Querstreifen, die vor Totòs Augen hin und her tanzten. Der falsche Polizist drückte ihn auf einen Stuhl, der vor einem monströsen Schreibtisch aus dunklem Holz stand. Er sah sehr alt aus und war über und über mit Ornamenten verziert. Im Dorf ging das Gerücht, dass in Don Luigis Villa antike Möbelstücke aus einem Grafenpalast standen. Das war bestimmt so eines.

Don Luigi hatte die Ellbogen auf die Tischplatte aufgestützt und spielte mit einem metallisch funkelnden Gegenstand. Der Muskel unter Totòs rechtem Auge begann zu zucken. Das war bestimmt ein Messer, mit dem der Don ihm gleich ein Muster ins Gesicht zeichnen würde.

Der Don sah den falschen *Carabiniere* an und wies mit dem Kopf Richtung Tür. Der Mann nickte und verschwand. Sie waren allein.

»Schau einer an, der kleine Mancuso.« Don Luigi verzog die fleischigen Lippen zu einem Grinsen und wiegte den Kopf hin und her. »Wirklich schlimm, was deinem Vater passiert ist.«

Totò nickte und presste unter der Tischplatte seine schwitzigen Hände zusammen. Sein Herz hämmerte mit aller Kraft gegen die Rippen.

»Ich weiß gar nicht, wie die Polizei darauf kommt, dass er etwas mit dem Schuss zu tun haben könnte.« Der Don drehte den Gegenstand zwischen seinen gepflegten Fingern hin und her. »Du vielleicht?«

Totò schüttelte den Kopf. Er hatte das Gefühl, als müsste er sich jeden Moment über den schnörkeligen Tisch übergeben, oder auf den samtenen Bezug des Stuhls pinkeln.

»So, so. Du weißt also nichts.«

Totò schüttelte wieder den Kopf. Die Streifen von Don Luigis Krawatte tanzten immer wilder.

»Hat es dir die Sprache verschlagen?«

Totò wollte irgendetwas Unverfängliches sagen, doch sein Gehirn war so leer und grau wie die brachliegende Saline. »Entschuldigung«, presste er hervor.

»Geht´s dir nicht gut?« Don Luigi zog die Augenbrauen hoch. Dann grinste er wieder. »Na ja. An deiner Stelle wäre ich auch ... nun ... beunruhigt.« Er sah sich in Richtung Küche um. »*Mamma*, bring dem Kleinen eine Zitronenlimo.«

Zitronenlimo? Wollte der Don ihn vergiften?

»Ich würde dir die Limo selbst holen, aber der Arzt hat gesagt, ich darf nicht aufstehen.« Der Don zeigte auf sein linkes Bein, das mit einem dicken Verband umwickelt war. »Zum Glück war es nur ein Streifschuss. Du weißt sicher, dass jemand auf mich geschossen hat, oder?«

Totò hustete. »Ich hab davon gehört. Tut mir sehr leid. Wirklich.«

»Ah ja?« Der Don nickte. Dann drehte er sich wieder zur Küche um. »*Mamma*!«

Seine Mutter eilte herbei und stellte ein Glas auf die Tischplatte. Als sie sich über Totò beugte, streifte ihr Busen seine Schulter.

»Du bist ja ganz blass. Trink. Das wird dir guttun. Die Zitronen sind ganz frisch, aus unserem Garten.«

Totò probierte vorsichtig. Die Säure der *Limonata* kratzte süß und sauer zugleich in seinem Hals. Bestimmt gab es Gift, das nicht bitter war. Damit kannte der Don sich aus.

»Trink nur, kleiner Mancuso.« Don Luigi beobachtete ihn zufrieden. In seiner Hand blitzte Metall auf.

Totò schlürfte das eisgekühlte Zitronenwasser in kleinen Schlucken. Es brachte Ordnung zurück in seinen Körper. Die Streifen auf Don Luigis Krawatte beruhigten sich. Er musste sich jetzt zusammennehmen.

»Ich bin sehr froh, dass Sie nicht schwerer verletzt sind. Ich hoffe, sie kriegen das Schwein bald.«

»Hört, hört.« Don Luigi lehnte sich in seinem Stuhl zurück und verschränkte die Arme vor der Brust. »Also. Kommen wir zur Sache.«

Totò umkrallte das Glas.

»Du fragst dich sicher, warum du hier bist. Nun. Ich weiß, dass dein Vater nichts mit der Sache zu tun hat. Ich kenne ihn schon ewig, und ich will ihm helfen.«

Totò starrte ihn an. »Helfen?«

»Natürlich. Was sonst?« Don Luigi legte den Gegenstand auf den Tisch. Es war ein Füller.

Totò umklammerte noch immer seine *Limonata*. War das nur eine Falle, oder ahnte der Don wirklich nicht, wer auf ihn geschossen hatte?

»Du hast diesen kleinen Umweg auf dem Weg zur Polizeiwache deshalb eingelegt, weil ich dir vor dem Verhör noch etwas sagen will. Hör gut zu. Du sagst nicht aus, du hast nämlich ein Zeugnisverweigerungsrecht. Die besten Wörter sind die, die man nicht ausspricht. Verstanden?«

»Verstanden.« Toto nickte.

Don Luigi langte über die Tischplatte und kniff ihn in die Wange. »Keine Sorge. Ich bekomme deinen Vater schon frei.« Dann lehnte er sich wieder zurück und rief: »Carmelo! Du kannst unseren kleinen Freund jetzt auf die Wache bringen.«

Totò starrte den Polizisten an. Also war Carmelo doch ein echter *Carabiniere*? Und Don Luigi hatte seine gierigen Tentakel bis in die Staatsgewalt hinein ausgestreckt, um sogar dort seine dreckigen Spiele zu spielen?

»Mach´s gut, Junge.« Don Luigi verzog den Mund. Totò konnte nicht erkennen, ob sein Lächeln echt oder falsch war. »Wir sehen uns. Und du weißt ja: Eine Hand wäscht die andere. Und?«

»Und beide Hände waschen das Gesicht.«

Don Luigi nickte zufrieden.

»Ich danke Ihnen.« Totò beugte sich über die Tischplatte, griff nach Don Luigis Hand und küsste seinen Siegelring. Dann folgte er Carmelo hinaus und ließ sich erschöpft auf das kühle, duftende Leder fallen.

Er war sich so sicher gewesen, dass er gegen Vater aussagen wollte. Aber jetzt wusste er nicht mehr, was er tun sollte. Vater verraten und die Saline endlich loswerden? Oder Don Luigis Spiel mitspielen? Was immer Don Luigi vorhatte – er war mächtiger als Vater, und mächtiger als die Polizei. Totò musste schweigen. Wer schwieg, konnte nichts Falsches sagen. Aber womöglich war das Verhör seine einzige Chance, sich von Vater zu befreien.

Das verhör

»Wo warst du gestern Abend?«

Obwohl Totò genau mit dieser Frage gerechnet hatte, bildete sich ein Schweißfilm auf seinen Handinnenflächen, als er sie nun wirklich hörte.

»Zu Hause.«

»Den ganzen Abend?« Der Kommissar saß ihm gegenüber, die Ellbogen auf die Tischplatte gestützt, genau wie vorher Don Luigi. Sein Schreibtisch war jedoch billig und nichtssagend, aus Sperrholz und mit Resopal überzogen.

Totò nickte.

»Du musst es laut sagen, damit wir es ins Protokoll aufnehmen können. Wenn du lügst, folgen strafrechtliche Konsequenzen. Klar?«

»Ich war den ganzen Abend zu Hause.«

Carmelo stand breitbeinig in einer Ecke des Verhörraumes, die Hände auf dem Rücken, und beobachtete Totò aus halbgeschlossenen Augen.

»Wer kann das bezeugen?«

»Meine Tante Rosaria.«

»Und wo war dein Vater gestern Abend?«

»Weiß nicht.«

»Wann hast du ihn zuletzt gesehen?«

»Wir haben zusammen in der Saline gearbeitet.«

»Wann seid ihr nach Hause gekommen?«

»Nach Sonnenuntergang.«

»Und dann?«

»Dann war ich in meinem Zimmer.«

»Und wann bist du wieder aus deinem Zimmer heraus-gekommen?«

»Gar nicht.«

»Du hast nicht zu Abend gegessen?«

»Nein.«

»Warum nicht?«

Die Fragen trafen Totò wie Schüsse aus einer *Lupara*.

»Hatte keinen Hunger.«

Der Kommissar rückte sich auf seinem Stuhl zurecht und fixierte ihn mit zusammengekniffenen Augen. »Weißt du was? Ich glaube dir kein Wort.« Er lehnte sich zurück und schlug die Beine übereinander. »Du lügst.«

Totò kniff die Lippen zusammen. Er durfte sich nicht in die Falle locken lassen. Er musste sich konzentrieren.

Die Stimme des Kommissars hatte einen triumphie-renden Klang, als er sagte: »War es nicht stattdessen so, dass ihr nach Einbruch der Dunkelheit gemeinsam mit einem Gewehr losgezogen seid, dein Vater und du? Und dass ihr Don Luigi aufgelauert und auf ihn geschossen habt?«

Totò krallte die Hände um die Sitzfläche des Stuhls.

»Das hat nämlich deine Tante Lily ausgesagt, als sie bei uns angerufen hat.« Ein Lächeln spielte um die Mund-winkel des Kommissars.

Also doch. Der Boden unter Totòs Füßen schwankte. Tante Lily hatte nicht nur Vater verraten, sondern ihn gleich mit dazu. Das Verhörzimmer flimmerte vor seinen Augen. Carmelo bewegte sich in seiner Ecke nahezu unmerklich, verlagerte nur das Gewicht auf den anderen Fuß. Seine Ohren waren die Ohren des Don. Der Schweiß klebte auf Totòs Haut. Er kratze sich in der Armbeuge. Sein ganzer Körper begann zu jucken. Don Luigis Handlanger hatte mit angehört, dass er bei dem Anschlag dabei gewesen war. Natürlich würde er seinem wahren *Capo* jedes Detail des Verhörs berichten.

»Du sagst ja gar nichts mehr.« Der Kommissar grinste.

Sollte er jetzt doch alles erzählen und hoffen, dass die Polizei ihn vor Don Luigi beschützen würde? Jetzt zu reden, wäre seine einzige Chance. Aber wenn Don Luigi Kontakte in den Staatsapparat hatte, würde ihm hier niemand helfen.

»Antworte gefälligst!«

»Ich weiß nichts«, stammelte Totò. Dann holte er tief Luft. »Ich habe ein Zeugnisverweigerungsrecht. Ich bin minderjährig.«

Der Kommissar zog die Augenbrauen zusammen. »Was für ein kluges Bürschchen.« Dann lehnte er sich wieder nach vorne. Die Luft schien zu vibrieren. »Und wer hat dir das gesagt?«

Carmelos Augen ruhten unerbittlich auf ihm.

Totò räusperte sich. »Das weiß ich eben.«

»Was du nicht sagst.« Die Wangen des Kommissars waren rote Flecken. »Hör mal gut zu. Wenn du keine Aussage machst, bedeutet das, dass du uns etwas verheimlichst, oder dass du lügst, oder beides. Nur Verbrecher schweigen.« Er stand auf und baute sich vor Totò auf. »Bist du ein Lügner? Und ein Verbrecher?«

»Nein.« Totò schüttelte den Kopf. »Ich weiß wirklich nichts. Ich war den ganzen Abend in meinem Zimmer.«

»Es wäre besser für dich, wenn du mit uns kooperieren würdest, sonst buchten wir dich ein, genau wie deinen Vater. Überleg´s dir.«

»Ich bin minderjährig. Sie können mich gar nicht ins Gefängnis sperren.«

»Ach nein? Wir können dich aber in eine Erziehungsanstalt bringen. Weit weg von daheim.«

Totò horchte auf. In irgendeinem Kinderheim in Palermo oder Catania zu verschwinden, wäre gar keine schlechte Option. Sollte er doch zugeben, dass er dabei gewesen war? Würde ihn die Polizei dann von hier wegbringen? Nein. Er traute dem Kommissar nicht.

»Ich habe ein Zeugnisverweigerungsrecht, und ich bin minderjährig.«

Der Kommissar knallte die flache Hand auf seine Resopal-Tischplatte. »Sturer Bock. Das wirst du bereuen.«

»Lass ihn doch«, brummte Carmelo aus seiner Ecke herüber. »Aus dem bekommst du eh nichts raus.«

Der Kommissar setzte sich wieder und rieb sich die Stirn.

»Er ist doch bloß ein Kind«, sagte Carmelo. »Seine Aussage ist eh nichts wert. Wir müssen diese Lily finden.«

»Also gut.« Der Kommissar verzog mürrisch die Mundwinkel. »Wir nehmen zu Protokoll, dass du den ganzen Abend in deinem Zimmer warst und nicht weißt, was dein Vater gemacht hat. Stimmt das?«

Totò nickte. »Ja, das stimmt.«

»Und weißt du, wo deine Tante Lily sein könnte?«

Totò schüttelte den Kopf. »Das wüsste ich selbst gern.«

Carmelo fuhr ihn nach Hause, ohne ein Wort zu sagen. Totò saß so schlaff auf dem Rücksitz wie eine Marionette ohne Fäden. Er fühlte sich ausgelaugt und schwach, brachte nicht einmal die Kraft auf, aus dem Fenster zu schauen, sondern starrte nur auf die Rückseite des Vordersitzes. Daheim schleppte er sich die Treppe hinauf, zog ein Bein nach dem anderen von Stufe zu Stufe.

»... und dann sprang der Werwolf aus seinem dunklen Versteck und hieb seine Krallen und Zähne in den Leib des schönen Mädchens ...«

Tante Rosaria erzählte *Nonna* Gruselgeschichten. Als Totò die Tür öffnete, verharrte sie einen Moment lang mit offenem Mund. Dann wogte sie mit ausgebreiteten Armen auf ihn zu.

»*Santo Cielo!*« Unter ihren Achseln hatten sich dunkle Halbmonde gebildet. »Da bist du ja wieder. Was wollten sie wissen? Was hast du gesagt?«

Totò wehrte sich nicht. Er ließ ihre Fragen über sich ergehen, ohne ihr zuzuhören, und sie erwartete auch gar nicht, dass er ihr antwortete. Er ließ sich von ihr hin und her schieben, wegstoßen und wieder an ihren gewaltigen Busen drücken. Dann würde er eben ersticken.

»Lass ihn«, herrschte Großmutter sie schließlich an. »Siehst du nicht, dass er völlig erschöpft ist?«

Tante Rosaria hielt inne und funkelte sie an.

»Mach ihm lieber was zu essen.« *Nonna* zeigte auf den frischen *Ricotta*-Käse, der vor ihr auf dem Tisch stand. Dann nahm sie das Messer, das mit der Spitze auf dem Tellerrand lag, steckte es in den Mund und leckte es ab.

»Pfui Teufel!« Tante Rosaria verzog das Gesicht. »Es wird immer schlimmer mit dir.«

Sie ließ von Totò ab, zog Großmutter Teller und Besteck vor der Nase weg und ging schimpfend in die Küche.

Totò hörte einen Topf klappern. Sicher wärmte sie ihm sein Abendessen auf, doch er wollte nichts. Sein Magen fühlte sich an wie ein Klumpen.

Großmutter zwinkerte ihm zu und nickte Richtung Tür.

»Danke, *Nonna*«, flüsterte Totò.

Ihr Ablenkungsmanöver hatte funktioniert.

Er ging nach oben, kroch ins Bett, zog sich sein verschlissenes Leintuch über den Kopf und wollte nie, nie wieder darunter hervorkommen.

Am nächsten Morgen lag Totò im Bett und lauschte dem Meer. Die Wellen schlugen kurz und hektisch ans Ufer, der Scirocco peitschte sie noch immer. Er seufzte. Vielleicht hatte er gestern den größten Fehler seines Lebens begangen.

Am liebsten wollte er hier liegenbleiben, in seinem schweißfeuchten Laken, bis er in der Sommerglut geschmolzen wäre und er Vater und Don Luigi nie mehr begegnen müsste. Er wusste nicht, vor wem er größere Angst haben sollte.

Ein Steinchen klackte gegen seine Fensterscheibe. Totò fuhr auf und schaute aus dem Fenster.

»Pietro! Ich komme gleich.« Dann streifte er sich eilig seine Kleidung über und rannte die Treppe hinunter.

Sein Freund lehnte lässig an der Hausecke. »Wollte mal hören, was es Neues gibt. Ich hab gehört, ein *Carabiniere* hat dich gestern abgeholt?«

»Ja, aber das war Don Luigis Mann.« Totò erzählte, was vorgefallen war. »Ich habe keine Ahnung, ob der Don meinem Vater wirklich helfen will.«

Pietro zuckte die Schultern.

»Dem würde ich nicht über den Weg trauen. Vielleicht versucht er, es so hinzudrehen, dass du ihm deinen eigenen Vater ans Messer lieferst? Das wäre genau sein Stil.«

»Und wo ist Tante Lily? Meinst du, die hat auch Don Luigi verschwinden lassen?«

Pietro rückte seine Schiebermütze zurecht. »Ich glaube eher, dein Vater hat ihr etwas angetan, weil sie ihn verraten wollte ...«

Totò schüttelte den Kopf. »Dann hätte sie wohl kaum morgens die *Carabinieri* verständigen können.«

»Stimmt auch wieder. Ach was, wahrscheinlich ist Lily nach Trapani abgehauen, zu Signor Di Rosa. Es stimmt doch, dass die beiden ..., oder?« Er zwinkerte Totò zu. »An deiner Stelle würde ich dort nach ihr suchen.«

Totò lachte bitter auf. »Ja, wahrscheinlich sitzen die beiden gerade am Frühstückstisch und tunken *Brioches* in ihren *Cappuccino*.«

Wut stieg in ihm hoch. Seit der Lehrer in ihr Leben getreten war, interessierte Tante Lily sich überhaupt nicht mehr für ihn. Aber jetzt würde er ihr romantisches Frühstück platzen lassen und sie zur Rede stellen.

Totò nickte. »Ich weiß, wo er wohnt.«

»Dann mal los.« Pietro knuffte ihn gegen die Schulter. »Wenn du dich beeilst, erwischst du noch den Neun-Uhr-Bus.«

Totò trabte los.

»Bis in zwei Monaten«, rief ihm Pietro hinterher.

»Was?« Totò bremste ab und drehte sich um.

»Schon vergessen? Heute geht´s für mich los nach Favignana.« Sein Freund tippte sich mit dem Zeigefinger an die *Coppola*.

Totò hob die Hand zum Gruß, dann drehte er sich weg. Er wollte nicht, dass Pietro das verräterische Glitzern in seinen Augen sah.

Im Auge des Fluchs

Das Haus des Lehrers hatte eine moderne Klingelanlage. Da stand der Name. *Eugenio Di Rosa*. Totò drückte mit dem Zeigefinger auf den Klingelknopf und ließ nicht mehr los, bis eine verärgerte Stimme in der Gegensprechanlage schepperte. »Was soll das? Wer ist da?«

»Totò Mancuso. Lassen Sie mich rein.«

Der Türöffner summte. Die Kühle des Treppenhauses umfing ihn. Es roch nach Bohnerwachs und Tomatensauce. Totò hatte noch nie ein so elegantes Geländer aus Schmiedeeisen gesehen. Er setzte einen Fuß auf die Holztreppe, die vornehm knarrte.

Der Lehrer lehnte am Türstock. Er trug eine von diesen Jeanshosen und seine Haare waren ungekämmt.

»Was machst du denn hier?«

»Ich muss mit Lily reden.«

Der Lehrer schüttelte den Kopf. »Sie ist nicht da.«

»Das glaube ich nicht. Lassen Sie mich zu ihr.« Totò ballte die Fäuste.

Signor Di Rosa trat einen Schritt zu Seite. »Komm ruhig rein. Ich wüsste selbst gerne, wo sie ist. Wir waren gestern Abend zum Essen verabredet, aber sie ist nicht gekommen.«

Totòs Wut verebbte. Er sah sich ratlos um.

»Was willst du denn von ihr?« Der Lehrer zeigte einladend auf seinen Küchentisch, auf dem eine Tasse Kaffee stand. Hier hatte nur eine Person gefrühstückt. »Setz dich. Willst du einen Milchkaffee?«

Totò nickte und ließ sich auf einen Stuhl sinken.

»Sie hat gestern mit meinem Vater gestritten, seitdem ist sie verschwunden. Ich muss wissen, ob es ihr gut geht.«

Der Lehrer stellte eine Tasse vor ihn, die aussah, als hätte er sie selbst getöpfert. Dann setzte er sich und zupfte an seinem Bart herum. »Dein Vater ist nicht ganz einfach, was?«

»Kann man so sagen.« Totò seufzte. »Ich habe Angst, dass er ihr etwas angetan hat.«

»Was ist denn passiert?«

Totò zuckte die Schultern. »Ich weiß es nicht. Sie haben sich angeschrien, dann bin ich abgehauen. Und als ich zurückkam, war Lily nicht mehr da. Heute Morgen wurde mein Vater verhaftet.« Er rührte in seinem Kaffee. »Ich hätte nicht weglaufen dürfen. Ich hätte ihr helfen müssen.«

Aber er war zu feig gewesen, wie damals bei Mama.

Signor Di Rosa trommelte mit den Fingern auf der Tischplatte herum. »Und ich dachte, sie wäre wütend auf mich. Wir hatten Streit, weil ich nicht ins Dorf kommen wollte. Die Leute ... Du weißt ja, wie die sind. Mein Ruf als Lehrer steht auf dem Spiel.«

»Und Sie wissen nicht, wo sie sonst sein könnte?«

Der Lehrer schüttelte den Kopf. »Weißt du was? Wir suchen sie zusammen. Ich fahre mit dir ins Dorf.«

»Wann geht der nächste Bus?«

Der Lehrer sah auf die Uhr. »Um zwei.«

»Wir treffen uns an der Bushaltestelle. Ich habe noch etwas zu erledigen.«

Totò sprang auf und ließ Eugenio Di Rosa verwundert vor seinem Kaffee sitzen.

»Signora, Sie müssen mir helfen.«

Die Abbeterin sah ihn überrascht an. Dann wedelte sie mit den Händen. »Komm rein, mein Sohn, komm rein.«

Sie ging vor ihm durch den düsteren Gang in die Küche. Zwiebelschwaden waberten durch die Wohnung.

»Setz dich, setz dich nur. Was ist passiert?«

»Meine Tante Lily ist verschwunden.« Totò senkte die Stimme. »Die mit den grünen Augen. Hat sie etwas mit dem Fluch zu tun? Ist ihr etwas passiert? Wo ist sie?«

Die Alte nickte. Wie beim letzten Mal holte sie einen Suppenteller aus dem Schrank, füllte ihn mit Wasser und tropfte Öl hinein. Dann starrte sie hinein, seufzte und schüttelte den Kopf.

»Sehen Sie etwas?«

»Pssst!«

Totòs Knie tanzten unter dem Tisch, er konnte sie nicht ruhig halten.

»Hier, das ist deine Tante.« Endlich zeigte die Abbeterin auf den größten Öltropfen, der mitten im Teller schwamm. »Und hier, um sie herum, die kleinen Tropfen, schau die Anordnung, ein Pentagramm, wie letztes Mal.« Sie hob erschrocken die Hand zum Mund. »Deine Tante befindet sich im Auge des Fluchs. Sie ist in großer Gefahr. Du musst ihr helfen.«

»Aber wie?«

Die Alte griff mit ihren ledrigen Händen nach seinem Arm. »Du musst sie finden.«

»Wo ist sie?«

»Das sehe ich nicht.« Die Abbeterin bekreuzigte sich dreimal und malte dann mit ihren Fingern drei Kreuze auf Totòs Stirn. Sie hielt inne. »Wo ist das Schutzamulett, das ich dir letztes Mal gegeben habe?«

»Ich habe es meiner Tante Lily geschenkt.«

Die Abbeterin kramte in ihrer Schürzentasche und legte ihm ein neues Korallenkettchen um. »Das war gut, sie braucht es jetzt. Aber dieses hier darfst du nicht ablegen, hörst du? Sonst geht der Fluch auch noch auf dich über.«

Totò schluckte. »Was bin ich Ihnen schuldig?«

»Nichts mein Sohn. Geh jetzt, geh. Und such deine Tante.«

Die Alte wedelte ihn hinaus.

Totò sah den Lehrer schon von Ferne an der Haltestelle stehen und winken. Der Motor des Busses brummte bereits, und Totò rannte das letzte Stück. Außer Atem ließ er sich auf einen Fensterplatz fallen. Signor Di Rosa setzte sich neben ihn, ihre Schultern berührten sich. Es war schön, so nah bei ihm zu sitzen.

Der Bus hüpfte über die Schlaglöcher der Küstenstraße, und Totò spürte Übelkeit in seinem Magen aufziehen. Er blickte konzentriert aus dem Fenster, um sich abzulenken. Oben auf den Felsbergen lagen die rauen Steinhäuser von Erice.

»Wissen Sie noch, unser Schulausflug?«

Signor Di Rosa ließ die Zeitung sinken, in der er las. »Nach Erice? Ja, natürlich erinnere ich mich.«

»Sie haben gesagt, dass die Normannen das Kastell auf der Klippe errichtet haben, um ihre Macht zu demonstrieren. Und dass es in Sizilien immer nur um Macht geht.«

Signor Di Rosa nickte. »Das stimmt. Sizilien war immer nur dann interessant für andere Länder, wenn sie die Insel besitzen konnten. Die Griechen haben in der Antike ihre Tempelanlagen gebaut. Die Römer haben alle Bäume gefällt, um daraus ihre Galeeren zu bauen. Wusstest du, dass Sizilien früher voller Wälder war? Aber die Römer haben nur klaffende, ausgedörrte Erde zurückgelassen.«

»Ich dachte gerade, dass es auch im Dorf immer nur um Macht geht, und zu Hause genauso.«

»Mag sein. Aber das funktioniert nur, solange beide Seiten mitspielen.« Signor Di Rosa fuhr sich durch seine dunklen Locken.

»Wie meinen Sie das?«

»Wenn dir egal ist, was die Leute denken, hat ihr Gerede keine Macht mehr über dich.«

»Wem wäre das schon egal? Sie haben doch auch mit Lily gestritten, weil Ihnen Ihr Ruf als Lehrer wichtig ist.«

»Sonst verliere ich meinen Arbeitsplatz.«

»Eben. Und so funktioniert Macht.«

Signor Di Rosa lächelte. »Du hast recht. Dann mach es besser als ich, so wie Lily. Ihr ist es wirklich egal, was die anderen von ihr halten.«

»Ja, sie macht, was sie will. Und was hat sie jetzt davon? Jetzt ist sie im Auge des Fluchs.«

»Im was?«

»Das hat die Abbeterin gesagt. Sie schwebt in großer Gefahr.«

»Du glaubst das?« Signor Di Rosa schüttelte den Kopf. »Die taucht bestimmt wieder auf. Vielleicht hat sie einen Ausflug gemacht oder irgendwen besucht.«

»Ohne Bescheid zu sagen? Das glaube ich nicht. Machen Sie sich gar keine Sorgen?«

»Irgendwo muss sie ja sein. Und sie kann ganz gut auf sich selbst aufpassen.«

Totò hatte noch nie erlebt, dass jemand einer Frau so viel zutraute. Er hoffte nur, dass der Lehrer sich nicht täuschte. Der Bus schaukelte, und seine Stoßdämpfer ächzten. Hoffentlich dauerte die Fahrt nicht mehr lange, sonst würde sein Magen rebellieren.

»Darf ich Sie was fragen?«

Signor Di Rosa nickte.

»Wie kann man sich der Macht seiner Eltern entziehen?«

»Geht es um deinen Vater?«

Totò nickte. »Manchmal würde ich am liebsten auf einem Frachtschiff anheuern und einfach abhauen.«

Signor Di Rosa legte seine Zeitung zusammen. »Wenn du wegläufst, löst du damit keine Probleme. Du schaffst dir nur neue.«

»Das hat Lily auch gesagt.«

Signor Di Rosas Mundwinkel zuckten. »Du hast wirklich eine kluge Tante.«

»Also, was soll ich tun, damit mein Vater mich nicht mehr zwingt, in der Saline zu arbeiten?«

»Hast du ihm schon gesagt, wie es dir damit geht und was du wirklich willst?«

Totò lachte bitter auf. »Dann schlägt er mich windelweich.«

»Hunde die bellen, beißen nicht.«

»Sie wissen ja nicht, wie er sein kann.«

»Doch, ich glaube schon.«

Signor Di Rosa schob seinen Hemdsärmel hoch und zeigte Totò runde Narben, die sich seinen ganzen Unterarm entlangzogen.

»Was ist das?«

»Zigaretten.«

Totò starrte ihn erschrocken an. »Warum?«

»Weil ich nicht Fischer werden wollte. Ich komme aus Favignana und sollte *Tonarotto* werden, aber die Thunfische haben mir leid getan.«

»Mir tun sie auch leid.« Totò lächelte. Signor Di Rosa war wirklich nicht übel.

»Ich wollte von der Insel weg, und die einzige Möglichkeit war, einen anderen Beruf zu erlernen. Deshalb bin ich heimlich in die Schule gegangen, wenn mein Vater es nicht mitbekommen hat. Mein Lehrer hat mich mit in die Klasse gelassen, weil er wusste, wie gern ich lernen wollte.«

»Und dann?«

»Dann hat mich irgendein Nachbar verraten.« Er hob seinen Arm. »Als mein Vater herausgefunden hat, dass ich ihn belogen habe, ist er fuchsteufelswild geworden. Wenn ich die Uhr nochmal zurückdrehen und etwas anders machen könnte, dann würde ich mit ihm reden, anstatt die Dinge heimlich zu tun.«

Totò nickte. Er verstand, worauf Signor Di Rosa hinauswollte. »Aber am Ende haben Sie trotzdem studiert?«

»Mein Lehrer hat mir ein Stipendium an einem Internat in Palermo beschafft. Er hatte Beziehungen.«

Totòs Magen begann zu kribbeln und seine Übelkeit war wie weggeblasen. Ein Internat. Daran hatte er noch nie gedacht. Soweit er wusste, waren Stipendien sogar kostenlos.

Er räusperte sich. »Und Sie, haben Sie auch solche Beziehungen?«

Der Lehrer sah ihn an. »Würdest du wirklich weggehen wollen? Von deinen Freunden? Von deiner *Nonna*? Von Lily?«

Totò schluckte. »Ich weiß nicht.« Er sah aus dem Fenster und dachte an Vaters rotes Gesicht, an den stinkenden Schlick und die wackelnden Spitzenvorhänge des Dorfes. »Ich glaube schon. Könnten Sie mir denn so ein Stipendium besorgen?«

»Mal sehen.« Signor Di Rosa lächelte.

Totò senkte die Stimme. »Und der Macht des Don, wie kann man der entkommen?«

Ein Schatten zog über Signor Di Rosas Gesicht wie Wolken vor die Sonne. »Wenn es dafür eine Lösung gäbe, hätte Sizilien weniger Probleme.« Er lehnte sich so nah zu Totò, dass ihn seine Haare an der Wange kitzelten, und flüsterte ihm ins Ohr: »Halt dich bloß fern von ihm, und vor allem: Mach nie Geschäfte mit dem Don.«

Totò schluckte.

Dann lehnte sich der Lehrer wieder in seinen Sitz zurück und sagte: »Aber jetzt suchen wir erstmal Lily.«

Sie standen vor Totòs Haus.

»Warten Sie hier, ich muss kurz nach oben.«

Signor Di Rosa nickte und lehnte sich an die Hauswand.

Tante Rosaria wedelte sich mit einem Stück Pappkarton Luft zu. »*Dio mio*. Was für eine unerträgliche Hitze.«

Sie saß Großmutter gegenüber. Am Boden zwischen den beiden stand ein Eimer mit Wasser, in dem Kaktusfeigen schwammen, damit ihre langen, hauchdünnen Stacheln weich wurden. Dann konnte man sie in die Hand nehmen und schälen, ohne dass sich die Stacheln in die Haut bohrten. Totò mochte die gelben und roten Früchte nicht, die voller Kerne waren. Sie schmeckten wässrig und schal.

»*Buongiorno*.« Großmutter strahlte ihn an. Ihre Haare standen ihr wirr vom Kopf und sahen gegen die Sonne aus wie ein aus der Form geratenen Heiligenschein. »Hast du ausgeschlafen?«

»Nonna, es ist Nachmittag.«

»Oh.«

»Wisst ihr, wo Tante Lily ist?«

»Das weiß man bei der nie«, murmelte Tante Rosaria.

Großmutter zuckte die Schultern. »Ja. Nein.« Sie nestelte an den Knöpfen ihrer Schürze herum.

»Was jetzt. Ja oder nein?«

Nonna schenkte sich ein Glas Wasser ein und trank in langen Zügen. »Der böse Blick«, murmelte sie. »Vielleicht ist der Fluch jetzt auch auf sie übergegangen.«

»Oder sie ist mit diesem Kerl …«

»Rosaria! Nicht vor dem Jungen!«

»Nein, sie ist nicht bei diesem Kerl«, sagte Totò. »Bei dem war ich gerade.«

Tante Rosaria ließ das Messer sinken. »Wo warst du?«

»Bei Eugenio Di Rosa in Trapani. Er steht unten vor der Tür. Soll ich ihn hereinbitten?«

»*Dio Santo*, bloß nicht.« Tante Rosaria bekreuzigte sich.

Großmutter stand auf und strich sich die Schürze glatt. »Komm, ich mach dir deine Milch.« Sie ging in die Küche.

Totò folgte ihr. »*Nonna*, da stimmt was nicht. Keiner weiß, wo Tante Lily ist.«

Seine Großmutter hantierte mit dem Milchtopf und summte vor sich hin.

»*Nonna*!«

»Was denn? Willst du Kekse dazu?«

Totò schüttelte den Kopf. »Ich muss los. Ciao *Nonna*.«

»Und deine Milch?«, rief sie ihm hinterher.

Doch Totò war schon auf dem Weg nach draußen.

Signor Di Rosa pochte an Lilys Haustür. Einmal, zweimal, dreimal. Sie warteten einen Moment, doch alles blieb still. Er sah sich um.

»Der *Cinquecento* ist nicht da.«

»Kommen Sie, wir gehen rein.«

Totò wusste, dass unter dem Topf mit der Bougainvillea, die sich pink leuchtend an der Hausmauer bis zum Balkon emporwand, ein Ersatzschlüssel versteckt war. Er kniete sich hin und kippte den Topf an, bis er seine Hand darunter schieben konnte. Da war er. Er zog den Schlüssel hervor und steckte ihn ins Schloss.

Was war das? Totò zuckte zurück. Dann atmete er auf. Nur das Porzellan-Pferd stand im dämmrigen Flur. Tante Lily stellte das Monstrum mit der rosafarbenen Mähne regelmäßig um, weil sie noch nicht den perfekten Platz für die mannshohe Statue gefunden hatte.

»Immer dieser Kitsch«, murmelte der Lehrer und schüttelte den Kopf. Dann rief er nach oben: »Lily, bist du da?«
Nichts.

Sie stiegen die Treppe hinauf, und Totò hörte sein eigenes Blut in den Ohren rauschen. Vor der Wohnzimmertür holte er tief Luft. Er kniff die Augen zusammen und stieß die Tür energisch auf, um dem Grauen die Stirn zu bieten. Tante Lily, die auf dem Boden lag, in einer vertrockneten Blutlache? Tante Lily, die schlaff auf einem Stuhl saß, mit einem Tuch um den Hals und einer blau heraushängenden Zunge? Tante Lily, die von der Decke baumelte?

Er blinzelte, öffnete die Augen wieder und sah sich um.
»Hier ist niemand.«

Nur die Keramik-Katzen blickten ihn aus viel zu großen Augen an. »Scheußliche Viecher«, murmelte Totò.

»Ich schaue in der Küche nach«, sagte Signor die Rosa.

Totò ging ins Schlafzimmer. Es war leer, aber das Bett war nicht gemacht. Er nahm Lilys zerdrücktes Kissen und vergrub die Nase darin, atmete ihren Duft ein. Sie roch nach Zitrone und warmem Holz. Dann ging auch er in die Küche.

Signor Di Rosa stand am Fenster und blickte hinaus. Totò sah einen Topf auf dem Herd. Aus Gewohnheit hob er den Deckel hoch, hielt die Nase über den Topf und wollte genüsslich schnüffeln, doch ein fauliger Gestank nach vergorenem Essen sprang ihn an und nahm ihm den Atem. Er musste würgen und ließ den Deckel wieder auf den Topf fallen.

»Fenster auf!«

»Was ist das?« Der Lehrer hielt sich den Arm vor die Nase. Dann riss er das Fenster auf und sog frische Luft ein. Im Haus gegenüber wackelte der Vorhang.

»Tante Lily würde niemals ihr Essen schlecht werden lassen«, sagte Totò. »Sie war wirklich seit zwei Tagen nicht mehr hier. Warten Sie.«

Er ging hinunter auf die Gasse und klopfte beim Haus gegenüber, um ganz sicherzugehen.

Über ihm schwang das Fenster auf. »Ja?«

»*Buongiorno*, Signora Montalto. Haben Sie Lily mittlerweile gesehen?«, rief Totò nach oben.

Die Frau schüttelte den Kopf. »Was will den dieser ... Lehrer hier?« Sie sprach das Wort aus, als wäre Signor Di Rosa ein verfaulter Fisch.

»Er hilft mir suchen. Auf Wiedersehen.«

Totò ging wieder zurück und ließ die Arme hängen. »Wo sollen wir sie suchen?«

Signor Di Rosa zupfte an seinem Bart. »Jetzt mache ich mir langsam doch Sorgen. Ich spreche mit dem Pfarrer.« Er zwinkerte. »Die Pfaffen wissen doch immer alles.«

»Und ich frage auf der Piazza, ob irgendwer Lily gesehen hat.« Totòs Augenwinkel begann zu zucken. Er war kein guter Lügner. Aber das, was er vorhatte, konnte er Signor Di Rosa nicht erzählen. Er schloss ab und ließ den Schlüssel in seine Hosentasche gleiten, damit nicht Signora Montalto Tante Lilys Wohnung ebenfalls einen Besuch abstattete. Dann trennten sich ihre Wege.

Totò stieß mit dem Fuß einen Stein vor sich her, als er in entgegengesetzter Richtung zur Piazza durchs Dorf ging. Er schreckte ein Huhn auf, das empört die Federn sträubte und gackernd davonlief. Es gab nur eine Möglichkeit, etwas über Lilys Verschwinden herauszufinden. Nur eine Person wusste über alles Bescheid, was im Dorf vor sich ging, und das war bestimmt nicht der Pfarrer.

Totòs Magen zog sich zusammen, als er sich vorstellte, Don Luigi erneut an seinem monströsen Tisch gegenüberzusitzen. Diesmal würde er wohl nicht mehr so glimpflich davonkommen. Sicher hatte Carmelo ihm inzwischen berichtet, dass Totò an dem Anschlag beteiligt gewesen war. Oder hatte der Don das ohnehin längst gewusst?

Der Scirocco wehte ihm eine Ladung Staub ins Gesicht und Totò wischte sich mit dem Handrücken über die Augen. Aber wenn sich Don Luigi an ihm hätte rächen wollen, hätte er das schon längst getan. Er würde ihm ohnehin nicht entkommen können. Dann konnte er auch direkt in die Höhle des Löwen marschieren und nach Tante Lily fragen. Totò straffte die Schultern und bog in den Weg zur Villa ein.

Totò schloss seine zitternden Finger fest um den Ring des Türklopfers, holte tief Luft und pochte gegen die Eingangstür. Er hörte Schritte näherkommen und trat einen Schritt zurück.

Don Luigi zog überrascht die Augenbrauen hoch. »So, so. Der kleine Mancuso. Was willst du hier?«

Ein Schwall Rasierwasser strömte aus dem düsteren Flur und Totò rieb sich die Nase. »Ich wollte mich bedanken, weil Sie meinem Vater helfen. Und ich wollte Ihnen erzählen, dass ich bei der Polizei alles so gemacht habe, wie Sie gesagt haben.«

Der Don wiegte den Kopf. »Ach ja?«

Totò trat von einem Fuß auf den anderen. »Vater wird Ihnen sicher seine Dankbarkeit erweisen. Ich bin mir sicher, dass er Ihnen die Saline überlässt. Also, ich finde sowieso, dass ...«

Don Luigi kniff ihn in die Wange. »Du weißt eben, was sich gehört, mein Junge.« Er verschränkte die Arme vor der Brust und sah so aus, als wäre das Gespräch für ihn beendet.

Totò räusperte sich. »Da ist etwas, um das ich Sie bitten wollte. Meine Tante Lily ist seit zwei Tagen verschwunden. Wissen Sie vielleicht, wo sie sein könnte?«

»Deine Tante Lily?« Don Luigi trat einen Schritt zurück in den dunklen Flur. »Die Friseurin Lily? Verschwunden?«

Totò nickte eilig.

Zwischen Don Luigis Augenbrauen bildete sich eine steile Falte, und ein Schatten huschte über sein Gesicht. »Und warum sollte ausgerechnet ich das wissen?«

Totò erschrak über seinen abweisenden Ton. »Ich dachte nur, weil Sie immer am besten wissen, was im Dorf vor sich geht, und weil Sie allen helfen. Ich mache mir Sorgen.«

Don Luigi schürzte die fleischigen Lippen. »Ich weiß nichts über deine Tante Lily. Gar nichts. Aber vielleicht dein Vater.«

Totò schluckte.

»Ich habe vorhin die Nachricht bekommen, dass er heute freigelassen wird.« Das schrille Klingeln eines Telefons durchschnitt die Luft. »Ich muss.« Der Don nickte nach drinnen.

156

»Danke«, stammelte Totò. Fast hätte er vergessen, den Siegelring zu küssen, doch Don Luigi hielt ihm unmiss-verständlich die Hand hin. Totò senkte das Gesicht über die gepflegten Fingernägel und verabschiedete sich mit allem Respekt.

Die Erleichterung darüber, dass Don Luigi ihm nichts angetan hatte, ließ mit jedem Schritt nach, den er sich von der Villa entfernte. Mit hängenden Schultern und schlurfenden Schuhen lief er den Weg Richtung Piazza entlang. Seine Beine fühlten sich schwer an. Vater. Er wollte ihm nicht begegnen. Aber er musste ihn fragen, was an diesem Abend passiert war. Er war der Einzige, der die Wahrheit kannte. Je näher Totò seiner Gasse kam, desto langsamer wurde er. Als er einbog, hielt er inne. Den ganzen Weg über hatte ihn etwas umgetrieben. Das Schrillen des Telefons in Don Luigis Villa. Es hatte irgendetwas in ihm wachgerufen. Ein ungutes Gefühl. Vielleicht eine Erinnerung? Totò presste seine Finger gegen die Nasenwurzel, als könnte er so seine wirren Gedanken greifen. Irgendetwas stimmte nicht.

»Da bist du ja!« Die Stimme des Lehrers schreckte ihn auf. »Hast du etwas herausgefunden?«

Totò schüttelte den Kopf.

»Ich auch nicht.« Signor Di Rosa sah auf die Uhr. »Heute erreichen wir nichts mehr. Ich bleibe über Nacht in Lilys Haus und warte, ob sie zurückkommt. Wenn nicht, gehe ich morgen zur Polizei.« Er sah Totò prüfend an. »Und du?«

»Ich muss nach Hause. Mein Vater kommt heute aus dem Gefängnis zurück. Wahrscheinlich ist er schon da und wartet auf mich.«

157

»Soll ich mit dir kommen?«

»Besser nicht. Das muss ich allein mit ihm klären.«

Signor Di Rosa nickte. »Du kannst auch mit mir in Lilys Wohnung kommen.«

Totò dachte kurz darüber nach, ob er bei seinem Lehrer unterschlüpfen sollte. Doch dann schüttelte er den Kopf. »Das würde alles nur schlimmer machen. Niemand kann sich im Dorf verstecken.«

»Du hast recht. Du schaffst das schon. Denk dran, mit der Wahrheit kommt man weiter als mit Versteckspielen.« Er blinzelte ihm zu. »Habt ihr ein Telefon?«

Das Telefon! Totò fasste sich an die Stirn. Jetzt wurde ihm klar, was ihn vorhin so irritiert hatte. Die Polizei hatte gesagt, dass Tante Lily auf der Wache angerufen hatte, um Vater anzuzeigen.

Totò schüttelte den Kopf. »Wir haben kein Telefon. Und Tante Lily auch nicht. Der einzige, der im Dorf einen eigenen Anschluss hat, ist Don Luigi.«

Am Meeresgrund

Vater triumphierte. Er saß breitbeinig am Tisch, lehnte sich zurück und grinste.

»So ein Idiot! Ich dachte, der Don wäre klüger. Ich schieß auf ihn, und er beschafft mir ein gefälschtes Gutachten. So dumm muss man erstmal sein.« Er lachte.

Tante Rosaria nickte wichtigtuerisch und kicherte, *Nonna* klapperte mit den Stricknadeln und summte vor sich hin. Als Totò sich räusperte, flogen alle Köpfe zu ihm herum.

Vater kniff die Augen zusammen. »Aha. Der Herr Sohn lässt sich also auch mal zu Hause blicken. Wo warst du?«

In Totòs Magen verwandelte sich der Klumpen Angst in blanke Wut. Nach allem, was Vater ihm angetan hatte, fragte er nicht einmal, wie es ihm ging? Saß nur herum wie ein aufgeplusterter Gockel und spottete über Don Luigi. In ihm begann es zu brodeln wie in *Nonnas* kleinem Topf auf dem Herd, kurz bevor die Milch anbrannte. Gleich würde er überkochen.

»Ich habe Tante Lily gesucht.«

»Tante Lily?« Vaters Stimme wurde laut. »Diese Verräterin? Warum suchst du die?«

Totò stemmte die Hände in die Hüften. »Was ist vorgestern Abend passiert?«

»Was meinst du?« Vater beugte sich nach vorne und fixierte Totò aus geröteten Augen.

»Ich habe alles gehört. Ihr habt gestritten, dann hat es einen furchtbaren Lärm gegeben, und seitdem ist Tante Lily verschwunden.«

Vater stand auf und ging ein paar Schritte auf ihn zu. »Was willst du damit sagen?«

Totò wich zurück. »Was hast du ihr angetan?«

»Ich ihr? *Sie* hat mich verraten. Und weißt du warum?«

Totò ging weiter rückwärts, bis er an den Türstock stieß. Vater griff über seine Schulter und schloss die Tür hinter ihm. »Weil mein ach so kluger Sohn nichts Besseres zu tun hatte, als ihr alles zu erzählen.« Sein Gesicht schwebte jetzt so nah vor Totò, dass er die roten Äderchen auf seiner Nase sehen konnte. Grob stieß Vater ihn gegen die Schulter. »Du Judas!« Die Türklinke bohrte sich schmerzhaft zwischen Totòs Schulterblätter. »Ich hätte es wissen müssen. Du bist kein Mann.«

Totò versuchte, sich aus seiner misslichen Lage herauszuwinden, doch Vater hielt ihn mit seinem plumpen Körper fest.

»Aber zum Glück gibt es noch einen größeren Vollidioten als dich. Nämlich Don Luigi.« Vater schlug sich mit der flachen Hand auf die Stirn und trat dabei zurück.

Totò nutzte die Gelegenheit und ging ein paar Schritte ins Wohnzimmer hinein, um die Türklinke in seinem Rücken loszuwerden.

»Immerhin hat Don Luigi dafür gesorgt, dass du freikommst.«

»Eben.« Vaters Grinsen wurde noch breiter und er schlug sich wieder gegen die Stirn. »Er hat ein gefälschtes

Gutachten besorgt, in dem steht, dass der Schuss nicht aus meinem Gewehr kam.«

»Meinst du nicht, du solltest ihm dankbar sein?«

»Dankbar? Du wagst es ...« Vater ballte die Fäuste.

Totò reckte das Kinn vor. »Don Luigi hat dir geholfen. Und das nicht nur einmal.«

Vater ging wieder auf ihn zu und baute sich vor ihm auf. Diesmal wich Totò nicht zurück.

»Du wagst es, Don Luigi zu verteidigen? Diesen Blutsauger? Er hat an allem Schuld, vergiss das nicht.« Vaters Zeigefinger schnellte nach vorne. »Er hat deine Mutter auf dem Gewissen, er hat uns in den Ruin getrieben, und jetzt will er mich im Dorf als Versager hinstellen.«

Totò kaute an seiner Wut herum, versuchte sie hinunterzuwürgen, aber er schaffte es nicht, sie zu schlucken. Signor Di Rosa hatte recht. Er musste Vater sagen, was er wirklich dachte.

Totò schloss kurz die Augen und holte tief Luft. »Es geht aber nicht nur um dich. Es geht auch um mich. Gib dem Don endlich die Saline. Sie bringt uns nur Unglück und Elend.«

Großmutter hörte auf zu summen und starrte ihn an. Tante Rosaria bekreuzigte sich.

»Niemals!« Vater ging noch einen Schritt auf Totò zu. »Du bist wie deine Tante Lily. Sie wollte mich auch überreden, die Saline an Don Luigi zu verkaufen. Verräter. Ihr seid alle Verräter.«

»Ja, Verräter.« Tante Rosaria hob im Hintergrund die Arme zur Wohnzimmerdecke.

»Ach, und deshalb hast du sie verschwinden lassen?« Totò schrie jetzt.

»Bist du verrückt? Was erlaubst du dir ...«

»Ich hasse die Saline!« Jetzt brach es aus Totò heraus. »Ich will wieder in die Schule gehen. Ich will meine Freunde treffen. Ich will kein Salinenbesitzer werden.« Seine Stimme überschlug sich und Tränen rannen über sein Gesicht.

»Jetzt heult er wieder.« Vater verdrehte die Augen. Dann starrte er Totò an. »Dabei habe ich das alles für dich getan. Undankbar bist du. Und verweichlicht.«

»Hast du nicht!« Totò wischte sich mit dem Unterarm über die Nase. »Du hast es nur für dich selbst getan. Aus Eitelkeit und Stolz. *Du* hast uns in den Ruin getrieben. *Du* hast Mama auf dem Gewissen.«

Er sah Vaters erhobene Pranke und seine blutunterlaufenen Augen. Der Schlag ließ seinen Kopf zur Seite fliegen und er knallte dumpf gegen die Wand.

»Nein! Lass ihn.« Großmutter schnellte erstaunlich flink von ihrem Stuhl hoch und hängte sich an Vaters Arm. Er schubste sie zurück, sie stieß gegen die Tischplatte und schrie auf. »Lauf, Totò!«

Er riss die Tür auf und rannte los. Über die Schulter rief er zurück: »Ich hasse dich!«

Er würde nie wieder zurückkommen.

Rotz lief ihm aus der Nase und mischte sich mit den Tränen auf seinem Gesicht. Der Schmerz über Mamas Tod loderte mit jedem Schritt heller in ihm auf. Tief innen verbrannte er. Totò brauchte jetzt jemanden, der ihn in den Arm nahm, ihn sanft wiegte und ihm ein Kinderlied vorsang. Doch der Einzige, der ihm durch die Haare strich, war der Scirocco.

Es war ein Fehler gewesen, nicht gegen Vater auszusagen, das wusste er jetzt. Er würde ihm nie zuhören, und er würde auch die Saline niemals an Don Luigi verkaufen. Es war alles verloren. Alles. Das hatte er nun davon, dass er auf seinen Lehrer gehört hatte. Er war für immer dazu verdammt, stinkenden Schlick zu schaufeln und sich die Haut vom Salz verätzen zu lassen. Salz war kein weißes Gold. Es war ein Fluch.

Tante Lily hatte ihn einfach im Stich gelassen, zu Großmutter konnte er auch nicht mehr zurück, sonst würde ihn Vater totschlagen. Und Tante Rosaria würde ihm bereitwillig den Gürtel dazu reichen. Er hasste die beiden von ganzem Herzen. Er hasste sie so sehr, dass es weh tat.

Totò stolperte die Gasse entlang. Die Fenster des Dorfes starrten wie tote Augen auf ihn herab. Der Wind rüttelte an ihren Läden, die klapperten, als würden sie ihm höhnisch applaudieren. Totò zog die Schultern hoch. Der böse Blick. War er jetzt auch davon befallen? Er griff nach dem Schutzamulett auf seiner Brust.

Er stockte. Der böse Blick ging immer dann auf jemand anderen über, wenn sein vorheriger Träger starb. Großmutter. Hatte Vater sie zu stark geschubst? Totò stolperte weiter, blind vor Tränen. Nicht auch noch seine *Nonna*. Oder Tante Lily? War ihr etwas passiert?

Der Steg, das endlose Meer. Totò dachte an Pietro. Die Anlegestelle war ihr Treffpunkt, ihr geheimer Ort. Jetzt war sein bester Freund weg. Er ging in die Hocke und fuhr mit dem Zeigefinger die Buchstaben nach, die er hier eingeritzt hatte: Tiziana. Dann stand er wieder auf und setzte einen Fuß vor den anderen. Seine Beine fühlten sich an wie aus Gummi, und gleichzeitig bleischwer. Doch er ging weiter. Schritt für Schritt. Er könnte springen. Dann wäre endlich alles vorbei. Dann wäre er wieder bei Mama.

Die Wellen klatschten gegen das Holz unter seinen Füßen und eiskaltes Wasser spritzte ihm ins Gesicht. Der Sturm hatte das Meer aufgewühlt, es war trüb und stank nach Fisch. Vielleicht war es dieser schale Geruch, der ihn wieder zu sich brachte. Er starrte in das dunkle Wasser, und bei der Vorstellung davon, wie es sich über seinem Kopf schloss und ihn hinabzog, schnappte er nach Luft.

Er ging jetzt entschlossener vorwärts, sah nicht hinab ins Wasser, sondern in Richtung Horizont, wo das helle Blau der Luft mit dem dunklen Blau des Meeres verschwamm. Die Wellen brachen sich mit Getöse am Steg und der Scirocco zerrte an seinen Kleidern. Er würde sich in der Unendlichkeit des Wassers auflösen wie ein Löffel Salz.

Würde er Gott begegnen? Wenn es den wirklich gäbe, hätte er ihn und Mama das alles nicht erleiden lassen. Nein. Die Einzige, die er im Totenreich treffen würde, wäre Mama.

Der Steg war zu Ende.

Totò sprang.

Die suche

Das Wasser presste ihm mit eisiger Faust die Lunge zusammen und übersäte seinen Körper mit Nadelstichen. Totò sank nicht hinab in die Tiefe, wie er es sich vorgestellt hatte, sondern wurde von den Wellen herumgewirbelt. Er verlor die Orientierung, riss die Augen auf, sah um sich herum tausende winzige Luftblasen.

Nun sank er doch hinunter. Seine Lunge brannte. Was für eine dumme Idee. Er strampelte, versuchte, wieder nach oben zu kommen, doch der Seegang an der Wasseroberfläche beutelte ihn hin und her. Kurz durchbrach sein Kopf eine Welle, er schnappte nach Luft. Dann zerrte das Meer an seiner nassen Kleidung.

Gleich würde es vorbei sein.

Je tiefer er sank, desto dunkler und ruhiger wurde es um ihn. Er trieb mit ausgebreiteten Armen in der Unendlichkeit, im Universum. Das Wasser wusch all die schlechten Gefühle weg. Das Amulett schwamm vor seinem Gesicht. Totò beobachtete, wie der rote Anhänger im Wasser tanzte.

Da sah er sie. Erst verschwommen und weit entfernt. Er kniff die Augen zusammen. Mama? Er starrte angestrengt in das blaugrüne Halbdunkel. Nein. Jetzt erkannte er sie. Es war Tante Lily. Er sah ihre kurzen Haare hin und her wogen. Sie winkte ihm aufgeregt zu.

Zeigte nach oben. Schwamm mit kräftigen Zügen empor zu den Luftblasen, die die Wellen ins Wasser pumpten, und bedeutete ihm, ihr zu folgen. Dann war sie genauso schnell verschwunden, wie sie gerade aufgetaucht war. Nur eine Erscheinung.

Verdammt, er musste Tante Lily helfen. Totò begann zu strampeln. Presste seine Lippen fest aufeinander. Der Drang, unter Wasser zu atmen, wurde unerträglich, doch er wusste, dass er sterben würde, wenn Salzwasser in seine Lunge geriet. Es brannte so sehr. Schnell jetzt.

Er ruderte mit den Armen, durchbrach die Wasseroberfläche, atmete, knallte gegen etwas Hartes und schlang instinktiv seine Arme darum. Eine Welle hatte ihn gegen den Pfosten des Stegs gespült. Er wartete die nächste Welle ab, ließ sich von ihr nach oben tragen, versuchte, die glitschigen Holzbohlen zu greifen, rutschte ab und fiel wieder zurück ins Wasser.

Die Welle wollte ihn mitreißen, weg vom Steg, weg von seiner einzigen Überlebenschance. Er strampelte wie verrückt, doch der Sog des Wassers war stärker und zog ihn erbarmungslos hinaus. Der nächste Brecher rollte heran und wollte ihn begraben, wieder hinabdrücken in die dunkle Stille.

Er musste ruhig bleiben. Das Meer war stärker als er. Er durfte nicht gegen die Wellen kämpfen, sondern musste mit ihnen schwimmen. Er drehte sich Richtung Ufer, hielt sich mit möglichst ruhigen Bewegungen über Wasser und wartete, bis der Sog nachließ. Endlich spürte er, wie das Meer hinter ihm wieder anschwoll und ihn immer schneller auf den Steg zutrug. Er hielt sich ganz oben, auf dem Kamm der Welle, die ihn zusammen mit ihrer

Gischt auf die Holzbohlen spuckte. Er lag mit der Brust auf dem Steg und zog die Beine nach, bevor das Meer ihn wieder mit sich reißen konnte. Dann robbte er noch ein paar Meter und lag zitternd auf dem nassen Holz. Zurück im Leben.

Totò schnappte nach Luft und lag still da, bis sich sein Herzschlag beruhigte. Wo war Tante Lily bloß hinverschwunden? Sie ist im Auge des Fluchs, hatte die Seherin gesagt. Was hatte sie damit gemeint? Wo sollte das sein? Das Zentrum des Unheils, der Ursprung allen Übels ... All ihre Probleme hatten mit dem Kauf der Saline begonnen, und die Seherin hatte gesagt, dass ein Fluch auf dem alten Gemäuer lag. Er rappelte sich auf. Lily musste in der Saline sein.

Die Dunkelheit kroch vom Meer her durch die Gassen und die Schatten wurden schwärzer, als sich Totò zur Saline schleppte. Er kletterte auf die Mauer aus Tuffsteinblöcken, welche die Saline vor dem Meer schützte, und sah hinaus aufs Wasser. Die Wellen grollten heran und brachen sich mit lautem Klatschen an der Ufermauer. Die Gischt spritzte hoch, eine Böe nahm die Tropfen auf, die am höchsten flogen, und trieb sie ein paar Meter weit über das Ufer. Totò spürte, wie sich ein Wasserfilm auf seinem Gesicht bildete. Er rieb sich mit dem Unterarm über die Augen. Der Sturm wollte sich nicht beruhigen. Er sah sich um. Wo konnte Tante Lily nur sein?

Der Scirocco rüttelte an den Fensterläden des Hauptgebäudes und der Vollmond hing aufgedunsen und blutig über dem alten Gemäuer. Er tauchte die Saline in ein rötliches Zwielicht. War hier das Auge des Fluchs?

Totò huschte von Schatten zu Schatten am Hauptgebäude entlang und dann hinüber zur Windmühle. Nachts war er noch nie hier gewesen. In der Dunkelheit hatte die Saline etwas Unwirkliches, Bedrohliches. Die Gebäude wirkten mächtiger als tagsüber. Finster waren sie, und sie schienen immer enger zusammenzurücken.

Tante Rosarias Gespenster und Werwölfe fielen ihm ein, die bei Vollmond umherschlichen. Wiedergänger, deren Seelen keinen Frieden fanden, und die Menschen mit sich in ihr düsteres Schattenreich ziehen wollten. Wenn der Vollmond und der Scirocco zusammenkamen, war das sicher keine günstige Fügung.

Eine Böe fegte durchs Schilf. Es raschelte, und Totò fuhr zusammen. War da jemand? Er spürte, wie ihn Augen aus einer dunklen Ecke heraus anstarrten. Gehetzt blickte er sich um, doch er sah niemanden. Dann duckte er sich hinter einen sandfarbenen Tuffstein und lauschte. Der Wind ließ um ihn herum alles klappern, das Meer toste, doch da war noch etwas. Er schloss die Augen, um besser hören zu können.

Waren das Schritte? Der Sturm heulte wieder auf, Totò hörte nur das Brausen des Windes. Er wartete, fuhr mit den Fingern die Unebenheiten und Krater des Steins nach, bis die Böe wieder abebbte.

Ein Klackern, dann ein leises Quietschen. Was war das? Er presste sich an den rauen Stein. Die Geräusche klangen in der Dunkelheit viel lauter als tagsüber. Ein Wimmern zog durch die Saline, und seine Nackenhaare stellten sich auf. Ein unmenschlicher, hoher Laut, der in einem Seufzen abebbte.

Eine neue Böe fauchte zwischen den alten Gebäuden hindurch. Er kauerte sich noch tiefer hinter den Stein. Woher kam das Jammern?

Als der Wind erneut verstummte, hielt Totò die Luft an und lauschte wieder. Nichts. Nur das wilde Toben des Meeres. Nun ruhte nicht nur ein Augenpaar auf ihm. In jeder Ecke schien ein dunkles Wesen zu lauern. Totòs Herz pochte so laut, dass er fürchtete, das dumpfe Klopfen sei über das Getöse der Brecher hinweg zu hören. Ein Geräusch, und er würde sich verraten. Totò spürte den Drang, sich zu räuspern. Je mehr er versuchte, das Kratzen in seinem Hals zu unterdrücken, desto unerträglicher wurde es. Er musste hier weg.

Er wartete, bis die nächste Böe durch die Saline heulte, dann holte er tief Luft und rannte los. Er starrte nur auf den Boden vor sich, sah seine Füße über die unebenen Pflastersteine des Hofes fliegen. Er blickte weder nach links noch nach rechts. Was er nicht sah, würde auch ihn nicht sehen.

Genau hinter ihm zerriss ein Knall die Nachtluft. Nun sprang ihm die Panik endgültig auf die Schultern und verbiss sich in seinem Genick. Er rannte um sein Leben.

Er floh mit Beinen wie aus Blei, wie in einem Alptraum, in dem ihn etwas jagte und er nicht von der Stelle kam. Erst als er wieder in die Gassen des Dorfes eintauchte, fiel der Schreck mit jedem Schritt etwas mehr von ihm ab. Er blieb stehen, stützte die Arme auf den Oberschenkeln ab und schnappte nach Luft. Vater hatte recht. Er war ein Feigling. Ein verweichlichter Feigling.

Totò richtete sich auf. Nein, das war er nicht!

Sollte er zurückgehen? Zurück zur Angst? Zu den heimlichen Blicken in seinem Nacken? Bei dem Gedanken daran zog sich sein Magen zusammen. Was war das für ein Wimmern gewesen? Bestimmt nur ein Tier, versuchte er sich zu beruhigen. Und der Knall? Irgendetwas stimmte zwischen den alten Gemäuern nicht. Er schüttelte den Kopf. Diese Abbeterin mit ihrem Fluch, und Tante Rosaria mit ihren Gruselgeschichten. Das war doch alles Blödsinn. Er musste noch einmal nachschauen. Vielleicht war es wirklich nur ein Hund gewesen, der gejault hatte. Oder … Er schlug die Hände vor den Mund. Dann rannte er los.

Als er in der Saline ankam, lief ihm der Schweiß übers Gesicht und sein Atem ging stoßweise. Von wo war das Wimmern gekommen? Er schlich um das Hauptgebäude herum. Auf dem Pflaster lag ein zerplatzter Dachziegel. Er atmete auf. Das war der Knall gewesen, vor dem er vorhin geflohen war. Nur ein verdammter Ziegel.

Er erstarrte. Da war jemand. Er duckte sich in eine dunkle Ecke und sah, wie eine Gestalt Richtung Schuppen huschte. Wer war das? Totò kniff die Augen zusammen, doch der Schatten war zu weit entfernt. Im Zwielicht des Vollmondes erkannte er nicht, wer es war. Wer schlich zu dieser Zeit hier herum?

Totò lehnte sich mit dem Rücken an die Mauer und spürte sein Herz gegen die Rippen pochen. Sollte er den Lehrer zur Hilfe holen? Nein. Erst musste er herausfinden, wer hier herumschlich. Die Gestalt verschwand im Schuppen. Totò beobachtete die Tür ein paar Minuten lang, doch alles blieb ruhig. Sollte er nachsehen?

Die Tür quietschte in den Angeln, und er duckte sich noch tiefer in den Schatten des Hauptgebäudes, beobachtete, wie die Gestalt wieder aus dem Schuppen kam, ihn von außen verschloss und davonhuschte.

Er wartete noch ein paar Minuten, dann ging er hinüber und presste das Ohr an die Tür, doch er hörte nur sein eigenes Blut rauschen.

»Hallo?« Er erschrak vor seiner eigenen Stimme. Sie klang heiser. Fremd. »Ist da wer?«

Stille.

Er klopfte an die Holztür.

Im Schuppen klapperte es, und er wich zurück.

»Hallo?« Er atmete tief durch, rüttelte an der Türklinke. »Ich bin's, Totò. Wer ist da?«

»Ich bin hier.« Das war Tante Lilys Stimme. Er hatte sie gefunden. Erleichterung und Aufregung schossen gleichzeitig durch seinen Körper. Er musste sie da rausholen.

»Warte«, flüsterte er. »Ich breche die Tür auf.«

Er rannte durch die Saline und suchte nach irgendeinem Werkzeug. An einer Mauer neben dem Becken lehnte ein Spaten mit schmaler, scharfer Kante. Sonst brach Totò damit die Salzkruste auf. Jetzt setzte er die Spitze am Türspalt auf Höhe des Schlosses an.

»Geh von der Tür weg«, flüsterte er.

Dann hielt er den Spaten wie einen Hebel und warf sich mit seinem ganzen Gewicht dagegen. Das morsche Holz splitterte und das Schließblech sprang heraus.

Erst sah Totò nur Schwärze, doch durch das Rechteck der Tür fiel ein wenig Mondlicht herein, und als sich seine Augen an das Zwielicht gewöhnt hatten, erkannte er eine zusammengekauerte Gestalt auf dem Boden.

»Tante Lily!«, flüsterte er und rannte zu ihr. Der beißende Geruch nach Urin und Erbrochenem nahm ihm den Atem. Er hielt sich den Unterarm vor die Nase. »Komm hier raus!« Er legte ihr seine Hand auf die Schulter.

»Ich kann nicht.« Tante Lilys Stimme war nur ein mattes Flüstern. »Meine Hände sind gefesselt und mein Kopf tut so weh.«

Totò kniete sich neben sie, um das Seil zu lösen, das um ihre Handgelenke geknotet war. Eingetrocknetes Blut klebte an ihrer Schläfe. »Mein Gott, was ist passiert?«

»Ich weiß es nicht.«

Der Knoten war festgezogen, es würde Ewigkeiten dauern, bis er ihn geöffnet hätte.

»Wir müssen hier weg. Komm hoch, ich helfe dir.«

Totò fasste sie unter den Oberarmen und zog sie nach oben, bis sie taumelnd auf die Füße kam.

»Erstmal weg hier, den Knoten mache ich später auf.«

Ein Schatten fiel auf sie, und Totò fuhr herum. In der Türöffnung stand eine Gestalt und Tante Lily stieß ein ersticktes Wimmern aus.

Rache

Totò erkannte die Umrisse einer voluminösen Person.

»Tante Rosaria?«

»Richtig geraten.« Sie lachte höhnisch auf. »Mein Sohn.«

Also doch. Die Medusa steckte hinter Lilys Verschwinden. Er hatte sie unterschätzt. »*Spuck nicht in den Himmel, denn die Spucke fällt zurück auf dein Gesicht*«, murmelte er. »Die Abbeterin wusste, dass du etwas damit zu tun hast.«

»Ha!« Der Laut klang wie ein heiseres Bellen. »Die alte Hexe hätte fast alles verdorben, mit ihren lächerlichen Prophezeiungen.«

»Was verdorben?«

»Meinen Plan natürlich. Die dumme Rosaria ist nämlich gar nicht so einfältig, wie ihr denkt.« Sie kam näher. »Was für ein Zufall. Nun habe ich euch Quertreiber sogar alle beide in der Falle. Und wer ist jetzt der Dumme?«

Totòs Augen irrten durch die Dunkelheit. Da hinten standen Schaufeln und Spitzhacken. Er machte einen Schritt darauf zu.

Tante Rosaria schwang einen langen, dünnen Gegenstand in der rechten Hand.

»Pass auf!«, schrie Tante Lily.

Ein Schürhaken. Totò riss seine Arme hoch, um sich vor dem Schlag zu schützen, doch Tante Rosaria verharrte mit dem Arm in der Luft.

»Hiergeblieben, mein Lieber«, knurrte sie.

Totò wich zurück in den finsteren Bauch des Schuppens. Tante Lily war hinter ihm, wollte es ihm gleichtun, doch sie war langsamer, und Totò rempelte sie an. Er fuhr herum, wollte sie am Arm packen, doch sie strauchelte und stürzte, bevor er sie erwischte. Sie schlug mit einem dumpfen Laut auf dem Boden auf und stieß ein schmerzvolles Ächzen aus.

Totò stellte sich schützend vor sie. »Was soll das?«, fuhr er Tante Rosaria an. »Warum hast du Lily entführt? Was hast du mit ihr gemacht?«

Irgendwie musste er die Werkzeuge erreichen.

»Das hättest du nicht von mir gedacht, du kleiner Bastard, was? Für dich war ich immer nur der verhasste Ersatz für deine ach so perfekte Mama ... Du konntest mich nie ausstehen. Meinst du, das hätte ich nicht gemerkt?« Tante Rosaria zeigte mit dem Schürhaken auf Tante Lily. »Sie auch nicht. Und deine Großmutter am allerwenigsten. Die war von Anfang an gegen mich.« Ihre Stimme wurde laut. »Aber ich lasse mir von euch nicht das einzige Glück kaputtmachen, das sich je in meinem Leben ergeben hat. Die Saline wird nicht verkauft. Ich habe sie verdient. Ich bin Salinenbesitzerin, und ich werde reich werden.«

»Die Saline wirft nichts ab, das weißt du doch.« Tante Lily sprach übertrieben ruhig, als würde sie einem Kind etwas erklären. »Sie zu verkaufen ist die einzige Chance, eure Schulden loszuwerden.«

174

»Papperlapapp. Peppe schafft das schon.« Tante Rosaria fuchtelte wieder mit dem Schürhaken herum. »Aber nur, wenn du aufhörst, ihm diesen Firlefanz in den Kopf zu setzen. Leider bist du die Einzige, auf die er hört.« Sie schnaubte. »Die Saline verkaufen ... niemals!«

»Na gut. Wir hören damit auf«, lenkte Lily ein. »Versprochen. Dann kannst du uns ja gehen lassen.«

Tante Rosaria lachte laut und garstig auf. »Ihr haltet mich wirklich für sehr dumm.« Sie nahm den Schürhaken von der rechten in die linke Hand und griff nach einem Krug, der auf dem Boden stand. Sie reichte ihn Totò. »Los, trink das.«

»Nein!«, rief Tante Lily. »Mir hat sie auch Wasser daraus gegeben, erst musste ich mich übergeben, und dann bin ich ohnmächtig geworden.«

Totò schlug Tante Rosaria den Krug aus der Hand. Er zerplatze mit einem lauten Knall auf dem Boden. »Willst du uns vergiften?«

»Du Bastard!« Tante Rosaria schwang den Schürhaken, doch Totò tauchte weg und hechtete auf die Werkzeuge zu. Rosaria packte Tante Lily an den Haaren, dass sie aufschrie. »Komm sofort wieder zurück, sonst ...« Sie zog noch einmal.

Lily jaulte auf.

Totò hielt inne. Blickte auf die Spaten, Spitzhacken und Schaufeln. Sah Lily an, die mit gefesselten Händen und schmerzverzerrtem Gesicht auf dem Boden lag. Er musste Tante Rosaria ablenken.

»Du bist genauso selbstsüchtig und gierig wie Vater«, rief er. »Ich konnte dich nie leiden, das stimmt. Und du mich auch nicht. Aber dass du uns so hasst ... Du bist doch Mamas Schwester, irgendwas musst du doch mit ihr gemeinsam haben.«

»Deine Mutter. Ha! Wie eine Heilige hast du sie verehrt. Wenn du wüsstest! Sie war alles andere als unfehlbar. Jeder hat seine Leiche im Keller, merk dir das. Sogar deine zuckersüße Mama.«

Totò fühlte sich, als würde ihm jemand die Luft abdrücken. »Was meinst du damit?«

Tante Rosaria lachte auf. »Na was ist, Lily, wollen wir es ihm sagen?« Sie ließ ihre Haare los und ging einen Schritt auf Totò zu.

»Sei still, du hast schon genug angerichtet.« Tante Lily rollte sich auf die Seite, stütze sich mit den Ellbogen ab und versuchte, auf die Knie zu kommen. Doch mit den gefesselten Händen schaffte sie es nicht, sich aufzurappeln.

»Was wollt ihr mir sagen?« Totò sah zwischen den beiden hin und her.

Die Stille, die entstand, erstickte ihn fast.

»Bitte, Rosaria.« Tante Lilys Stimme klang flehend. »Der Junge hat dir nichts getan. Quäl ihn nicht noch mehr.«

»Ihr sagt mir jetzt sofort, was mit Mama war«, schrie Totò. »Ich bin kein kleines Kind mehr. Ich habe ein Recht darauf, es zu erfahren.«

»Wenn das so ist, dann sage ich es dir jetzt ....« Tante Rosaria machte eine Pause. »... nicht.« Sie lachte.

Wut stieg in ihm auf. Er musste die Werkzeuge erreichen. Aber wenn er jetzt einfach loslief, wäre Tante Lily ihr ausgeliefert. Das konnte er nicht machen. Er ging langsam auf Lily zu, ohne Rosaria aus den Augen zu lassen. Dann krallte er seine Hände um Lilys Oberarme und hob sie an, bis sie wieder auf die Füße kam.

»Also, was war mit Mama?«, fragte er noch einmal.

Schritt für Schritt gingen sie rückwärts, weg von Tante Rosaria und ihrem Schürhaken. Dann stieß Totò mit dem Rücken an die Wand.

»Dieses Weibsstück! Weißt du eigentlich, wie es ist, immer nur zweite Wahl zu sein?«, fauchte Rosaria. »Mein ganzes Leben lang war sie immer besser, schöner, klüger, beliebter. Ich habe meine Schwester gehasst. Sie war so ekelhaft perfekt, hat mir alles weggenommen und mich immer ausgestochen. Dann hat sie auch noch Peppe bekommen. Und die Saline! Aber sie wusste beides nicht zu schätzen.« Tante Rosaria schüttelte den Kopf. »Alle haben sie geliebt. Dabei war sie nur ein dreckiges Flittchen.«

Niemand durfte so über Mama sprechen. Niemand! Totò duckte sich und sprang Tante Rosaria an. Er prallte dumpf gegen ihren Oberkörper, und sie strauchelte rückwärts. Im Fallen holte sie mit dem Schürhaken aus. Ein rasender Schmerz fuhr durch Totòs Arm und nahm ihm den Atem. Er schrie auf und hörte, wie Tante Rosarias Kopf auf dem Boden aufschlug.

»Lily, hau ab!«, schrie er.

Totò hechtete zu Rosarias Füßen und packte ihr Bein, um sie am Aufstehen zu hindern. Der Schmerz durchfuhr seinen ganzen Körper, er konnte seinen verletzten Arm nicht bewegen, hatte keine Kraft. Tante Rosaria strampelte und trat nach ihm. Ihre dicke Wade entglitt seinen Händen.

»Lauf!«, schrie er Tante Lily zu. »Hol Eugenio, er ist in deiner Wohnung.«

Totò sah noch, wie Lily auf die Tür zuwankte, doch es war zu spät. Der Tritt traf ihn mitten im Gesicht. Seine Nase gab unter dem Absatz von Tante Rosarias Lederschuhen knirschend nach, und Totò sah Sterne. Aus Reflex fasste er sich mit der gesunden Hand ins Gesicht und spürte Blut.

Tante Rosaria wuchtete sich hoch und holte noch einmal mit dem Schürhaken aus. Ihre graue, wutverzerrte Fratze, als sie die Eisenstange auf seinen Kopf zuschwang, war das letzte, woran Totò sich erinnerte.

Das Seil schnitt ihm in die Handgelenke. Doch dieser Schmerz war nichts gegen das Pochen, das durch seinen Kopf dröhnte, und auch nichts gegen das Stechen in seinem Arm, sobald er versuchte, sich zu bewegen. Totò blinzelte. Es war stockdunkel. Was war passiert? Wo war er? Jetzt fiel es ihm wieder ein. Er hatte versucht, Tante Lily zu befreien. Tante Rosaria. Ihr Schürhaken.

Seine Zunge klebte am Gaumen, er hatte Durst. Wie lange war er ohnmächtig gewesen? Die rechte Seite seines Gesichts lag auf dem staubigen Boden, und seine Hände waren hinter dem Rücken zusammengebunden. Wo war Tante Lily? Hatte sie es geschafft, wegzulaufen und Hilfe zu holen? Hoffnung keimte in ihm auf. Dann würde der Lehrer gleich hier sein und ihn befreien.

»Totò? Bist du wach?« Er hörte Tante Lily durch die Dunkelheit flüstern. Ihre Kleidung raschelte. Verdammt. Sie war noch hier.

Er versuchte zu antworten, aber es kam nur ein Krächzen aus seinem Mund. Zwischen seinen Zähnen knirschte Sand. Er wollte sich aufsetzen, doch der Schmerz schoss wie ein glühendes Messer durch seinen Körper und lähmte ihn. Säure stieg aus seinem Magen auf und brannte im Hals. Er schluckte. Auf keinen Fall wollte er sich jetzt übergeben. Er zwang sich, ruhig zu atmen und versuchte noch einmal, zu sprechen.

»Was ist passiert?«

»Sie ist weg«, flüsterte Tante Lily. »Sie hat dich niedergeschlagen, dann ist sie mir hinterher. Ich war nicht schnell genug, sie hat mich erwischt und wieder eingefangen. Diesmal hat sie uns die Hände und die Füße gefesselt. Dann ist sie wieder gegangen.«

Totò hörte die Tränen in ihrer Stimme und versuchte, die Füße zu bewegen. Lily hatte recht. Sie waren zusammengebunden. Sein Kopf dröhnte.

»Wo ist sie jetzt?«

»Keine Ahnung. Vielleicht holt sie etwas. Oder jemanden.«

»Du glaubst, sie hat einen Komplizen?«

»Ich weiß es nicht.« Tante Lilys Stimme klang verzweifelt. »Ich weiß nur, dass wir hier weg müssen, und zwar schnell, bevor sie zurückkommt.« Angst färbte ihre Stimme dunkel.

»Und wie?« Toto stöhnte. »Ich glaube, mein Arm ist gebrochen. Meine Nase auch. Ich kann nicht aufstehen.«

Er schloss die Augen. In der Finsternis des Schuppens konnte er ohnehin nichts sehen. Er lauschte dem Scirocco, der die kaputte Tür immer wieder gegen den Türstock schlug. Jeder Knall verstärkte seine Kopfschmerzen.

»Sollen wir laut rufen?«, fragte er in die Dunkelheit hinein.

»Das ist sinnlos, ich habe es schon versucht. Die Saline liegt verlassen da, der Scirocco heult, alles klappert. Niemand hört uns. Lass uns so aneinanderrücken, dass wir uns gegenseitig die Fesseln lösen können.«

»Gute Idee.« Totò rollte sich über den Ellbogen seines unverletzten Armes hoch, bis er aufrecht saß. Dann begannen sie, über den Boden zu rutschen, immer weiter aufeinander zu. Totò lauschte, wo sich Lily gerade befand, dann stießen ihre Rücken endlich aneinander. Totò spürte, wie Lily nach seinen Fesseln fingerte.

»Was ist vorgestern eigentlich zwischen dir und Vater passiert?«, fragte er.

Lily suchte nach dem Knoten. »Ich wollte deinen Vater davon überzeugen, die Saline zu verkaufen. Ich habe schon einmal tatenlos dabei zugesehen, wie Peppe die ganze Familie ruiniert hat. Ich hätte deiner Mutter damals helfen müssen. Ich hätte sie unterstützen müssen. Mir war nicht klar, wie schlimm es um sie stand ...« Sie seufzte. »Erst als sie ...« Ihre Stimme brach, sie hörte auf, an Totòs Fesseln zu ruckeln und begann, leise zu schluchzen. »Doch da war es schon zu spät.«

Unter Totòs geschlossenen Augenlidern quollen warme Tränen hervor. »Ich dachte, sie hatte ein schwaches Herz?«

Tante Lily fing sich wieder und zog entschlossen an den Seilwindungen. »Ich wollte wenigstens dich beschützen und dir ein besseres Leben ermöglichen. Wenn ich dich zu mir genommen hätte, wäre Peppe nur noch wütender auf dich geworden, damit hätte ich dir nicht geholfen. Stattdessen wollte ich ihn endgültig dazu bringen, die Saline zu verkaufen. Ein für alle Mal.« Sie brach ab, zögerte kurz. »Don Luigi hat mir dabei geholfen.«

»Don Luigi?«

»Ja. Aber dein Vater hat sein Angebot ausgeschlagen. Der Schafskopf.«

»Es war also gar nicht Don Luigis Idee, die Saline zurückzukaufen?«

»Nein. Ich habe ihn darum gebeten.«

Totò schwieg einen Moment lang. Dann fragte er: »Und das hat er einfach so gemacht?«

Die Stille, die seiner Frage folgte, ließ den Geräteschuppen noch dunkler erscheinen. Dann hörte er seine Tante wieder seufzen.

»Ach Totò. Das verstehst du nicht. Und es ist jetzt auch nicht so wichtig. Ich bekomme diesen verfluchten Knoten nicht auf.«

Totò wollte sich aufbäumen, wollte sie anschreien, dass er sehr wohl alles verstehen würde, wenn ihm nur endlich jemand die Wahrheit sagen würde. Über Mamas Tod. Und über Don Luigi, was auch immer er damit zu tun hatte. Aber er hatte nicht die Kraft dazu. Zuerst mussten sie hier raus.

»Was ist dann passiert?«, fragte er.

Er biss die Zähne zusammen, denn Lily ruckelte heftig an seinem Knoten, und ein glühendes Messer fuhr durch seinen Arm.

»Dein Vater ist cholerisch geworden, du kennst ihn ja. Wir haben gestritten und er ist nach draußen gelaufen.«

»Er hat dir nichts getan?«

»Peppe? Das würde der sich nie trauen. Aber als er weg war, kam Rosaria fuchsteufelswild aus der Küche. Sie hat alles mit angehört. Sie hat mich angefaucht, dass ich mich gefälligst heraushalten soll, und dass die Saline nicht verkauft wird. Ich habe versucht, mit ihr zu reden, aber sie ist auf mich losgegangen, hat mich in Richtung Treppe geschubst«, erzählte Tante Lily weiter. »Mehr weiß ich nicht mehr. Dann bin ich hier aufgewacht. Mir hat alles weh getan, vor allem der Kopf.«

»Bestimmt hat sie dich die Treppe hinuntergestoßen, dieses Miststück. Aber wie hat sie dich zur Saline transportiert?«

»Darüber habe ich auch schon nachgedacht. Vielleicht hat ihr jemand geholfen.«

»Vater?«

»Ich weiß nicht.« Tante Lily schüttelte den Kopf.

»Das sieht ihm ähnlich. Wer sonst sollte ein Interesse daran haben, dass die Saline nicht verkauft wird? Aber dass er so weit geht ...«

»Oder sie hat mein Auto genommen, das stand vor der Tür. Verdammter Knoten!« Tante Lily zerrte mit den Fingernägeln an dem Seil, und Totò stöhnte vor Schmerz.

»Kann sie überhaupt fahren?«

»Ich glaube, Rosaria kann viel mehr, als wir denken. Sie hat sich dumm gestellt, aber sie hat alles mitbekommen.«

Endlich hatte sich der Knoten so weit gelockert, dass der Druck nachließ und er seine Hände aus den Seilwindungen ziehen konnte. Totò rutsche zu Lilys Beinen.

»Ich binde zuerst deine Füße los, damit du im Notfall weglaufen kannst.« Ein Zweifel begann in seinem Kopf zu rumoren. »Dann hast gar nicht du bei der Polizei angerufen?«

»Ich? Bei der Polizei? Wie kommst du denn darauf?« Tante Lily klang empört.

»Am nächsten Morgen kamen die *Carabinieri* zu uns nach Hause und haben Vater verhaftet. Sie sagten, du hättest ihn angezeigt.«

»Nein!«

Totò hörte, dass sie die Wahrheit sagte. Langsam verstand er, was vorgefallen war. »Das war auch sie«, murmelte er. »Tante Rosaria hat die Polizei gerufen und sich mit deinem Namen gemeldet, damit Vater denkt, du hättest ihn verraten. Und dann hat sie überall erzählt, dass du deswegen untergetaucht bist.«

»Untergetaucht?« Tante Lilys Stimme klang fassungslos. »Ich würde dich nie im Stich lassen.«

Totò schämte sich. Wie hatte er nur glauben können, dass Tante Lily einfach abgehauen war?

»Tante Rosaria hat das wirklich geschickt eingefädelt«, murmelte er. »Vater saß im Gefängnis und konnte gar nicht bemerken, dass sie jemanden im Schuppen festhielt. Und wir alle haben gedacht, du hättest Vater verraten und dich dann davongemacht. Sie hätte dich einfach verschwinden lassen können, und keiner hätte sie im Verdacht gehabt.«

»Nur gut, dass ich das Wasser, das sie mir gegeben hat, gleich erbrochen habe.«

»Und was hat sie jetzt mit uns vor?«

»Keine Ahnung. Beeil dich.«

Totò zog an den Seilwindungen und fluchte leise. Tante Lily hatte bei dem Versuch, die Fesseln loszuwerden, so heftig gestrampelt, dass sich der Knoten immer fester zusammengezogen hatte. Er konnte seinen linken Arm kaum bewegen, und jedes Mal, wenn er die Finger um das Seil schloss und die Muskeln anspannte, schossen ihm Tränen in die Augen.

»Nur eines verstehe ich nicht«, presste er hervor. »Von wo aus hat sie telefoniert? Nur Don Luigi hat einen Anschluss zu Hause.«

»Hast du vergessen, dass wir seit ein paar Wochen eine Telefonzelle im Dorf haben?«

Totò stöhnte auf. Natürlich! Daran hatte er nicht gedacht. Endlich lockerte sich der Knoten ein wenig. »Ich habe es gleich geschafft.«

Plötzlich hörte das Klappern der Türe auf. Sie knarzte unheilvoll in den Angeln.

Schuld

»Ist da jemand?« Das Flüstern, das an Totòs Ohr drang, klang dünn.

In der Türöffnung färbte sich der Himmel endlich hellgrau. Eine gebeugte Gestalt steckte zögerlich den Kopf in den Schuppen. Totò atmete auf. Das war auf jeden Fall nicht Tante Rosaria.

»Ja, wir sind hier«, flüsterte er.

»Totò?« Die Gestalt huschte auf ihn zu. »Lily?«

»*Nonna*!« Eine Welle der Erleichterung schwappte über ihn hinweg. Am liebsten hätte er sich dem erlösenden Gefühl hingegeben, sich einfach hingelegt und gewartet, bis alles gut würde, doch die Zeit drängte. Tante Rosaria konnte jeden Augenblick zurückkommen.

»Hilf uns, *Nonna*. Wir sind gefesselt.«

»Ach du meine Güte.« Großmutter nahm sein Gesicht zwischen ihre schwieligen Hände. Ihr Geruch nach Seife und sauberem Stoff beruhigte ihn.

»Schnell, wir müssen weg, bevor sie zurückkommt«, wisperte jetzt auch Lily von weiter hinten aus der Dunkelheit. Totò hörte die unterdrückte Panik in ihrer Stimme.

»Du musst das Seil um Lilys Handgelenke aufknoten.«

Großmutter kniete sich hinter sie. »Das war Rosaria, stimmt´s? Wusst´ ich´s doch.«

Totò machte sich an dem Seil zu schaffen, das sich um seine Knöchel wand.

»Woher wusstest du, wo wir sind?«

»Ich habe gehört, dass Rosaria heute Nacht zweimal das Haus verlassen hat, nachdem dein Vater eingeschlafen war. Und ihr beide wart verschwunden. Beim zweiten Mal bin ich ihr nachgegangen. Ich habe mich in der Saline versteckt und gewartet, bis sie wieder weg ist.« Sie seufzte. »Hätte ich gewusst, was sie hier anrichtet, wäre ich sofort gekommen.«

»Dann hätte sie dich auch noch niedergeschlagen«, murmelte Totò. Er hatte den Knoten gelöst und rappelte sich auf.

Auch Tante Lily kam auf die Füße. Zu dritt taumelten sie in die Dämmerung hinaus. Der Sturm bäumte sich ein letztes Mal auf, als wollte er ihnen ihre Lebensgeister wieder einhauchen. Dann legte sich der Wind. Es war vorbei. Grauer Dunst hatte die Sterne aufgelöst und lag still über der Saline.

Tante Rosaria stieß einen spitzen Schrei aus, als Tante Lily die Tür zum Wohnzimmer aufstieß. Mit einer fahrigen Bewegung versteckte sie einen Stoffbeutel hinter ihrem Rücken.

»Was hast du da?«, fuhr Lily sie an.

»Nichts.«

»Zeig das sofort her.«

Tante Rosaria wich zurück. »Lass mich!«

»Du Miststück.«

Vater kam die Treppe herunter. Seine Augen waren noch matt vom Schlaf. »Was ist hier los? Wie seht ihr denn aus?« Er hob die Hand zur Nase. »Und was stinkt hier so?«

Sein Blick blieb an Tante Lily hängen und Röte stieg seinen Hals hinauf. »Du wagst es, hierher zu kommen?« Seine Stimme grollte erst leise und explodierte dann. »Verräterin! Dass du dich nicht schämst. Deinen eigenen Bruder in den Knast bringen.«

Totò trat einen Schritt vor. »Sie war es nicht.«

»Du willst wohl ein paar hinter die Ohren?«

Totò richtete den Zeigefinger auf Tante Rosaria, die sich zwischen der Tür und dem Garderobenständer gegen die Wand drückte.

»Sie war´s. Sie hat dich an die Polizei verraten, und dann hat sie Tante Lily niedergeschlagen und im Schuppen versteckt.«

Vater blickte von einem zum anderen.

»Und mich hat sie auch so zugerichtet.«

»Tu doch nicht so, als wüsstest du von nichts«, fauchte Tante Lily.

»Wovon redet ihr?«

»Kommt es dir nicht merkwürdig vor, dass Rosaria um diese Uhrzeit komplett angezogen im Wohnzimmer steht?«

Zwischen Vaters Augenbrauen bildete sich eine misstrauische Falte.

»Und alles wegen dieser verfluchten Saline!« Großmutters Stimme klang dünn. »Und ich bin schuld ...« Sie brach mitten im Satz ab und schwankte. Das Haar stand ihr wirr um den Kopf und ihre Augenlider flatterten.

Totò hakte sich ihren Arm unter, um sie zu stützen. »Was redest du denn da?«

»Es war mein Geld, mit dem Peppe die Saline gekauft hat. Ich hätte es ihm nicht geben dürfen. Dann würde deine Mutter noch leben.« Ihre Beine knickten ein und Totò hatte Mühe, sie mit dem gesunden Arm zu halten.

Vater sprang zu ihm, fasste Großmutter unter den Achseln und gemeinsam zogen sie die alte Dame zum Sofa.

»Schnell, bring Zuckerwasser.« Vater stopfte ein paar Kissen unter ihre Beine.

Totò ging in die Küche, um Wasser zu holen. Er konnte nicht widerstehen, setzte den Tonkrug an die Lippen und trank in langen, gierigen Zügen. Er hatte gar nicht bemerkt, wie ausgedörrt er war. Dann schenkte er zwei Gläser für Tante Lily und Großmutter ein und rührte drei Löffel Zucker hinein.

»Was ist mit dir?« Totò kniete sich neben das Sofa und nahm *Nonnas* Hand. Sie zitterte. Er sah zu, wie Vater ihr mit einem Löffel die süße Flüssigkeit einträufelte. Bitte nicht auch noch Großmutter. Sie durfte ihn nicht verlassen.

»Alles gut, mein Schatz.« Sie versuchte zu lächeln, doch es gelang ihr nicht. »Es war heute alles ein bisschen viel für eine alte Dame wie mich.«

Totòs Blick fiel auf eine Tasse mit einem Rest Tee, die auf dem Tisch stand. »Hast du etwas getrunken, was dir Rosaria gegeben hat?«

Großmutter schüttelte den Kopf. »Ich bin doch nicht verrückt. Auch wenn sie das gerne gehabt hätte.« Jetzt spielte tatsächlich ein leises Lächeln um ihre faltigen Lippen. »Aber ich habe sie durchschaut. Am Anfang dachte ich, sie will sich bei mir einschmeicheln und habe den Tee getrunken, den sie mir jeden Morgen gekocht hat. Doch als ich immer trauriger und verwirrter wurde, habe ich ihn heimlich ausgeschüttet, ein wenig von der Mischung aus der Schublade genommen und bin damit zum Kräuterweib gegangen.«

Lily und Totò starrten sie gebannt an. »Und?«

Großmutter richtete sich auf. »Sie hat mir gesagt, dass Adonisröschen enthalten ist. Teufelsauge. Das wird bei Herzbeschwerden eingesetzt. Aber wenn man zu viel davon nimmt, führt es zu Depressionen, Halluzinationen und Verwirrtheit.« Großmutter sank wieder in die Kissen zurück. »Vergiften wollte sie mich.«

»Uns auch«, sagte Tante Lily.

»Was redet ihr da für einen Blödsinn? Was ist hier überhaupt los?« Vater sah hin und her. »Wer will wen vergiften? Seid ihr jetzt alle irre?«

Tante Lily sah ihn scharf an. »Du hast wirklich nichts davon gewusst?«

»Aber von was denn?« Vater glotzte sie an wie einer der Seebarsche aus dem Salinebecken. »Kann mir vielleicht mal jemand erklären, was hier eigentlich los ist?«

Tante Lily winkte ab.

Totò strich *Nonna* über die wirren Haare. »Hast du deine Zustände etwa nur vorgespielt?«

Großmutter nickte.

»Aber warum?«

»Es ist nie schlecht, wenn einen der Feind unterschätzt. Dann kann man im richtigen Moment eingreifen, nicht wahr?« Ihre Stimme wurde immer leiser und Totò beugte sich über sie, damit er sie hören konnte.

Er drückte ihre Hand. »Danke, *Nonna*. Du hast uns gerettet.«

Großmutter erwiderte den Händedruck.

»Rosaria wollte mich um jeden Preis loswerden.« Ihre Stimme war jetzt nur noch ein Flüstern. »Weil ich gegen die Heirat war. Ich habe von Anfang an gespürt, dass sie nur hinter der Saline her war.«

»Warum hast du nie etwas gesagt?«

»Hab ich doch. Aber ihr habt mir nicht geglaubt.«

Totò und Tante Lily sahen sich betreten an.

»Wisst ihr noch, was die Seherin zu mir gesagt hat? *Wer allein spielt, verliert nicht.* So konnte ich Rosaria ausspionieren.«

»Was habt ihr denn plötzlich alle gegen Rosaria?« Vater stemmte die Hände in die Hüften. »Sie würde nie ...«

»Ha!«, machte Tante Lily. »Wenn du wüsstest. Tut mir leid Bruderherz, aber sie hat dich nie geliebt.«

Vater blinzelte. »Blödsinn.«

Schau doch mal, was sie in dem Säckchen hat, das sie hinter ihrem Rücken versteckt. Tante Lily blickte sich um. »Wo ist sie eigentlich?«

»Raus gegangen.« Vater zuckte die Schultern.

»Und du hast sie nicht aufgehalten? *Porca Vacca!* Los, lauf, hol sie zurück!«

Vater rannte die Treppe hinunter. Einige Minuten später kam er allein wieder nach oben. »Sie ist weg.«

Tante Lily schaute ihn böse an.

»Aber ich wusste doch nicht ...«

»Besser so.« Tante Lily winkte unwirsch ab. »Hoffentlich lässt sie sich nie wieder blicken und wird Schweinehirtin in ihrem stinkenden Dorf.« Dann blaffte sie Vater an: »*Mizzica!* Ruf endlich den Arzt! Großmutter hat einen Schwächeanfall, ich war zwei Tage lang ohne Essen und

Trinken im Schuppen eingesperrt, Totò hat einen verletzten Arm und eine gebrochene Nase.«

Endlich setzte sich Vater in Bewegung.

»Und ich muss mich dringend waschen und etwas essen«, schob Tante Lily hinterher. Dann ließ sie sich auf einen Stuhl fallen und sank zusammen. Die ganze Aufregung, die sie aufrecht gehalten und ihre letzten Kräfte mobilisiert hatte, floss aus ihr heraus.

»Ich bring dir was«, sagte Totò und ging in die Küche, um ein Stück Brot zu holen.

Seit Vater mit dem Arzt zurückgekehrt war, schien er endlich das Ausmaß dessen zu begreifen, was Tante Rosaria angerichtet hatte. Er saß mit hängenden Schultern am Tisch und schwieg, während der Arzt Totò untersuchte.

Großmutters leises Schnarchen drang vom Sofa herüber. Sie hatte eine Spritze bekommen und schlief.

»Der Arm muss geröntgt werden und die Nase gerichtet. Er muss ins Krankenhaus.« Der Arzt packte sein Spritzbesteck in die schwarze Ledertasche.

Totò hatte ein Schmerzmittel bekommen, das nun langsam durch seinen Körper zog. Das Stechen in seinem Arm und das Pochen in seinem Kopf ließen nach. Er seufzte. Es war überstanden. Tante Lily war wieder da, und Großmutter ging es gut. Das war das Wichtigste.

»Ich kann ihn nach Trapani bringen, ich habe ein Auto«, sagte Tante Lily.

Der Arzt zog die Augenbrauen hoch.

»Sie ist die einzige Frau im Dorf mit Führerschein, und sie hat einen eigenen *Cinquecento*«, sagte Totò stolz. Dann stutze er. »Wo ist der überhaupt? Bei dir zu Hause jedenfalls nicht.«

Sie sahen sich an.

»Rosaria. Bestimmt hat sie den Wagen gestern auf irgendeinem Feldweg abgestellt und ist jetzt damit abgehauen.«

»Ich rufe einen Krankenwagen«, sagte der Arzt. »Sie fahren in ihrem Zustand nirgendwohin.« Dann stand er auf und verabschiedete sich.

Totò räusperte sich. »Eine Sache noch. Sagt mir jetzt endlich, woran Mama wirklich ...« Er brachte das Wort nicht heraus, doch er sah Tante Lily fest in die Augen. »Das mit dem schwachen Herz habe ich euch nie geglaubt.«

»Sag du es ihm.« Lily nickte Vater zu. Sie kaute ein Stück Brot und redete mit vollem Mund. »Zumindest das bist du ihm schuldig.«

Vater senkte den Kopf.

»Los, Peppe.«

Seine Schultern sackten nach vorne und sein Kinn zitterte. Er atmete tief ein, dann begann er zögerlich zu sprechen. »Deine Mama war so unglücklich.«

»Das ist nichts Neues.« Totò rutschte auf dem Stuhl hin und her. Er hatte so lange darauf gewartet, zu erfahren, was passiert war, aber jetzt bekam er Zweifel, ob er es wirklich wissen wollte. Vielleicht war die Wahrheit schlimmer, als er dachte. »Also?«

Vater blickte weiter auf den Boden. »Ich habe alles falsch gemacht.«

»Das kannst du laut sagen.« Totòs Stimme klang hart.

»Schon damals. Ich hätte nie ... Ach!« Er winkte ab.

Was sollte dieser weinerliche Tonfall? Vater hatte Mamas Leben zerstört, sein Leben zerstört. Und jetzt jammerte er herum wie ein Hund, den man aus dem Haus gejagt hatte.

»Sag mir endlich, was du ihr angetan hast.«

Vaters Schultern zuckten. »Ich habe sie so unglücklich gemacht, dass sie nicht mehr leben wollte. Sie wurde schwermütig. Eines Nachts hat sie Schlaftabletten genommen. Eine ganze Packung. Ich habe es nicht bemerkt. Erst am Morgen ... aber da war sie schon ...«

Die Worte trafen Totò mit einer Wucht, die ihn fast von seinem Stuhl gefegt hätte. Das war es also gewesen. Mama hatte so sehr unter Vater gelitten, dass sie lieber hatte sterben wollen, als mit ihm weiterzuleben.

Vater hob den Kopf und sah ihn mit geröteten Augen an. »Es tut mir leid.«

Totò ballte die Fäuste. »Weißt du was? Es gibt gar keinen bösen Blick. Der wahre Fluch, der auf unserer Familie liegt, bist du.«

»Ich wollte das nicht.« Weiße Fäden hatten sich an Vaters Mundwinkeln gebildet. »Ich wollte nur das Beste für dich. Wirklich.« Er starrte auf die Tischplatte und Tränen rannen über sein Gesicht.

Die klägliche Gestalt seines Vaters löste eine Mischung aus Wut, Ekel und Mitleid in Totò aus. Er wollte das nicht sehen. Es machte ihn hilflos, er fühlte sich wie ein kleines Kind. Er wollte streiten, schreien, seiner Wut freien Lauf lassen. Vater sollte ihn prügeln, damit er zurückschlagen konnte. Doch da war nichts mehr. Vater war leer. Er war in einen dunklen Abgrund der Scham hinabgesunken, ein alter, trauriger Mann. Giuseppe Mancuso, gescheiterter Salinenbesitzer, gescheiterter Ehemann und gescheiterter Vater.

Totò fühlte keine Genugtuung. Er hatte sich lange gewünscht, Vater untergehen zu sehen. Er hatte miterleben wollen, wie er seine Fehler eines Tages teuer bezahlen würde.

Jetzt war es so weit. Totò könnte triumphieren. Doch er fühlte nur bittere, dunkelgraue Leere.

»Wenn ich es nur irgendwie wieder gutmachen könnte.« Vater zog die Nase hoch und wischte sich mit dem Unterarm übers Gesicht.

»Hör zu«, sagte Totò. »Du wirst die Saline an Don Luigi verkaufen, sonst sage ich den *Carabinieri* die Wahrheit. Ich werde nie wieder für dich lügen.«

Tante Lily hatte die Szene stumm beobachtet, doch jetzt wandte sie sich Vater zu. »Totò hat Recht. Ich ziehe hierher und kümmere mich um Großmutter und ihn. Das hätte ich schon damals machen sollen. Und du wirst endlich das tun, was sich für einen guten Vater gehört. Geld verdienen und deinem Sohn ein besseres Leben ermöglichen.«

»Aber was soll ich denn ohne die Saline ...«

»*Porca Miseria*!« Lily schnitt ihm das Wort ab. »Die Saline wird verkauft, und damit *basta*.«

»Wer nimmt mich denn zum Arbeiten, in meinem Alter?«

Tante Lily zuckte die Schultern. »Du gehst als Gastarbeiter nach Deutschland, dort gibt es genug Arbeit.«

Vater schwieg.

Es fühlte sich nicht gut an. Totò schüttelte den Kopf. Obwohl er sein Ziel erreicht hatte, spürte er immer noch zu viel Schmerz. Nicht nur sein Arm und sein Kopf. Auch sein Herz, seine Seele. Alles tat ihm weh.

Ein Gedanke kroch langsam in seinen Kopf, der vom Schmerzmittel ganz benommen war. Es gab noch eine andere Wahrheit. Er wollte sie nicht sehen. Doch er hatte nicht mehr die Kraft, sich dagegen zu wehren. Wie eine giftige Schlange rollte sie sich in ihm aus, züngelte in seinem Gehirn herum und verbiss sich in seinem Herzen.

Vater hatte viel falsch gemacht, das stimmte. Aber es war Mamas einsame Entscheidung gewesen, zu gehen. Mama hatte sich dazu entschlossen zu sterben und ihn allein zurückzulassen. Diese Erkenntnis lähmte sein Herz. Es war viel einfacher gewesen, Vater an allem die Schuld zu geben. Doch die Wahrheit war noch gewaltiger.

»Wir sind alle mit schuld an Mamas Tod«, murmelte er. »Ich auch. Weil ich nicht mal versucht habe, ihr zu helfen.« Endlich kamen sie. Bittere Tränen tief aus seiner Seele. In einer schmerzhaften und zugleich warmen Welle stiegen sie empor, drohten ihn zu überschwemmen, nahmen ihm die Luft zum Atmen. »Sie war so einsam. Wir haben sie alle allein gelassen.«

Tante Lily legte den Arm um ihn. Er vergrub sein Gesicht an ihrem Bauch und schluchzte in ihre Bluse.

»Du warst doch noch ein Kind«, murmelte sie sanft.

Totò schüttelte den Kopf.

»Du kannst nichts dafür.« Sie streichelte über seinen Kopf.

»Doch.« Er machte sich los und wischte den blutigen Rotz weg, der ihm aus der Nase lief. »Wir alle haben zugesehen. Keiner von uns hat ihr geholfen.«

Vaters Reise

Zwei Wochen später, im Juli 1968

Vater stand mit gepackten Koffern auf der Piazza und wartete auf den Bus nach Palermo. Von dort aus würde ihn ein Zug nach München bringen. Er trug seinen einzigen Anzug, ein Überbleibsel aus besseren Zeiten. Er hatte ihn bei der Hochzeit mit Mama angehabt, bei ihrer Beerdigung und bei der Trauung mit Tante Rosaria. Jetzt war er ihm zu weit. Aus den verschlissenen Ärmeln ragten seine krummen Finger hervor. Er hatte die Nägel so lange geschrubbt, bis die schwarzen Ränder verschwunden waren.

Nonna hatte es nicht übers Herz gebracht, mitzukommen und zuzusehen, wie ihr einziger Sohn sie verließ. Trotz allem. Sie hatte sich schwarz gekleidet und war stocksteif auf ihrem Stuhl sitzen geblieben.

»Nur Gott weiß, ob wir uns nochmal wiedersehen«, hatte sie gemurmelt und ihre Strickjacke enger um die Schultern gezogen.

Sie standen etwas abseits von den anderen Männern.

»Na Peppe, suchst du dein Glück jetzt auch anderswo?«, rief der alte Mario herüber. »Ist besser so. Hier in Sizilien gibt es keine Zukunft.«

Vater drückte die Brust heraus. »Man muss eben Opfer für seine Familie bringen.«

Totò biss die Zähne zusammen. Das Dorf machte es sich so verdammt einfach. Was sich nicht gehörte, wurde versteckt, vertuscht und tief unten in den Fundamenten der altersschwachen Häuser vergraben, die von der grausamen Last ächzten. Alles, was nicht in das Bild der sauberen Familie passte, verschwand in den finsteren Winkeln der Zimmer. Egal, welche Abgründe sich hinter den rissigen Mauern auftaten – Hauptsache, das Gesicht, das aus dem Fenster blickte, strahlte und die Fassade des Dorfes blieb hübsch. Totò wurde übel von all dieser Verlogenheit.

Nun würde sich Vater trotz allem, was er getan hatte, erhobenen Hauptes aus der Affäre ziehen, als heldenhafter Gastarbeiter, der in die Ferne zieht und Opfer bringt, um seine Familie mit Geld zu versorgen. Das Dorf klatschte ihm plötzlich wieder Beifall, dem Armen, und alles, was passiert war, hatten die Leute schon mit energischen Handbewegungen weggewedelt.

Aber sie beide wussten genau, warum Vater abreiste.

»Ich will sie noch einmal sehen.« Vater trat von einem Fuß auf den anderen, dann nahm er Totò unbeholfen am Ellbogen.

»Wen?«

»Die Saline.«

»Was willst du jetzt noch dort?«

»Bitte. Komm mit.« Vater drückte fester zu.

»Na gut.« Totò sah auf die Kirchturmuhr. »Wir haben ja noch Zeit.«

Ein letztes Mal gingen sie zusammen die Gasse zur Saline hinunter. Die Enden von Vaters gewaltigem Schnurrbart ragten noch immer links und rechts über sein Gesicht hinaus, doch sein Hut hing zu Hause am Garderobenständer. Vater hielt sich nah an den Mauern und schlug die Augen nieder, um den Blicken der Leute nicht zu begegnen.

Dann lag sie vor ihnen. Die Saline. Der Ursprung all ihres Elends. Die Luft über dem alten Gemäuer flimmerte in der Hitze und in der *Vasca fridda* balancierten drei Flamingos. Totò mochte die komischen Wasservögel, deren Beine beim Gehen in die falsche Richtung knickten.

»Drecksviecher«, knurrte Vater. »Stehlen alle Fische.«

Totò spürte einen Klumpen im Hals. Er räusperte sich, doch er wurde ihn nicht los.

»Was hast du nur in der Saline gesehen? Ruhm, Reichtum?«

Die Flügel der Windmühle zeigten höhnisch auf sie und die schwarzen Fensteröffnungen glotzten sie leer an. Vater zupfte an seinem Anzug herum.

»Auch wenn du mir nicht glaubst. Ich habe es für dich getan. Ich dachte, als Salinenbesitzer hättest du ausgesorgt und würdest ein besseres Leben führen als ich, ohne Geldsorgen und ohne Hunger.«

»Aber ich will kein Salinenbesitzer sein, ich will studieren.«

»Ich weiß.«

Totò zwang sich, den Blick von dem geisterhaften Gebäude zu lösen. Er wollte es jetzt endlich hinter sich bringen.

»Dein Bus.«

Vater rührte sich nicht von der Stelle. »Weißt du, was ich am meisten vermissen werde?«

Totò beobachtete ihn aus dem Augenwinkel. Bloß keine Sentimentalitäten jetzt.

Vater setzte an, klappte den Mund wieder zu und schwieg dann doch. Er räusperte sich umständlich und sagte: »Den Geruch des Meeres.«

Totò vergrub die Hände in den Hosentaschen und schwieg. Was hatte er auch erwartet?

»Und die Sonne.« Vater blinzelte in den Himmel und schirmte die Augen gegen das gleißende Licht ab. »Die Sonne in Deutschland ist schwindsüchtig. Wenn sie überhaupt mal scheint.«

Vater kniete sich hin und kratzte mit der Hand ein wenig Erde zusammen, die er in einen Stoffbeutel füllte.

»Was machst du denn da? Dein Anzug wird dreckig.« Totò widerstand dem Impuls, ihn hochzuziehen.

»Ich nehme ein Stück Heimat mit.« Vater stand wieder auf, klopfte sich die staubigen Knie ab und steckte das Säckchen in die Innentasche seiner Jacke. »Damit ich Sizilien immer im Herzen trage.« Er zögerte und sprach dann leise weiter. »Und damit ich eines Tages wieder zurückkomme. Weil ich dich auch vermissen werde.«

Etwas in Totò krampfte sich zusammen, das größer war als der Groll. Was hatte die Seherin zu ihm gesagt? *Ein Vogel im Käfig singt nicht aus Liebe, sondern aus Zorn.* Oder wegen beidem, dachte Totò.

Er ballte die Hände in seinen Hosentaschen zu Fäusten und blinzelte eine Träne weg.

Vater sah ihn nicht an, und auch Totò hielt seinen Blick auf das sanfte Auf und Ab der Wellen gerichtet. Seine

Lippen schmeckten salzig, nach Schweiß, Tränen und Meer.

»Wenn ich die Uhr zurückdrehen könnte, würde ich alles anders machen«, murmelte Vater.

Dieses etwas, das sich da in Totò zusammenballte, stieg jetzt mit Gewalt in ihm auf und brach aus ihm heraus. »Ich hätte mir auch alles anders gewünscht.« Seine Stimme überschlug sich. Er versuchte, die Tränen zurückzuhalten. »Ich will Mama zurückhaben. Und ich wollte immer, dass du stolz auf mich bist. Aber für dich bin ich ja nur eine *Fimmina*, feig und verweichlicht.«

Vater legte seine Hand auf Totòs Schulter.

»Das stimmt nicht. Ich bin sehr stolz auf dich.« Er schwieg kurz. »Meinst du, du kannst mir verzeihen?«

Totò erinnerte sich an all die Demütigungen, fühlte Bitterkeit, Hilflosigkeit, Verzweiflung und Wut. Und eine tiefe, dunkle Einsamkeit, die sich in ihm ausdehnte und alles verschlang. Er wischte sich über die Augen.

»Wie soll das gehen? Ich kann nicht einfach vergessen, was passiert ist. An dem, was geschehen ist, kann keiner etwas ändern, weder ich, noch du, noch sonst irgendwer.«

Vater nickte. »Aber vielleicht kannst du mich eines Tages verstehen.« Seine Stimme klang rau.

Totò zuckte mit den Schultern. »Vielleicht.«

»Ich muss jetzt gehen«, sagte Vater.

Er nahm seine Hand von Totòs Schulter. Dort, wo sie gelegen hatte, blieb ein warmer Abdruck zurück. Er wandte sich ab und ging die Straße hinauf.

Totò sah ihm nach. Er war erleichtert, dass Vater abreiste. Ohne ihn würde er freier atmen können. Aber er tat ihm auch leid. Vater würde gleich die einsamste Reise seines Lebens antreten. Er stellte sich vor, wie der Bus aus der Sichtweite des Dorfes verschwand, und wie in diesem Moment Vaters selbstgefälliges Lächeln herabrutschen und seine stolzgeschwellte Brust im Sitz einsinken würde.

In Deutschland würde er ein Niemand sein. Gebrochen und sich selbst überlassen. Giuseppe Mancuso, einst stolzes Familienoberhaupt und Salinenbesitzer, wäre nur noch ein Fließbandarbeiter wie Hunderte andere auch.

»Viel Glück«, murmelte Totò der Gestalt hinterher, die immer kleiner wurde und schließlich in der Gasse Richtung Piazza verschwand.

Jetzt endlich ließ Toto seinen Tränen freien Lauf. In Wirklichkeit wollte er nicht, dass sein Vater wegging.

Er wollte so sehr einen Vater haben.

Salzernte

Das Sonnenlicht, das vom Salz reflektiert wurde, blendete ihn und die Haut über seiner Nase spannte. Jedes Mal, wenn Totò mit der Spitzhacke die Salzkruste durchbrach, spritzten winzige Salzpartikel hoch und brannten in seinen Augen. Eine Träne rann über seine rechte Wange, doch er wischte sie nicht weg, um sich den salzigen Film, der sich auf seiner Haut gebildet hatte, nicht in die Augen zu reiben. Seine Muskeln fühlten sich lahm an. Es war so heiß, dass die Luft in der Nase weh tat. Er hatte das Gefühl, zu wenig Sauerstoff zu bekommen. Seine Kehle war ausgedörrt. Wann kamen endlich die anderen Jungen mit dem Wasser? Er hatte solchen Durst.

Das Kissen, das seine Schulter vor dem Gewicht der Körbe schützte, scheuerte an der verbrannten Haut seines Halses. Totò stellte den Weidenkorb ab und streckte sich, bis seine Wirbelsäule knackte. Dann ließ er seinen Blick über die Becken wandern und massierte sich den Nacken.

Zwanzig Arbeiter hackten die Kruste auf und schaufelten das Salz zu Haufen zusammen. Der Singsang des Vorarbeiters klang durch die flirrende Luft, schwoll an und ab, und trieb die Männer unerbittlich an.

»Gut gemacht, mein Junge. Du bist zäh wie ein zu lang gekochter Tintenfisch.«

Sie hatten es geschafft. Die Saline brachte sauberes Salz hervor. Am Rand der Becken häufte sich das weiße Gold, und jeden Tag der Salzernte wurden die Hügel höher. Die Arbeiter bedeckten sie mit Terrakotta-Ziegeln, damit das weiße Gold gegen den Wind und den ersten Herbstregen geschützt war.

»Da springt ordentlich was für dich raus.« Don Luigi lächelte Totò an und klopfte ihm auf die Schulter. Dann zwinkerte er ihm zu. »Geschäftspartner.«

Totò lächelte zurück. Die Salzernte war eine elende Plackerei, aber sie war auch schön. Jetzt, wo alles anders war.

Bevor Vater abgereist war, hatte er Don Luigis Angebot angenommen und ihm die Saline überlassen. Der Don hatte ihnen einen Vorschlag gemacht, mit dem Totò nicht gerechnet hätte: »Was hältst Du davon, wenn wir Partner werden?«, hatte er ihn gefragt.

»Partner?«

»Ihr gebt mir die Saline umsonst, und ich erlasse euch dafür eure Schulden. Totò wird stiller Teilhaber und bekommt jeden Monat eine Summe, die ausreicht, damit er genug zu Essen hat und in die Schule gehen kann.«

Don Luigi hielt sein Versprechen. Immer am ersten des Monats besuchte er Totò und brachte ihm ein Geldbündel vorbei. Tante Lily hatte ihre Einnahmen aus dem Friseursalon, und *Nonna* ihre Rente. So konnten sie zu dritt gut leben. Das Haus atmete auf und füllte sich mit Lachen. Die traurigen Erinnerungen und der Schmerz verblassten nach und nach.

Als die Schule wegen der Hitze für die Sommerferien schloss, und die Salzkristalle wie Wattebäusche aus dem rosafarbenen Wasser ragten, half Totò Don Luigi und seinen Männern bei der Salzernte.

Jetzt fühlte es sich gut an, im Salinebecken herumzuwaten und das Salz in die Körbe zu schaufeln, denn er tat es freiwillig, und er tat es für sich selbst. Und ein bisschen auch für Don Luigi.

Totò gefiel es, Seite an Seite mit ihm die Salzkruste aufzuhacken. Es war das erste Mal, dass er den Don ohne Anzug und Krawatte sah. Wenn Salzernte war, arbeitete der Don im Unterhemd, genau wie seine Arbeiter.

Totò strich sich den Schweiß von der Stirn. »Darf ich Sie was fragen?«

Don Luigi stützte sich auf seinen Spaten und sah ihn an. »Ja?«

»Warum tun Sie das alles für mich?«

Der Don verzog seine fleischigen Lippen zu einem Lächeln. »Du bist ein feiner Kerl. Ich habe keine Kinder, aber wenn ich einen Sohn hätte, würde ich mir wünschen, dass er so wäre wie du.«

Totò schluckte. Er nahm seinen ganzen Mut zusammen. »Ich weiß, dass Sie meine Mutter heiraten wollten.«

Don Luigi nickte. »Ich hätte ihr das ganze Dorf zu Füßen gelegt.«

»Aber warum hat sie dann ...«

Der Don seufzte und sah ihn lange an. Dann sagte er: »Na gut. Du bist alt genug, du hast ein Recht darauf, es zu erfahren. Sie war schwanger.«

Totò erstarrte. »Sie meinen, bevor sie ...«

Don Luigi nickte.

204

Das hatte Tante Rosaria also gemeint. Mama war unverheiratet schwanger gewesen. Mit ihm. Totò umkrallte seinen Spaten. Was für eine Schande.

»Von wem?«

Don Luigi zuckte die Schultern.

»Aber Sie müssen doch wissen, ob Sie ... also ob Sie mit Mama ...« Eine merkwürdige Aufregung ergriff Totò. Seine Wangen wurden rot, doch die Hitze verbarg seine Scham. Er zog die Krempe seines Strohhutes tief ins Gesicht.

Don Luigi schüttelte den Kopf. »Das Problem war, dass sie selbst nicht wusste, von wem sie schwanger war.«

Totò war wie gelähmt. Das konnte nicht sein.

»Ich war fuchsteufelswild. Rasend eifersüchtig. Wir hatten einen schrecklichen Streit, und ich habe Dinge gesagt, die ich nicht hätte sagen sollen.« Don Luigi seufzte wieder. »Ich konnte doch nicht eine entehrte Frau heiraten und womöglich das Kuckuckskind meines eigenen Arbeiters aufziehen.«

»Kuckuckskind«, wiederholte Totò. Er hatte das Gefühl, in einen Abgrund zu stürzen, der keinen Boden hatte.

»Entschuldige, so habe ich das nicht gemeint.« Don Luigi stieß seinen Spaten in die Salzkruste. »Ich hätte dem Gerede der Leute nicht so viel Gewicht beimessen dürfen.« Er schüttelte den Kopf. »In diesem Moment hatten sie mehr Macht über mich, als ich über sie. Verrückt, was? Das Dorf ist wie meine Familie. Aber eine Familie kann einen auch erdrücken und auf einen Weg leiten, den man eigentlich gar nicht gehen möchte. Und wenn man es dann merkt, ist es manchmal schon zu spät.«

»Ich weiß, was sie meinen.«

»Ich habe deiner Mutter gesagt, sie soll sich zum Teufel scheren.« Der Don ließ seinen Blick über das Meer wandern und kniff die Augen zusammen. Der Himmel war fiebrig. »Das war der größte Fehler meines Lebens. Ihre Eltern haben sie verstoßen. Nur dein Vater hat sich um sie gekümmert. Er war klüger als ich. Er hat seine Chance ergriffen und deine Mutter genommen, ohne lange zu fackeln. Und dich dazu.«

Totò presste die Lippen zusammen. Tante Rosaria hatte recht gehabt. Er war ein Bastard. Er war ein uneheliches Kind, und keiner wusste, von wem. In diesem Moment wurde Totò das ganze Ausmaß des Geheimnisses bewusst, das die Familie so viele Jahre lang gehütet hatte. Das Puzzle seines Lebens setzte sich unerbittlich zusammen. Vater hatte zwar Mama bekommen, aber er hatte die Schande gleich mitgeheiratet und einen Sohn großgezogen, von dem er gar nicht wusste, ob es überhaupt sein eigener war. Und Mama hatte auf ihre wahre Liebe verzichtet.

»Sie musste Vater nehmen, weil er bereit war, sie trotz ihrer Entehrung zu heiraten«, murmelte er. »Wo hätte sie sonst schon hingehen können? Was hätte sie mit einem unehelichen Kind anfangen sollen? Niemand hätte ihr eine Arbeit gegeben, und geheiratet hätte sie auch keiner mehr.«

Der Don blinzelte in die gleißende Sonne. »Du solltest deinem Vater anrechnen, dass er sich all die Jahre um euch gekümmert hat. Ganz im Gegensatz zu mir.«

»Haben Sie ihm deshalb geholfen?«

Don Luigi nickte.

»Und mir? Weil ich vielleicht Ihr ...« Totò wagte nicht, es auszusprechen.

»Ich dachte wirklich, dass er etwas aus der Saline macht, und dass ihr damit ausgesorgt habt. Ich habe ihm sogar Arbeiter geliehen. Mehr konnte ich nicht tun. Damit, dass das Salz unverkäuflich ist, habe ich nicht gerechnet.« Er zuckte die Schultern. »Die Idee deiner Tante Lily war gut. Als offensichtlich war, dass dein Vater es nicht schafft, hätte ich ihm die Saline wieder abgekauft. Aber er wollte sich nicht von mir helfen lassen.« Don Luigi schüttelte den Kopf. »Der sture Hund. Stattdessen hat er auf mich geschossen.«

»Das wussten Sie?«

Don Luigi lachte trocken auf. »Natürlich. Ihr habt euch nicht gerade unauffällig verhalten. Außerdem hat mir Carmelo alles erzählt.«

»Und trotzdem haben Sie Vater aus dem Gefängnis geholt?« Totò schaute ihn mit großen Augen an. »Ich dachte immer, Sie ... Also im Dorf sagt man ...«

Don Luigi lachte. »Im Dorf sagt man, Don Luigis Rache sei so gefährlich wie der Stich eines Skorpions, ich weiß.« Er wiegte den Kopf. »Aber Rache macht nicht glücklich. Was hätte ich davon gehabt, wenn dein Vater im Gefängnis gelandet wäre? Das hätte auch nichts geändert. Sagen wir es mal so. Jeder bekommt irgendwann die Strafe, die er verdient. Und das war eben meine.« Er klopfte sich auf sein Knie. Seit dem Schuss humpelte er. »Äußere Verletzungen verheilen. Innere nicht. Die sind viel schlimmer.«

Totò nickte. »Das heißt, Sie haben Vater verziehen?«

»Ihm schon. Aber mir selbst nicht.« Don Luigi wischte sich den Schweiß von der Stirn »Wenn ich damals stark gewesen wäre und deiner Mutter vergeben hätte, dann würde sie noch leben. Und du hättest das alles nicht durchmachen müssen. Unser aller Leben wäre anders verlaufen.«

Totò sah über das stille Wasser hinweg. Das Licht begann zu schwinden. Er wischte sich über die Augen. Vielleicht hatte Vater doch recht, und er heulte zu viel. Am dunstigen Horizont funkelten die ersten Sterne. Da oben war Mama.

»Ich habe sie die ganze Zeit geliebt«, sagte der Don. »Deshalb habe ich nie geheiratet. Ich wollte keine andere.«

Er kniff Totò in die Wange, aber diesmal sanft. Als Don Luigi den Arm nach ihm ausstreckte, sah Totò an der Innenseite seines Oberarmes ein halbmondförmiges Muttermal. Er starrte auf die weiche Haut, die schlaff herunterhing und von feinen Falten durchzogen war.

»Es gibt aber doch etwas Gutes in dieser Geschichte«, sagte der Don. »Du bist wie sie. Und jetzt habe ich zumindest dich.« Er lächelte und stimmte in den kehligen Gesang der Salinenarbeiter ein.

In diesem Moment kam Totò auf dem Boden des Abgrundes an, in den er gestürzt war. Er schlug unsanft auf. Denn er sah denselben kaffeebraunen Fleck, den er selbst hatte. An genau der gleichen Stelle.

pilog

August 1968

»Ich habe einen Bärenhunger.« Totò stürmte ins Wohnzimmer und warf sein Handtuch aufs Sofa.

Die Dunkelheit zog schon durch die Gassen, aber er
war gerade erst mit den anderen Jungen vom Strand
heraufgekommen. Er liebte die Augustabende am Meer,
wenn das Stechen der Sonne nachließ, und sie tiefer sank,
den Himmel und das Wasser rosa und violett einfärbte
und der glühende rote Ball schließlich so schnell in den
Wellen versank, dass man dabei zusehen konnte.

Erst als der letzte Rand der untergehenden Sonne verlo-
schen war und sich die Luft mit der kühlen Feuchtigkeit
des Meeres füllte, hatten die Jungen ihre Sachen
zusammengepackt und waren lärmend und mit hungrigen Mägen durch die Gassen getollt.

Totò leerte sein Glas in einem Zug, dann setzte er sich.
»Was gibt´s zu essen?«

»Dein Vater hat einen Brief geschickt.« Tante Lily schob
ihm einen Umschlag mit verknickten Ecken über die
Tischplatte.

Totò erstarrte und sein Herz begann zu klopfen. Er
nahm das Kuvert mit spitzen Fingern, drehte es hin und
her und betrachtete es. *Salvatore Mancuso* war darauf
gekrakelt, und die Adresse der Bar. Oben rechts klebten

drei deutsche Briefmarken mit verknitterten Männergesichtern. *Konrad Adenauer*, stand in winzigen Lettern darauf.

»Mach schon auf«, sagte Tante Lily.

Totò riss den Umschlag auf und nahm einen Bogen Papier heraus. Als er es auffaltete, fiel ein Bündel Geld auf den Tisch, und ein Foto. Es war in Farbe und zeigte Vater zusammen mit einer blonden Frau, die ihn um einen Kopf überragte. Die beiden standen neben einem roten Auto. Vater hatte keinen Schnurrbart mehr, dafür aber eine Tolle. Er hatte den Arm um die Taille der Frau gelegt und drückte die Brust heraus.

»Zeig doch mal.« Tante Lily beugte sich über das Foto. »Wer ist denn die Frau?«

Großmutter bekreuzigte sich. »Eine Frau? Etwa eine Deutsche? Ich will sie gar nicht sehen.«

»Ich schon.« Eugenio betrachtete das Bild neugierig. »Schöner als Rosaria ist sie auf alle Fälle.« Er grinste. »Ein VW Käfer. Schicker Wagen. Das wär auch was für dich«, sagte er zu Lily.

Sie hatte am Tag nach ihrer Entführung Anzeige bei der Polizei erstattet, doch ihr *Cinquecento* war verschwunden geblieben, genau wie Tante Rosaria.

»Lies doch mal vor«, drängte sie.

Totò faltete das Papier auf und las:

Lieber Totò,

ich arbeite jetzt schon seit drei Monaten in einer Schuhfabrik in der Nähe von Wuppertal. Deutschland gefällt mir sehr gut. Ich wohne in einem Lager der Fabrik, mit drei anderen Män-

nern zusammen in einem Zimmer. Wir sind Freunde geworden. Einer von ihnen kann schreiben, er heißt auch Salvatore, wie Du, und ich diktiere ihm diesen Brief.

Unter der Woche arbeite ich am Fließband und samstags gehen wir in die Tanzbar. Dort habe ich Ulrike kennengelernt. Das Auto gehört ihr, und am Sonntag machen wir zusammen Ausflüge. Ich habe auch schon ein bisschen Deutsch gelernt.

Ich hoffe, dir geht es gut, und den anderen auch. Ich schicke dir die Hälfte meines Lohns, damit du in die Schule gehen kannst. Grüß das Meer und die Sonne von mir.

Dein Peppe (Josef)

Tante Lily nahm das Foto. »Er sieht viel jünger aus. Richtig glücklich. Und diese Ulrike scheint nett zu sein.« Sie lachte. »Nur der Name ist schrecklich.«

Nonna schielte verstohlen auf das Foto. »Na gut. Zeig es mir.« Sie hielt sich das Bild dicht vor die Augen, um es genau erkennen zu können. »Wirklich sehr blond«, sagte sie. Dann nickte sie zufrieden und bekreuzigte sich noch einmal.

»Ist doch verrückt, oder?« Totò blickte den Brief nachdenklich an. »Für Vater war das Dorf das Wichtigste im Leben, und jetzt ist er im Ausland glücklich geworden. Und ich wollte immer weg.« Er brach ab.

»Wer weiß, vielleicht gehst du ja doch noch in die große weite Welt?« Eugenio grinste. »Es gibt Neuigkeiten. Ich habe ein Empfehlungsschreiben an den Direktor des Internats in Palermo verfasst. Er hat geantwortet. Wenn du willst, bekommst du ab September einen Platz.«

»Ein Stipendium?« Totò ließ den Brief sinken.

211

Eugenio fuhr sich durch die dunklen Locken. »Ja, am Gymnasium. Dann kannst du nach der Schule studieren.«

Großmutter reckte die Arme zur Zimmerdecke. »Die Stadt ist gefährlich. Und so weit weg.« Dann begann sie, den Rosenkranz vor sich hin zu murmeln und ließ die Perlen durch ihre Finger gleiten.

»Ach *Nonna*, Palermo ist doch gleich um die Ecke. Am Wochenende und in den Ferien kommt er zu uns nach Hause.« Tante Lily zwinkerte Totò zu. »Und zu Tiziana.«

Totò wurde rot, ein wenig aus Freude, und ein wenig aus Verlegenheit. »Wieso Tiziana?«, fragte er.

»Meinst du, ich hätte nicht bemerkt, wie du sie ansiehst, wenn sie in den Friseursalon kommt?«

Totò grinste und zuckte die Schultern.

»Lass ihn.« Eugenio knuffte Tante Lily zärtlich in die Seite. Über sowas sprechen Männer nicht gerne. Dann wurde er ernst und faltete die Hände auf der Tischplatte. »Also, was meinst du? Sollen wir dich für das nächste Schuljahr in Palermo anmelden?«

Totò nickte. »Ist das wirklich wahr?«

Eugenio lachte. »Natürlich ist es wahr.«

»Und du kommst sicher jedes Wochenende heim?« *Nonna* zog besorgt die Augenbrauen hoch.

»Ich verspreche es.« Totò stand auf und umarmte sie.

Dann sah er Eugenio an. »Danke. Jetzt kann ich Lehrer werden, so wie du.«

»Ja, kannst du.« Er klopfte ihm auf die Schulter. »Aber vielleicht möchtest du ja auch etwas ganz anders studieren. Du kannst jetzt werden, was du willst.«

Was ist wahr?

Liebe Leser, ich hoffe, die Geschichte von Totò hat euch gefallen. Ihr wisst vielleicht schon, dass meine Bücher alle einen wahren Kern haben und fragt euch womöglich, was an diesem Roman der Realität entspricht.

Ich verrate euch jetzt ein Geheimnis. Es gibt tatsächlich jemanden, dessen Mutter laut einer Abbeterin mit dem bösen Blick belegt war, und der daraufhin einem anderen ins Bein geschossen hat. Aufgrund der Brisanz – er kam dann nämlich mit einem gefälschten Gutachten wieder aus dem Gefängnis frei – kann ich nicht verraten, um wen es sich dabei handelt. Deshalb sind alle Personen in diesem Roman frei erfunden und Ähnlichkeiten mit realen Menschen rein zufällig.

Aber die historischen Fakten stimmen.

Die ersten Salinen zwischen Marsala und Trapani gab es schon zu Zeiten der Phönizier, vor rund dreitausend Jahren. 1840 wurde der Salzzoll abgeschafft, und mit der Öffnung des Suez-Kanals 1869 wurde der Hafen von Trapani zu einem internationalen Handelspunkt für Thunfisch, Korallen und Salz. In den Zwanzigerjahren gab es an der Westküste Siziliens über 50 Salinen, die rund 1.500 Arbeiter beschäftigten. Im Jahr 1922 schlossen sich einige Salinenbesitzer zur SIES (Società Italiana Esportazione Sale) zusammen, die ihr Salz vor allem nach Norwegen und Japan verschifften, wo es zur Herstellung von Stock-fisch verwendet wurde.

Durch den Zweiten Weltkrieg und die Konkurrenz der asiatischen Salinen brach der Markt jedoch ein und zahl-reiche Anlagen mussten schließen – der Niedergang der Salinen hatte begonnen.

Im Jahr 1956 belebte ein Unternehmer aus Trapani die SIES wieder und vereinte acht Salinen zu einer. Er führte Förderbänder, elektrische Pumpen und Salzwaschanla-gen ein und stellte insgesamt 100 Boote zum Transport des Salzes zur Verfügung. Mit diesen Modernisierungs-maßnahmen schaffte er es, die Kosten zu senken und die Exportmengen von 80.000 Tonnen auf 200.000 Tonnen zu steigern. Es ging wieder aufwärts.

Doch im Jahr 1965 trat der Fluss *Verderame* über die Ufer und begrub viele Salinen vollständig unter Geröll und Schlamm. Einige Anlagen waren komplett zerstört, andere wurden unter Tränen und Schweiß wieder auf-gebaut – jedoch war das Salz in den Jahren 1966 und 1967 durch den Schlick verschmutzt und unverkäuflich.

Heute gibt es die Salinen nur noch aufgrund staatlicher Unterstützung. In den Neunzigerjahren erklärte die Region Sizilien das gesamte Areal zum Naturschutz-gebiet, das seit 1995 vom WWF verwaltet wird. Die »Via del Sale« umfasst aktuell 27 aktive Salinen in Trapani, Marsala und Paceco, die zum Teil zu Museen umfunktio-niert wurden und besichtigt werden können.

Mich hat vor allem das »Museo del Sale« in Nubia, einem Ortsteil von Paceco, zu diesem Roman inspiriert. Dort habe ich einen der Enkel von Alberto Culcasi kennengelernt, der die zerstörte Saline nach der Überschwemmung 1965 gekauft und wieder aufgebaut hat. Heute wird die Saline von den drei Enkeln geführt: Einer ist für die Salzproduktion zuständig, einer für die angeschlossene Trattoria und einer für den Verkauf von Slow-Food-Salz. Dank dieser Dreiteilung kann die Familie auch heute noch von der Saline leben – im Gegensatz zu vielen anderen.

Das Museum wird vom Tourismusverband Trapani, von der Gemeinde Paceco und der Universität Palermo unterstützt. Es zeigt Ausrüstung und Werkzeuge der Salzarbeiter und viele Schwarz-Weiß-Fotos, welche die schwere Arbeit in den Salinen dokumentieren. Auch der Hut des Großvaters hängt neben dessen Porträt an der Wand.

Schaut doch mal dort vorbei, wenn ihr in Sizilien seid. Weitere Informationen: www.ilmuseodelsale.it

So funktioniert eine Saline

Das Prinzip ist einfach: Meerwasser wird in immer fla-cher werdende Becken geleitet, damit es stetig verdunstet und der Salzgehalt immer weiter ansteigt, bis das Salz kristallisiert. Beeindruckend sind die Dimensionen! Eine Saline besteht aus etwa 150 Becken, jedes hat 30 bis 50 Meter Seitenlänge, und alle sind durch ein kompliziertes Kanalsystem verbunden. In den großen Kanälen fahren Boote, die das Salz transportieren. Die kleinen Kanäle verbinden die Becken zum Wasserausgleich miteinander. Der *Curatolo* muss dafür sorgen, dass das Wasser sich immer auf dem gleichen Niveau befindet.

Es gibt vier Arten von Becken, und alle haben verschie-dene Größen und Tiefen. Das größte, in das durch eine Windmühle und eine archimedische Schraube frisches Meerwasser gepumpt wird, heißt *Vasca fridda*. Es ist das größte und tiefste Becken - etwa 1 Meter tief - und muss so viel Wasser fassen, dass es für die gesamte Saison reicht. In einigen Salinen werden darin Fische gezüchtet. Im letzten Becken, der *Vasca salante*, ist das Wasser dann nur noch 2-3 Zentimeter hoch.

Wenn das Salz kristallisiert, hacken etwa 20 Arbeiter die Kruste auf und tragen es in rund 30 Kilo schweren Körben zum Beckenrand. Dort wird es zu Haufen von 200-400 Tonnen aufgeschichtet und mit Ziegeln abge-deckt, damit es trocknen kann.

Tante Lilys Caponata

Süßsaures Auberginengemüse für 4 Personen:

- 2 Auberginen
- 1 Paprika
- 4 Tomaten
- 1 Stange Sellerie
- 2 Knoblauchzehen
- 1 Zwiebel
- 2 EL Kapern
- 4 EL grüne, entsteinte Oliven
- 1 Schuss Weinessig
- 2 EL Zucker

Die Auberginen in Würfel schneiden, salzen und ruhen lassen, bis sie Wasser ziehen und ihre Bitterkeit verlieren. Dann langsam in reichlich Olivenöl anbraten, bis sie gar sind. Währenddessen Knoblauch, Zwiebeln und Stangensellerie hacken und in einer anderen Pfanne andünsten. Paprika schneiden und ebenfalls andünsten, die Tomaten mit kochendem Wasser überbrühen, häuten, zugeben und schmelzen lassen. Dann mit den Auberginen mischen, die Oliven und die Kapern zugeben und alles etwa 15 Minuten köcheln lassen. Zuletzt mit Zucker und Essig abschmecken und abkühlen lassen. Die Caponata wird kalt serviert.

Buon appetito!

Post aus Sizilien

Hast Du Fernweh? Dann komm mit mir nach Sizilien. Ich schreibe Dir alle 2-4 Wochen eine Mail und bringe ein bisschen Italien zu Dir nach Hause.

Du erfährst als Erste/r alle wichtigen Neuigkeiten zu meinen Büchern, z.B. Gewinnspiele, Preisaktionen und Termine.

Du bekommst Insider-Infos über Sizilien und Küchen-tipps meiner sizilianischen Schwiegermutter.

Du kannst sogar beim nächsten Roman mitentscheiden.

Unter www.anna-castronovo.de/postaussizilien.html kannst Du meinen Newsletter bestellen.

Selbstverständlich kannst Du Dich jederzeit wieder aus-tragen und Deine Daten werden nur für die Infomails verwendet!

Sizilianische Sprichwörter

Die Sizilianer lieben Sprichwörter – je bildhafter, desto besser! Deshalb haben auch einige Redensarten Einzug in diesen Roman gehalten. Hier nochmal zum Nachlesen:

Wenn man dem Esel den Kopf wäscht, vergeudet man Wasser, Seife und Zeit.
(A lavari la testa au sceccu si perdi acqua, sapuni e tempu.)

Ein Vogel im Käfig singt nicht aus Liebe, sondern aus Zorn.
(Aceddu intra a gaggia non canta pi amuri ma pi raggia.)

Spuck nicht in den Himmel, denn die Spucke fällt zurück auf dein Gesicht.
(Non sputari 'ncelu ca ' facci ti veni.)

Hunde, die bellen, beißen nicht.
(Can che abbaia non morde.)

Wer allein spielt, verliert nicht.
(Chi gioca solo non perde mai.)

Eine Hand wäscht die andere, und beide Hände waschen
das Gesicht.
(Una mano lava l´altra e tutte e due lavano il viso.)

Die besten Wörter sind die, die man nicht ausspricht.
(A megghiu parola è chidda ca 'un si dici.)

Wer gut isst, streitet nicht.
(Chi mangia bene pensa bene.)

Autorin

Anna Castronovo ist Autorin, Journalistin und Übersetzerin. Sie liebt Italien seit ihrer Kindheit. Jede Osterferien verbrachte sie im Ferienhaus ihrer Oma in Terracina, und nach der Schule wurde ihr großer Traum wahr: Sie zog ganz in ihr Lieblingsland und studierte in Perugia Italienisch. Wieder zurück in München, legte sie am Sprachen- und Dolmetscherinstitut die staatliche Übersetzer-Prüfung ab. Anschließend arbeitete sie sechs Jahre lang als Redakteurin, Korrektorin und Ressortleiterin im DLV Verlag. Seit 2013 schreibt sie als freie Journalistin für verschiedene Zeitschriften und hat mittlerweile sieben Romane veröffentlicht.

Ihr Mann stammt aus Sizilien und sie verbringt mit ihm und ihren beiden Töchtern jedes Jahr mehrere Wochen auf der Insel. Dabei stößt sie immer wieder auf spannende Geschichten und bewegende Schicksale abseits der Touristenpfade, die sie in ihren Büchern verarbeitet. Für ihren ersten Sizilienroman „Klosterkind" gewann sie 2019 den Skoutz Award in der Kategorie History. „Fluch der Saline" und „Kaktusfeigen" haben es auf die Shortlist für den Tolino Newcomerpreis 2020 und 2021 geschafft.

Ich freue mich über Nachrichten und Feedback!

Mail: info@anna-castronovo.de

Website: www.anna-castronovo.de

Facebook: Anna Castronovo Autorin

Instagram: anna.castronovo.autorin

Danke

Mein Dank gilt all den lieben Menschen, die mich beim Schreiben und Überarbeiten dieses Romans unterstützt haben.
Besonders bedanken möchte ich mich bei:

... Giusy Amè von Magicalcover Design,
die das fantastische Cover kreiert hat.

... »Textehexe« Susanne Pavlovic, die Totòs Geschichte lektoriert und ihr ordentlich Tempo verliehen hat.

... meinen Testlesern Stefanie Carpintero, Stefanie Bentner, Sabine Müller, Irina Gruber, Bettina Reitz, Severin Walter, Jennifer Weichsel, Bianca Kober, Mel Groß, Brigitte Kissinger und Thomas Elwenspoek, die mir wertvolle Hinweise und unglaublich viel Motivation gegeben haben.

Wie immer hat Christian Strzoda der Geschichte den letzten Schliff verpasst und Ina Vogel hat Korrektur gelesen.

Vielen Dank!
Ohne euch wäre dieses Buch nicht
das geworden, was es jetzt ist.

Weitere Titel

der Autorin ...

Anna Castronovo

Kloster kind

Roman

KLOSTERKIND

Die siebenjährige Filomena ist verzweifelt. Ihre Mutter hat sie in ein Klosterinternat gebracht, in dem strenge Klausur herrscht. Um zu fliehen, macht sie sich auf die Suche nach einem unterirdischen Gang, der aus dem Kloster herausführen soll. Bei ihren heimlichen Streifzügen stößt sie auf die Spuren von Suor Maria Crocifissa della Concezione, die vor dreihundert Jahren im selben Kloster lebte und in den düsteren Gängen dem Teufel begegnete. Die Geschichte der Nonne zieht Filomena immer mehr in ihren Bann, bis sie eines Tages beginnt, von Madre Crocifissa zu träumen ...

Warum wurde Filomena ins Kloster gebracht? Wird sie ihre Mutter je wiedersehen? Und was hat es mit der geheimnisvollen Nonne auf sich?

Die Klostergeschichte und die Legenden um Madre Crocifissa beruhen auf wahren historischen Begebenheiten.

„Klosterkind ist eine faszinierende Geschichte.
Unglaublich stimmungsvoll und mitreißend hat die Autorin
fiktive Elemente mit historischen Begebenheiten verwoben und
daraus eine eindrückliche Story kreiert. Emotional, extrem
spannend und voller Geheimnisse! Dieser Roman geht unter
die Haut. Man fliegt über die Seiten, kann das Buch nicht
mehr weglegen, so hält es einen gefangen. Dass diese
Geschichte auf wahren Begebenheiten beruht, macht sie umso
faszinierender."
(Andreas Otter, Juror Skoutz Award History)

316 Seiten
ISBN 978-375-282-109-3
Taschenbuch: 11,99 €
E-Book: 4,99 €

Weitere Informationen: www.klosterkind.de

Prolog

11. August 1676

Äbtissin Serafica schrie auf, als sie die Zellentür von Maria Crocifissa della Concezione öffnete. Im gleichen Moment presste sie sich die Hand vor den Mund, denn im Kloster waren laute Geräusche verboten. Trotzdem hatten die anderen Nonnen den erstickten Laut gehört und eilten durch den Gang herbei. Dabei erfüllten sie die drückend heiße Luft mit dem Geraschel ihrer Gewänder und dem Trippeln ihrer Füße. Die erste Nonne, welche die Zellentür erreichte, war Lanceata.

»Was ist passiert?« Sie schob sich an der Äbtissin vorbei, um einen Blick in Crocifissas Zelle zu werfen.

Ihre Schwester saß zusammengesunken auf dem Boden, bleich und schwer atmend. Sie stützte sich mit beiden Armen ab, als hätte sie vergeblich versucht aufzustehen. Ihr Kopf hing herab und ihr Blick war starr auf den Boden gerichtet. Neben ihr lag ein umgekipptes Tintenfass, aus dem eine schwarze Pfütze sickerte und sich um Crocifissas Schreibfeder sammelte.

»Was ist mit dir?«, flüsterte Lanceata und näherte sich der Nonne vorsichtig. Sie kniete sich hinter ihre ältere Schwester und berührte sanft ihre Schulter. Sie wusste, wenn Crocifissa einen ihrer Zustände hatte, durfte man sie nicht aufschrecken.

Die Nonne antwortete nicht. Nur ein kaum hörbares Ächzen kam über ihre Lippen. Lanceata sah, dass sich die Schweißperlen, die unter ihrem weißen Schleier hervortraten, kurz vor ihrem rechten Ohr zu einem Rinnsal sammelten.

»Sie ist nicht bei Sinnen«, flüsterte Lanceata den anderen Frauen zu, die sich vor der Tür drängten. »Sie hat wieder eine ihrer Visionen.«

»Hoffentlich haben sie ihr diesmal nicht allzu übel mitgespielt«, murmelte die Äbtissin und bekreuzigte sich.

Ruckartig richtete Crocifissa ihren Oberkörper auf, hob den Kopf und schaute ihre Schwester mit stierem Blick an. Lanceata zuckte zurück. Crocifissas linke Gesichtshälfte war mit schwarzer Tinte verschmiert.

Nun streckte die Nonne ihrer Schwester wortlos ein Stück Papier entgegen. Lanceata konnte die merkwürdigen Zeichen darauf nicht entziffern.

»Was ist das?«

Das Blut unter Crocifissas wächserner Haut schien langsamer zu fließen und kälter zu sein als sonst. »Das ist der Brief des Teufels«, wisperte sie.

Drei Riegel

Nein. Ich hasse meine Mutter nicht für das, was sie mir angetan hat. Auch damals, als sich am 7. Januar 1981 die mächtige Holztür hinter mir schloss und mich zwischen den düsteren Mauern des Klosters einsperrte, empfand ich weder Wut noch Hass. Nur eine abgrundtiefe Verzweiflung. Was hatte ich ihr bloß getan? Warum wollte sie mich nicht mehr haben? Ich war doch erst sieben Jahre alt.

Wir waren die steinernen Stufen von der Piazza heraufgestiegen und standen nun auf dem Treppenabsatz des Klosters. Meine Mutter hatte Mühe, den schweren Türklopfer anzuheben, so klein und zierlich war sie. Mit der linken Hand drückte ich meine Puppe Bella fest an mich, mit der rechten klammerte ich mich an die Hand meiner Mutter. Bella hatte blondes, lockiges Haar und blaue Augen. Mama hatte ihr eigens ein neues Kleid genäht, bevor sie uns hierher brachte. Auch ich hatte mein bestes Kleidchen an, und meine störrischen Haare waren zu einem Zopf gebunden.

Die raue Klostermauer ragte schier endlos in den dunkelblauen Winterhimmel. Als ich gerade die Rosetten auf den vierzehn quadratischen Platten der Tür betrachtete, öffnete sie sich mit einem Quietschen. Ein finsterer Spalt tat sich auf, ein Schlund, der mich verschlucken wollte. Meine Mutter gab mir einen Stoß gegen die Schulter.

»Los, geh schon«, sagte sie. Ich schüttelte stumm den Kopf und stemmte die Füße fest in den Steinboden. Was sollte ich hier? Meine Mutter versuchte, mich vorwärts zu schieben. Ich sah sie mit weit aufgerissenen Augen an, die sich nun mit Tränen füllten.

»Heul doch nicht«, fuhr sie mich an und kniff die Lippen zusammen. Mein Entsetzen war so immens, dass sich die Tränen gleich wieder hinter meine Augäpfel zurückzogen und auch die nächsten Monate nicht wieder zum Vorschein kommen würden.

Den Nonnen war es strengstens verboten, das Kloster zu verlassen, doch nun erschien ein Kopf im Türspalt. Er gehörte zu einer Greisin in einem schwarzen Gewand, die mich anwies, die warme und leicht feuchte Hand meiner Mutter loszulassen. Ich sah erschrocken zwischen den beiden Frauen hin und her, die sich einen einvernehmlichen Blick zuwarfen. Dann schüttelte meine Mutter mich ab. Im selben Moment ergriff die Nonne meinen Unterarm, um mich hinter sich her zu ziehen.

Starr vor Schreck sah ich über die Schulter, zurück zu meiner Mutter, die sich schon umgedreht hatte und fortging. Sie ging einfach weg und ließ mich hier, bei dieser Fremden, die fahle, faltige Haut hatte und nach Gemüsesuppe roch. Dann fiel die Tür mit einem dumpfen Knall ins Schloss.

Die Nonne hatte mich sofort wieder losgelassen, sobald der Weg zurück versperrt war. Vielleicht dachte sie, es sei besser, wenn ich mich gleich daran gewöhnen würde, von nun an auf mich allein gestellt zu sein. Ich zögerte kurz, doch dann trottete ich hinter ihr her. Was hätte ich sonst auch tun sollen? Bestimmt gab es irgendeine Erklärung dafür, warum mich Mama hierher gebracht hatte. Meine Fingerknöchel waren so fest um Bellas Arm geschlossen, dass sie weiß leuchteten.

Wir gingen durch den Sprechraum, der für die Öffentlichkeit zugänglich war. Hier war ich schon einige Male gewesen, um zusammen mit meiner Mutter Mandelkekse zu holen, welche die Nonnen buken und zugunsten des Klosters verkauften.

Durch ein engmaschiges, blickdichtes Gitter gaben die Besucher von draußen ihre Bestellung auf und deponierten Geld in einem Drehregal. Die Nonnen legten das Gebäck auf der anderen Seite hinein, es wurde gedreht, das Geschäft war vollzogen. Ohne weitere Worte, ohne Blicke, ohne Berührungen.

Mama hatte mir einmal erzählt, dass früher manche Mütter ihre Babys heimlich in dieses Drehregal gelegt hatten. Die Nonnen hörten nachts ihr Wimmern durch das stille Kloster hallen und nahmen die Kinder, die keiner haben wollte, zu sich. Die Kinder, die niemandem gehörten. War ich jetzt auch so ein Kind?

Die Nonne drehte sich zu mir um. »Du bist also Filomena. Und ich bin Suor Immacolata.« Die Stimme der Greisin war für eine Frau erstaunlich tief und krächzte altersschwach. »Aber alle Mädchen nennen mich *Matri me*«. Sie blickte mich prüfend an, doch ich schob nur trotzig das Kinn vor und blieb ihr eine Antwort schuldig. Niemals würde ich eine fremde Frau als *meine Mutter* bezeichnen. Das wäre mir wie ein Verrat an Mama vorgekommen. Ich hatte nur eine Mutter, und damit *basta*.

Die Ordensschwester zog missbilligend eine ihrer buschigen Augenbrauen hoch, drehte sich ohne ein weiteres Wort um und schritt durch einen Innenhof, der von Terracotta-Töpfen gesäumt war. Es roch durchdringend nach Basilikum und Oregano. Mir gefiel das Durcheinander der Gefäße, die alle verschiedene Formen hatten und unterschiedliche Kräuter enthielten.

Ungeduldig blickte sich Suor Immacolata um, als ich die Pflanzen betrachtete. »Los, komm jetzt«, drängte sie. Sie bedeutete mir, ihr durch jene niedrige Holztür zu folgen, die dem weltlichen Leben verschlossen blieb. Als ich die Schwelle überschritten hatte und in das Innere des Klosters eintauchte, legte sie hinter uns drei Riegel vor. Klack. Klack. Klack. Das metallische Geräusch hallte von den Mauern wieder und meine Augen brauchten einen Moment, um sich an das Dämmerlicht zu gewöhnen.

Die Nonne führte mich durch einen Korridor, in dem zu beiden Seiten Porträts von Ordensschwestern hingen, die mich mit strengen Mienen musterten. Sie trugen alle den Habit der Benediktinerinnen, genau wie die Greisin. Ein schwarzes, bodenlanges Gewand, eine weiße Haube, welche die Haare verdeckte, und darüber einen schwarzen Schleier.

Ich beeilte mich, um nicht hinter Suor Immacolata zurückzubleiben, die trotz ihres Alters forsch voranschritt. Wir stiegen eine Treppe hinauf in den ersten Stock, deren Stufen so schräg waren, dass ich nach hinten zu kippen drohte. Die Nonne sah wohl aus dem Augenwinkel, dass ich kurz strauchelte und meinen Oberkörper nach vorne reckte, um das Gleichgewicht nicht zu verlieren, denn sie hielt inne und blickte zu mir zurück. Groß und dunkel stand sie über mir und richtete ihren Zeigefinger auf mich. »Diese Treppe wurde absichtlich so gebaut, um uns Sünder jeden Tag daran zu erinnern, wie schwer der Weg hinauf in den Himmel ist«, sagte sie mit ihrer krächzenden Stimme. Dann bekreuzigte sie sich und marschierte weiter, Stufe um Stufe nach oben.

Vom Treppenabsatz aus erstreckten sich drei Flure. Einer führte in den Komplex, in dem die Nonnen lebten. Türen und Türen und Türen reihten sich hier in engen Abständen aneinander. Am Ende des zweiten Gangs hingen dicke Seile, mit denen die Kirchenglocken geläutet wurden. Wir nahmen den dritten Korridor, gingen an einem Speisesaal vorbei, dann am Schlafsaal der älteren Kinder, welche die Mittelstufe besuchten.

An den Wänden hingen riesenhafte, düstere Gemälde, die überhaupt nicht schön waren, sondern etwas Beunruhigendes hatten. Ich mochte gerne Bilder von hellen, bunten Landschaften, doch diese hier waren in dunklen Farben gehalten und zeigten nur ernste Gesichter. Vielleicht machten sie mich auch deshalb nervös, weil ich sie nicht genau erkennen konnte.

Hier oben war das Licht nämlich genauso diffus wie im Erdgeschoss. Verwirrt sah ich mich um. Dann wurde mir klar, warum es auch hier so dämmerig war. Alle Fenster waren mit dichten Gittern überzogen, um uns den Blick nach draußen auf die Welt zu verwehren.

Auf die Draußenwelt.

Am Ende des Flurs führte eine weitere Treppe hinauf in den zweiten Stock, wo die Grundschulkinder untergebracht waren. Der Schlafsaal war lang und schmal, etwa sechzig Betten wechselten sich mit der gleichen Anzahl an Kommoden ab. Hier gibt es bestimmt ein Echo, dachte ich, weil er so riesig war.

Suor Immacolata teilte mir das erste Bett auf der linken Seite zu, das direkt neben dem winzigen Abteil stand, das mit Vorhängen für sie selbst abgetrennt war. Sollte ich etwa hier übernachten?

Die Nonne zeigte mir einen Spind auf dem Flur. »Zieh die Schuluniform an«, sagte sie.

Ich drückte Bellas Arm noch fester. »Warum?«

Suor Immacolata zog ihre rechte Augenbraue hoch. »Du gehst jetzt hier zur Schule. Hat dir das deine Mutter nicht gesagt?«

Ich starrte die Nonne an und schüttelte den Kopf. Das konnte nicht wahr sein. Bestimmt wollte Mama mich nur erschrecken oder für irgendetwas bestrafen und würde mich nach ein paar Tagen wieder abholen. Ich musste brav sein. Ich musste mich zusammennehmen und beweisen, dass ich ein artiges Mädchen war.

»Na los, zieh dich um«, sagte die Alte.

Ich hängte mein gutes Kleid in den Schrank und zog mir dafür die knisternde Strumpfhose aus Polyester an, die im untersten Regal lag. Dann streifte ich mir eine schwarze Schuluniform mit dem Aufdruck *SCPB* über – das stand für *Santa Croce Padre Benedetto*. Ich war Nummer 54. In jedes meiner neuen Kleidungsstücke, die in dem Spind lagen, war ein Stoffstück mit diesen Ziffern eingenäht.

Weitere Informationen: www.klosterkind.de

KAKTUSFEIGEN

**Die eine glaubt ans Universum,
die andere an Tomatensoße**

Eigentlich sind die bodenständige Linda und ihre exzentrische Mutter ein gutes Team. Nur wenn es um Lindas sizilianische Wurzeln geht, fliegen die Fetzen. Um endlich Antworten auf ihre Fragen zu bekommen, fliegt Linda mit ihrer kleinen Tochter kurzerhand nach Sizilien. Dort lernt sie nicht nur den schönen Bademeister Silvo kennen, sondern auch ihre sizilianische Großfamilie. Doch Lindas Vater aufzuspüren, erweist sich als schwierig. Und auch um Lindas Zwillingsschwester, die angeblich bei der Geburt gestorben ist, ranken sich gruselige Geheimnisse. Linda ist überzeugt: Ihre Schwester lebt. Doch was ist damals mit ihr passiert? Auf einer sizilianischen Hochzeit geraten die Dinge endlich ins Rollen.

„Anna Castronovo schafft es, Mystery, Spannung und jede Menge Witz in einer fesselnden Geschichte zu vereinen – und das mit einer solchen Leichtigkeit, dass man trotz der ernsten Themen immer wieder schmunzeln muss." (*Sabine Müller*)

Shortlist Tolino Newcomerpreis 2021.
ISBN 978-375- 349-011-3
Preis: Taschenbuch 11,99 €; E-Book 4,99 €

DER PUPPENSPIELER
VON PALERMO

**Die Fortsetzung von Kaktusfeigen:
Zwischen Mafia und Leberkäs**

Endlich hat Linda ihren Vater gefunden. Sie reist nach
Palermo, um ihn kennenzulernen und ihre Eltern nach
sechsundzwanzig Jahren zu einer Aussprache zu
bewegen. Doch als ihre Mutter – die exzentrische Bayerin
Mitzi – auf den sizilianischen Puppenspieler Gaetano
trifft, erweist sich das als ziemlich kompliziert. Und dann
sind da auch noch Silvo und Mario, die Lindas Gefühle
gehörig durcheinanderwirbeln.

Auf der Suche nach ihrer verschwundenen Zwillingsschwester gerät Linda ins Visier eines Mafia-Bosses und
bringt damit nicht nur sich selbst, sondern auch ihre
Familie in Gefahr – ein riskantes Spiel beginnt. Kann
Linda ihre Schwester finden und die Familie vereinen?

*»Dieser Roman nimmt die Leser mit auf eine authentische,
spannende und witzige Reise von Bayern nach Sizilien. Wenn
die Kulturen aufeinanderprallen, wird es turbulent – und aus
Versehen habe ich meinen Horizont erweitert. Eine wunderbare
Geschichte.«* (Alexandra Demaria)

ISBN: 978-375-578-124-0
Taschenbuch: 11,99 €, E-Book: 4,99 €

$\mathcal{P}$rolog

Hier unten in der Dunkelheit spüre ich ihre Präsenz so stark wie noch nie. Gleich wird mich eine kalte Kinderhand berühren, ihre tote Haut auf meiner. Die Härchen auf meinen Unterarmen stellen sich auf. Am liebsten würde ich sofort wieder umdrehen, jetzt gleich, kehrtmachen und nichts wie raus hier.

Ich schaue zurück. Der Nachthimmel zeichnet sich dunkelgrau im Türrahmen ab, nur ein paar Schritte entfernt. Aber ich darf nicht davonlaufen. So nah war ich ihr noch nie. Wenn ich jetzt abhaue, war alles umsonst.

Das Geräusch, das mich hergeführt hat, setzt wieder ein. Eine Art Scharren oder Kratzen. Ist sie das? Obwohl es hier unten kühl ist, beginne ich zu schwitzen. Ich versuche, in der Schwärze vor mir etwas zu erkennen.

Das Kratzen wird lauter, es nimmt den ganzen Raum ein und quält mich. Verdammt, was ist das bloß? Fingernägel, die über die raue Wand schrammen? Ein Schauer läuft mir den Rücken hinunter.

Ich hole tief Luft, um mir selbst Mut zu machen, setze zögernd einen Fuß vor den anderen, taste mich weiter hinein in den modrigen Geruch und strecke die Hände vor mir aus, um nicht gegen irgendetwas zu stoßen. Gegen einen weichen, nachgiebigen Körper zum Beispiel.

Ich lasse die Arme wieder sinken, kann kaum noch atmen. Als hätte Lucia mein Zögern gespürt, wird das Geräusch noch lauter. Sie will mich zu sich führen und ich bin auf dem richtigen Weg. Oder stolpere ich gerade direkt in mein Verderben hinein? Keine Ahnung. Alles, was ich weiß ist, dass das hier meine einzige Chance ist.

Die Magie von Tomatensoße

Da ist er wieder. Silvio Berlusconi mit seinem öligen Siegerlächeln. Die gebleichten Zähne leuchten aus einer dicken Schicht Make-up hervor, er breitet die Arme aus wie Jesus persönlich, streckt dann den Zeigefinger in die Kamera.

»Mei, immer dieser aufgeblasene Sprücheklopfer, rauf und runter, und des scho am frühen Morgen.« Meine Mutter verdreht die Augen und hält die Fernbedienung Richtung Fernseher wie einen Revolver.

»Nicht ausschalten«, sage ich, schnelle vor und reiße ihr die Kommandozentrale unserer WG-Küche aus der Hand. Wer die Fernbedienung hat, hat die Macht.

»Obacht!« Meine Mutter schaut mich empört an, dann schüttelt sie den Kopf. »Dass dir dieser heroperierte Zampano nicht auf die Nerven geht.«

»Mich interessiert halt, was in Italien los ist. Ist ja schließlich mein Geburtsland. Gell?«

Sie reagiert nicht auf meine Spitze, sondern rührt in ihrem Yogi-Tee und verfolgt das Spektakel auf dem Bildschirm. »Mei, der hat ja mehr Haare auf dem Kopf als vor den letzten Wahlen. Wie alt ist er jetzt eigentlich?«, brummelt sie vor sich hin. »Schau dir des mal an. Wenn der so deppert grinst, bleibt seine Visage ganz starr wie so eine

Maske. Des ist ja gruselig, wie so eine Horror-Mörder-puppe.« Sie schüttelt sich.

»Hast du dir heute schon einen Joint genehmigt?« Skeptisch beobachte ich, wie sie den Tee in kleinen Schlucken schlürft und dabei die Augenbrauen hochzieht.

»Ach geh! Jetzt sei halt nicht immer so spießig. Ein bisserl mehr Lockerheit würde dir fei nicht schaden.« Sie stellt die Tasse ab. »Aber echt, des ist doch ein richtiger Wiedergänger, oder? Also politisch gesehen, meine ich. Aus wie vielen Skandalen ist der mittlerweile schon auferstanden?«

Ich lache auf. »Verwicklung in Mafia-Attentate, Meineid, Geldwäsche, Bilanzfälschung, Schmiergeldzahlungen, Richterbestechung und illegale Parteifinanzierung. Hab ich was vergessen?«

»Sag ich doch. Alles Verbrecher, diese Italiener. Mit denen bin ich eh fertig.«

»Mitzi!«

»Ist doch wahr.« Meine Mutter schlägt raschelnd die *Süddeutsche* auf. »Was gibt's heute zum Mittagessen?«

»Spaghetti mit Tomatensoße.«

»Schon wieder?« Sie schnauft.

»Kannst ja selber kochen.«

Sie grummelt und vergräbt sich in ihre Zeitung.

Ich zeige auf unseren Kochplan, der am Kühlschrank hängt. Er wird von meiner Mutter erstellt und verwaltet, und irgendwie steht sie selbst immer ein bisschen seltener drauf als ich. »Eigentlich war ich nämlich schon letzte Woche dran.«

Sie schaut nicht mal von der *Süddeutschen* auf.

»Weißt, wir leben nicht um zu glauben, sondern um zu handeln. Des ist fei vom Dalai Lama.«

»Lernen«, korrigiere ich sie. »Es heißt, wir leben nicht um zu glauben, sondern um zu lernen.«

»Mei, dass du immer alles besser wissen musst. Dann lernst du halt. Des ist doch fast dasselbe. Wenn man handelt, lernt man doch automatisch.«

»Soll ich etwa vom Dalai Lama kochen lernen, oder was?«

Jetzt schaut sie doch auf und rückt ihren Schal zurecht, den ich ihr als Kind gebatikt habe. Das Lila beißt sich mit dem Rot ihrer Haare, aber das ist ihr egal. Selbstgemachte Geschenke von Kindern sind heilig, sagt sie immer. Sie seufzt mitleidig. »Mei Linda, des verstehst du doch eh nicht.«

Ich schnappe nach Luft. »Was ich verstehe ist, dass ich doppelt so oft kochen muss wie du, und dass du dann auch noch über mein Essen meckerst.«

»Mein Gott, bist du stur. Jetzt nimm die Dinge doch einfach mal so hin, wie sie sind. Und außerdem lasse ich mir von niemandem vorschreiben, wie oft ich kochen soll, dass des fei klar ist. Des wäre ja noch schöner.«

»Aber ...« Ich breche ab.

Eigentlich will ich ihr sagen, dass sie diejenige ist, die mir gerade Vorschriften macht, und zwar ziemlich ungerechte, aber ich will jetzt keinen Streit anzetteln. Dann koche ich eben auch heute, um des lieben Friedens willen. So ist das eben, wenn man mit fünfundzwanzig noch bei seiner Mutter wohnt. Ich setze mich hin, greife nach dem Müsli und verfolge weiter die Neun-Uhr-Nachrichten.

Seit Wochen schon echauffiert Berlusconi gut gelaunt die Weltpolitik. Und jedes Mal, wenn er mich aus dem Bildschirm heraus angrinst, erinnert er mich daran, dass ich nicht weiß, wer ich bin. Ob mein Vater auch so ist wie er? So narzisstisch und gänzlich ohne Manieren? Vielleicht ein ganz kleines bisschen? Ich zerbeiße eine Haselnuss. Das kann nicht sein. Mein Vater ist bestimmt ganz anders. Zum Beispiel der Typ verträumter Fischer, der im Morgendunst mit seinem Boot aufs Meer hinausfährt und sich seufzend fragt, was wohl aus seiner Tochter im fernen Deutschland geworden ist. Dieses Bild gefällt mir viel besser. Aber ich fürchte, das ist eher unwahrscheinlich. Die wenigen Informationen über ihn, die ich meiner Mutter in explosiven Momenten entlocken konnte, sprechen nicht wirklich für ihn.

Jedenfalls pflanzt Silvio Berlusconi den Gedanken an meinen Vater hinterrücks in meinen Alltag ein. Seit in Italien Wahlkampf ist, ist mein Geburtsland in unserer Küche omnipräsent. Genau wie der Geruch von Tomatensoße, der tagelang festhängt und jedes Mal, wenn man reinkommt, Lust auf noch mehr Tomatensoße macht. Ich bin süchtig danach. Wenn ich nur ein Gericht auf eine einsame Insel mitnehmen könnte, von dem ich mich den Rest meines Lebens ernähren müsste, wären es Spaghetti mit Tomatensoße, weil die gegen Einsamkeit, Fernweh, Erschöpfung und Kopfschmerzen helfen. Einfach gegen alles. Ein großer Teller Nudeln, ordentlich Soße drauf und ein Berg Käse, der schmilzt und Fäden zieht. Dann ist die Welt gleich wieder ein bisschen schöner.

Seit Wahlkampf ist, denke ich sogar an meinen Vater, wenn ich das Geschirr spüle. Ob ich wohl spüle wie eine richtige Sizilianerin? Und wenn ich unter der Dusche singe, nämlich immer *Ti amo*, weil es das einzige italienische Lied ist, dessen Refrain ich kann – *ti amooo, ti amo, ti amooo, ti amo* und so weiter. Auch wenn ich koche, natürlich sizilianische Rezepte, oder wenn ich meiner Tochter Hanna in ihre dunkelbraunen Rehaugen schaue. Die hat sie von mir, und ich habe sie, ist ja klar, von meinem südländischen Vater. Überhaupt fühle ich mich unglaublich sizilianisch.

Die Wahrheit ist, dass ich zwar seit Jahren heimlich Italienischkurse besuche und literweise Tomatensoße koche, aber Sizilien noch nie gesehen habe. Und über meinen Vater weiß ich nichts außer seinen Namen, und das auch nur, weil er in meiner Geburtsurkunde steht. Gaetano Inguanta. Das klingt wie Musik.

»Du, Mitzi?«, frage ich über den Tisch.

»Hm«, macht meine Mutter und liest weiter.

»Ist mein Vater auch so ein Zampano?«

Jetzt schnellt ihr Kopf doch nach oben und ihre Augen funkeln. »Ha!«, ruft sie. »Der war sogar noch schlimmer als der Berlusconi! Ein elendiger Grattler war der, ein hinterfotziger Hallodri, der war nicht nur ein Depp, sondern ein ganzer Deppenhaufen.«

Ich seufze. Es ist jedes Mal das Gleiche. Außer Schimpfwörtern bekomme ich nichts aus ihr heraus. »Musst du immer so giftig sein?«, raunze ich sie an. »Er ist immerhin mein Vater. Ich will ihn so gerne mal kennenlernen. Ich will wissen, wie viel Sizilien in mir steckt.«

»Wie viel Sizilien in mir steckt«, äfft sie mich nach. »Tu doch nicht so theatralisch. Du bist besser ohne diesen sizilianischen Süßholzraspler dran, des kannst du mir fei glauben.« Sie senkt den Kopf wieder und raschelt unmissverständlich mit der Zeitung. Thema beendet.

Ich schaue auf den Bildschirm. Da ist er schon wieder, der Kasperl mit dem Dauergrinsen. Nein, nicht mein Vater, sondern Berlusconi. Er jubelt, als hätte er gerade das böse Krokodil niedergerungen. Die Bilder sind mit der Stimme des Nachrichtensprechers unterlegt: »Silvio Berlusconi hat die Parlamentswahlen mit großer Mehrheit gewonnen und wird zum dritten Mal Ministerpräsident Italiens.« Er klingt so, als würde er selbst nicht glauben, was er da sagt.

Meine Mutter faltet geräuschvoll ihre *Süddeutsche* zusammen. »Ja gehst du her! Mit siebenundvierzig Komma drei Prozent der Stimmen. Des kann doch gar nicht sein, dass die Italiener diesen aufgeblasenen Gockel schon wieder wählen.« Sie winkelt die Arme ab wie zwei Flügel und imitiert einen Hahn. »Gock, gock, gock, kikerikiii.« Dann zuckt sie die Schultern. »Aber mei, jedes Volk hat halt die Regierung, die es verdient.«

»Mitzi!«

»Ist doch wahr.«

Es folgen Bilder von Berlusconi, der Schampus über seine zukünftigen Minister gießt, vor allem in den Ausschnitt einer spindeldürren Frau mit kurzen Haaren, die neben ihm steht. Irgendwie kommt sie mir bekannt vor. »Das ist doch dieses Nacktmodell, oder?«, frage ich meine Mutter. »Hat er der nicht letztes Jahr zugeflüstert, er würde sie sofort zur Frau nehmen, wenn er nicht schon verheiratet wäre? Dann musste er sich öffentlich in der Zeitung dafür entschuldigen, weißt du noch?« Ich zeige mit dem Löffel auf den Fernseher. »Und jetzt will er ausgerechnet die zu seiner Gleichstellungsbeauftragten machen? Im Jahr zweitausendacht? Ich fasse es nicht. Dabei hat er vor ein paar Tagen noch gesagt, die spanische Regierung mit neun Ministerinnen sei ihm zu rosa.«

Meine Mutter seufzt. »Mei, jetzt reg dich halt nicht gleich so auf. Des ist doch ein Zeichen von Fortschritt, dass ein Showgirl heutzutage Ministerin werden kann.« Sie schaut mich über die Ränder ihrer Lesebrille hinweg an. »Oder willst du einer Frau gleich alle ihre Qualifikationen absprechen, nur weil sie sich mal vor der Kamera ausgezogen hat? Die ist fei Juristin. Da brauchst du mit deinem abgebrochenen Studium gar nicht so schlau daherreden.«

Touché.

Sie blättert auf die nächste Seite der *Süddeutschen*.

Das Krokodil ist jetzt jedenfalls endgültig weg vom Fenster, der Kasperl hat gewonnen und ich habe schlechte Laune. Ich mache den Fernseher aus, stelle die Kaffeetasse ab und gehe aufs Klo.

»Maaamaaa!«

Hanna hat einen Instinkt dafür, immer dann nach mir zu rufen, wenn ich auf der Schüssel sitze.

»Ja gleich!«, sage ich durch die geschlossene Tür.

»Maaamaaa!«

»Ich sitz auf dem Klo!«

»Maaamaaa!«

Ich seufze und ziehe die Unterhose hoch.

»Maaamaaa!«

Als ich die Tür öffne, steht Hanna im Schlafanzug vor mir, die Hände in die Hüften gestemmt, die weichen Haare zu einem Nest auf ihrem Hinterkopf verzwirbelt.

»Gestern war im Kindergarten Opa-Tag. Alle Kinder hatten einen, nur ich nicht. Warum habe ich keinen Opa?«

»Was?« Ich huste.

»Hast du dir überhaupt die Hände gewaschen?« Hanna schaut mich skeptisch an.

»Ja«, lüge ich, und sie nickt zufrieden.

»Warum habe ich keinen Opa?«, fragt sie noch mal.

»Äh ... Klar hast du einen Opa. Den Opa Ludwig.«

»Der ist tot. Ich meine den anderen, von dir. Die anderen Kinder haben alle zwei Opas. Einen von der Mama und einen vom Papa.«

»Jeder hat zwei Opas. Du kennst den anderen nur nicht.«

»Und warum?«

»Weil ich ihn auch nicht kenne.«

Hanna zieht ihre dichten Augenbrauen zusammen, sodass sich über ihrer Nasenwurzel ein winziges Fältchen bildet, das ihr mit ihren fünf Jahren einen putzigen Ernst verleiht. »Aber mein Opa ist doch dein Papa. Und den kennst du nicht?«

Ich schüttele den Kopf.

»Ich wäre aber traurig, wenn ich meinen Papa nicht kennen würde.«

Ich schlucke und presse die Lippen zusammen.

Weitere Informationen: www.anna-castronovo.de

DARK WAY

Die Geschichte eines Suizids.
Erschütternd. Berührend. Echt.

Der 6. Oktober 2016 beginnt wie ein ganz normaler Tag, bis Pam Metzeler gegen 13 Uhr eine WhatsApp-Nachricht erhält: Wie geht´s dir? Sie wundert sich, schreibt zurück: Alles wie immer, warum? Dann erfährt sie, dass im Dorf das Gerücht umgeht, ihr Sohn Timo hätte sich vor den Zug gelegt. Zwei Stunden später wird dieser Verdacht zur schrecklichen Gewissheit. Pams Welt bricht zusammen.

Wie schafft es eine Mutter, damit zurechtzukommen, dass ihr Kind sich das Leben genommen hat? Was geht in ihr vor? Wie kann sie weiterleben? Pam erzählt ihre Geschichte mit schonungsloser Ehrlichkeit und nimmt den Leser mit auf die dunkelste Reise ihres Lebens.

„Diese Geschichte geht ganz tief unter die Haut. Ich habe noch nie ein Suizid-Buch gelesen, das alle Facetten dieses Tabu-Themas so mitreißend und ehrlich darstellt, ohne etwas zu beschönigen."
(Gela Kudela, Leiterin der AGUS-Selbsthilfegruppe)

ISBN: 978-3-748-12848-9
Taschenbuch: 7,99 €, E-Book: 2,99 €

STUNDE NULL

Hallo, ich bin Pam. Ich bin vierzig Jahre alt, habe ein Tattoo-Studio und mein Sohn Timo hat sich das Leben genommen.

Der 6. Oktober 2016 begann wie ein völlig normaler Tag. 6.30 Uhr. Ich mache mir einen Kaffee. Während die Maschine blubbert und zischt, schaue ich aus dem Fenster. Es ist noch dunkel, Nebelschwaden ziehen draußen vorbei. Ich muss mich beeilen. Um acht Uhr habe ich einen Zahnarzttermin. Meine beiden Söhne Tassilo und Timo haben im oberen Stockwerk eine eigene Wohnung. Meistens bekomme ich es gar nicht mit, wenn sie das Haus verlassen. Timo ist um diese Uhrzeit schon auf dem Weg zur Schule, Tassilo höre ich noch gehen. Die Haustür fällt hinter ihm ins Schloss.

10.00 Uhr. Nach der Zahnreinigung bin ich wieder zu Hause und sehe, dass mein Mann Jürgen eine WhatsApp geschrieben hat.

- Heute früh ging die Sirene. Am Bahndamm ist die Feuerwehr rumspaziert. Weißt du, was da los war?
- Ne, hab nix mitbekommen.

Dann spüle ich das Frühstücksgeschirr, gehe mit dem Hund raus, erledige Post, mache mir einen Teller Nudeln zum Mittagessen. Alles wie immer.

12:30 Uhr. Ich fahre in mein Tattoo- und Piercing-Studio und sperre die Glastür pünktlich um 13.00 Uhr auf. Die brombeerfarbenen Lamellen, welche die einzelnen

Bereiche voneinander trennen, leuchten mir entgegen. Die Kunden sagen oft: Man sieht, dass dieses Studio einer Frau gehört. Darauf bin ich sehr stolz.

Mein erster Termin heute ist ein Bauchnabel-Piercing. Ich wische über die schwarze Liege, sterilisiere die Zangen. Mein Handy piept. Ich lege die Instrumente ab, ziehe die Handschuhe aus und schaue auf das Display. Eine Freundin.

- Wie geht´s dir?

- Alles wie immer, warum?

- Im Dorf hat sich jemand vor den Zug gelegt. Sie sagen, es war dein Timo.

- Spinnst du? Timo ist in der Schule, es ist alles in Ordnung. Woher hast du so einen Mist? Red nicht so viel, das ist doch schon schlimm genug für die Eltern, die es betrifft.

Sie schreibt mir den Namen einer gemeinsamen Bekannten.

Hektisch tippe ich deren Nummer auf die Tasten. Als sie sich meldet, blaffe ich in den Hörer: »Was erzählst du für einen Mist?«

Es ist kurz still in der Leitung. Das ist komisch, denn eigentlich ist sie nicht auf den Mund gefallen.

»Das ganze Dorf spricht darüber, dass es dein Timo war«, sagt sie dann. »Und sie wissen auch, warum. Er hatte Liebeskummer.« Jetzt wird ihre Stimme unsicher, und so leise, dass ich sie kaum verstehe. »Ich dachte, du wüsstest das.«

Mein Magen zieht sich zusammen. »Schwachsinn!«

»Ein Feuerwehrmann hat es im Dorf herumerzählt«, sagt sie. »Einer der am Gleis dabei war.«

Meine Hand krampft sich ums Handy, so als wollte ich mich an meinen eigenen, zu lauten Worten festhalten. »Dann wäre doch längst die Polizei bei mir gewesen. Timo ist in der Schule, es ist alles in Ordnung.«

All das tippe ich in eine WhatsApp an Jürgen. Da fällt mir ein, dass er mir heute Vormittag geschrieben hat, dass die Feuerwehr am Bahndamm war. Da ist wirklich etwas passiert. Ich muss mich konzentrieren, die Buchstaben zu treffen, so sehr zittert meine Hand. Sobald ich auf Senden gedrückt habe, sehe ich, dass er schon die Antwort schreibt. Ich starre aufs Display.

- An jedem Gerücht ist etwas Wahres dran. Ruf irgendwo an.

13:45 Uhr. Ich glotze weiter mein Handy an. Wo soll ich denn anrufen? Ich kann doch nicht einfach bei der Polizei nachfragen, ob sich mein Kind vor den Zug gelegt hat. Das ist doch völlig absurd.

Ich schüttle den Kopf. Erstmal schreibe ich Timo selbst über WhatsApp und den Facebook-Messenger an. Ja, das ist eine gute Idee, dann wird sich gleich alles aufklären. Erst verfehle ich das Icon für WhatsApp. Dann schreibe ich Timo über beide Kanäle:

- Alles ok bei dir?

Keine Antwort. Obwohl wir mehrmals täglich chatten, und Timo sein Handy immer heimlich im Unterricht an hat. Nervös laufe ich in meinem Tattoo-Studio hin und her. Vielleicht ist das in der neuen Schule nicht möglich, denke ich und beiße an der Innenseite meiner Backe herum. Timo hatte gestern seinen ersten Schultag an der Fachoberschule. Es kann ja sein, dass der Lehrer dort die Handys einkassiert. Ja, so wird es sein.

13:55 Uhr. Immer noch keine Antwort. Die Minuten ziehen sich wie Kaugummi.

Dann kommt mir eine Idee. Ich rufe in der Fachoberschule an.

»Guten Tag, Metzeler hier«, sage ich. »Ich wollte nachfragen, ob mein Sohn Timo gemeldet hat, dass gestern jemand seinen Roller kaputt gemacht hat. Auf dem Parkplatz der Schule, während des Unterrichts.«

»Nein, er war heute nicht im Sekretariat«, sagt die Frau am anderen Ende der Leitung. Dann zögert sie kurz. »Ach ja, aber sein Lehrer hat heute Morgen gefragt, ob Timo krank gemeldet ist.«

Zwischen meiner Handfläche und der Handyhülle sammelt sich Schweiß. Ich muss mich räuspern, damit ich es schaffe, die Worte durch meine trockene Kehle herauszupressen. »Können Sie bitte in der Klasse nachfragen, ob er dort ist? Es ist dringend.«

»Ja, einen Moment bitte.« Sie setzt mich in die Warteschleife. Ich spüre, wie das Zittern meiner rechten Hand auf meinen ganzen Körper übergreift. Scheiße, was ist da los? Es dauert eine Ewigkeit, bis sie sagt: »Frau Metzeler, Timo ist nicht hier. Ist denn irgendetwas passiert?«

Ich antworte ihr nicht, lege einfach auf. Lasse meine Hand mit dem Telefon sinken. In diesem Moment weiß ich es. Ich weiß, dass es doch mein Sohn war, heute Morgen am Bahndamm.

Weitere Informationen: www.anna-castronovo.de